知っている曲につられた結果……
まさかの日本人発見です!?
警備嬢は、異世界でスローライフを希望です 2
～第二の人生はまったりポーション作り始めます!～

新素材で
新ポーションを
作成したり、
新食材発見で
念願の醤油味の料理も
作れるように!!
異世界転移者
ユウリ・フジカワ
（富士川悠里）
不運な事故から異世界転移した警備員。前向きな性格で、しっかり者だがちょっと能天気なところも……。
神獣
シュカ
白狐。酒が入るとフェンリルのように身体が大きくなる。

異世界転移者
フユト・ミガキ
（三垣冬人）
元プログラマーの会社員。現在、酒場で居候をしつつ冒険者&吟遊詩人として活動中。
神獣
セッパ
鶏。全身白色でふわふわな羽の持ち主。

「やる気しかありませんことよ！」
ヴィオレッタ・バスクード
バスクード伯爵家の長女。生真面目で不器用な性格。
伯爵家令嬢
「とてもいいと思うぞ」
国王近衛団・団長
レオナルド・ゴディアーニ
見た目は強面だが心優しく真面目で頼りがいもあり部下に慕われている。
女性隊員不足の警備隊に
新人ゲット！
よし！

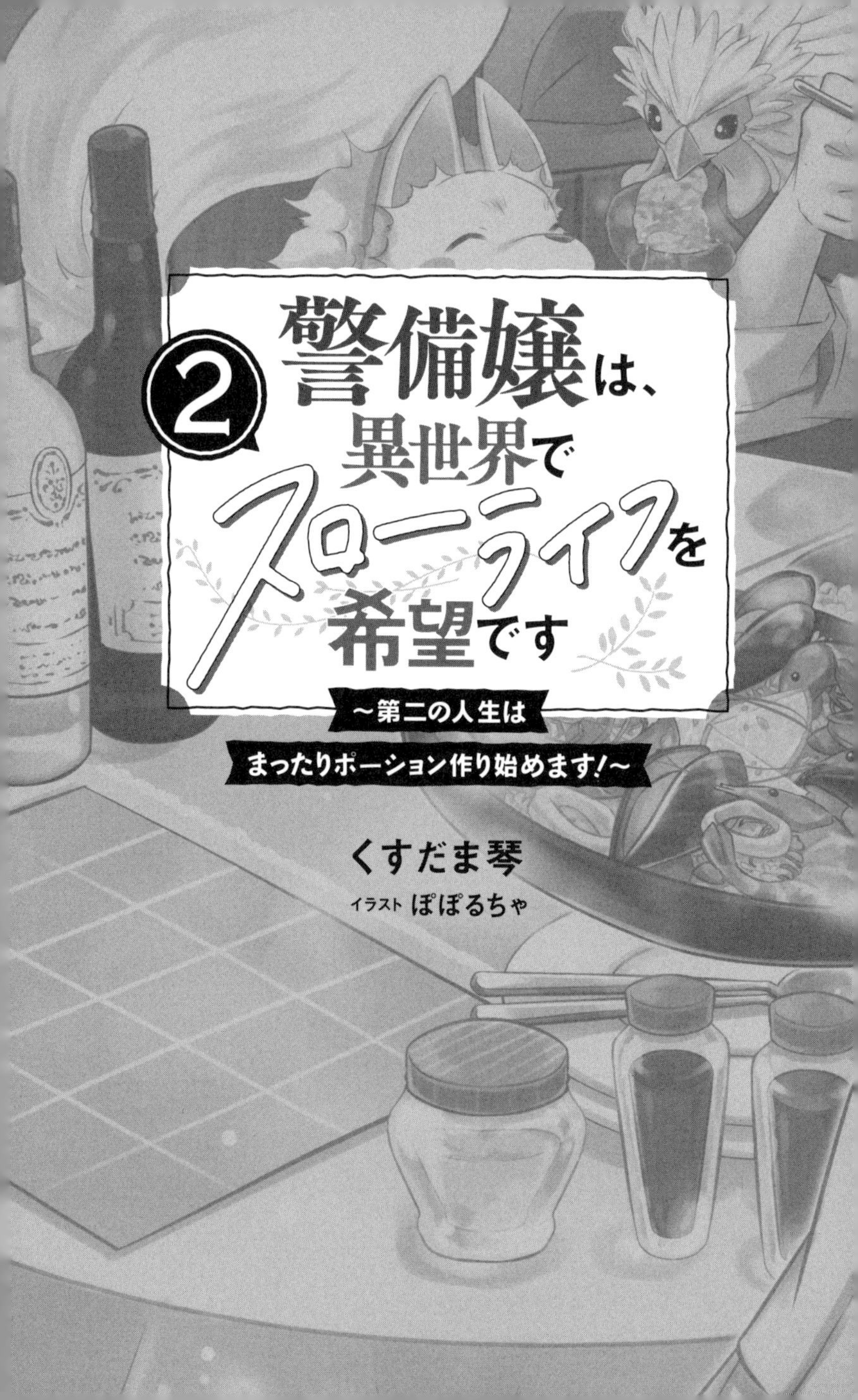
2
警備嬢は、異世界でスローライフを希望です
～第二の人生はまったりポーション作り始めます！～
くすだま琴
イラスト ぽぽるちゃ

口絵・本文イラスト
ぽぽるちゃ

装丁
ムシカゴグラフィクス

keibijou ha, isekai de slowlife wo kibou desu 2
~daini no jinsei ha
mattari portion dukuri hajimemasu!~



# contents

# プロローグ　申し子、雨期の中で

日本にいたころは富士川悠里《ふじかわゆうり》という名で警備の仕事をしていた。けれど、その仕事中にひょんなことから異世界へ転移し、今はユウリ・フジカワと名乗っている。

望まれて神様が遣わす子『申し子』という称号を持つものの特にこれといった使命はなく、神様にも好きに暮らすといいと言われ、保護された王城で第二の人生を送っているのよ。

異世界ライフは、魔法を使ってみたり調合液《ポーション》を作ったり美味《おい》しいごはんを食べたり、なかなかの充実ぶり。神獣のシュカや、いろんな人との出会いもあったしね。

こんな風に楽しく暮らせるのは、なんといっても近衛《このえ》団のレオナルド団長がいろいろと助けてくれるおかげなわけで。

だから、人が足りなくて困っているという近衛団警備隊に、臨時でちょっとだけ入隊することに決めたのだった。

ま、夢見る異世界スローライフは、その後でもいいからね。

◇◇◇

雨がレイザンブール城を包んでいる。

これで雨の日が二日続いていた。雨期と言っても、降ったり止《や》んだりだと聞いているけど、そろそろ止むのだろうか。

これから仕事場へ向かうあたしは、雨空を見上げなんとなくしっとりとした気分で王宮口へと歩いていた。

近衛団で支給された雨除《あめよ》けの魔道具があるので傘は差していなかった。

制服の内側に魔法陣が描かれた布を留め、首の後ろの襟にスイッチ部分を挟んで使う。起動させると外からの水分を制限する結界が展開されるとか。水分補給する時は切らないとならないらしいけどね。

抱っこされているシュカは（『ほこらで、あまやどりしてるみたい』）と不思議そうに眺めていた。

王宮口から入り、雨除けのスイッチを切る。近衛団控室のロッカーに魔法鞄《かばん》を入れ、廊下へ出ようとしたところでレオナルド団長が控室へ入ってきた。

「あっ、レオさん。おはようございます」

『クー』

「お、はよう」

さっと顔が赤くなり、少し目線をずらされた。

なんだろう、あたしなんか変？

扉近くの鏡で顔と髪を確認して、制服を見回したけどおかしいところはないような気がする。

まぁいいか。そのまま廊下へ行こうとすると、背中から声がかけられる。

「ユウリ、その、たまには昼食をいっしょにどうだ……？」

振り向くとやっぱり顔が赤い団長が、ちょっと困ったような顔で立っていた。

熱でもあるんじゃないのかしら。団長だし休めないとか。

「レオさん、具合悪いんですか？　ちょっとかがんでください」

頭をちょっと下げてもらって、おでこに手を当てる。

そんなに熱い感じはしない。

あっ、でもすごく顔が赤い！

「熱あるんじゃないですか⁉　帰って寝た方が！」

「い、いや、大丈夫だ。ちょっと暑いだけで、具合は悪くない……」

「そうですか？　それならいいですけど……。あ、お昼の休憩は十二時からです」

「わかった。『白髭亭《しろひげ》』に十二時だな」

レオナルド団長と食堂で食べるのは久しぶり。ちょっとソワっとしてしまう。


納品口へ行くとエクレールが青虎棟《せいことう》側の〔納品青《のうひんせい》〕に、マクディ警備副隊長が金竜宮《きんりゅうきゅう》側の〔納《のう》品金《ひんきん》〕に立っていた。リリーは休憩なのかもう次の場所へ行ったのか、いなかった。

「マクディ副隊長、エクレール、おはようございます」

「ユウリ、おはよー」

「おはようございます、ユウリ。一時間よろしくお願いします」

ものすごく忙しい時間帯の一時間だけ、この持ち場は二人体制になる。

今朝《けさ》の登城ラッシュの相棒はエクレールらしい。しっかりしてて頼りになるから助かるのよね。

この国の警備の勉強にもなるし。

シュカを床に降ろすと、足元で丸くなった。最初のころは肩の上に乗っていたのに、飽きちゃったのか安心しているのか、すっかりそこが定位置となっている。

〔納品金〕に交代で来た人も立ち、マクディ副隊長が〔正面口〕に向かうころ、空話具《くうわぐ》からベルの音が流れる。

今日も王城の一日が始まる。

〔納品青〕での二時間の立哨《りっしょう》が終わると、次は〔正面口〕に二時間立哨となる。

正直、一つの持ち場に二時間は長い。人が来ない時間帯だと退屈で倒れそうになる。だけど、一時間に一回は休憩を回してもらえるし、移動の間も休憩を挟んでいいことになってるから、なんとかね。

一時間立哨くらいが飽きなくていいんだけど、女子が少ないから女性に入ってほしい場所と時間はなかなか短くはできないのよね……。

どこかの局のお偉いさんが入ってきた。ぼんやりモードから切り替える。

「おはようございます」

「おはよう。雨が続くねぇ」

「そうですね。そろそろ晴れ間が恋しいですよね」

挨拶《あいさつ》をして身分証明具を情報品にかざしたのを確認。

「いってらっしゃいませ」

笑顔で目礼をして、お通りいただく。

馬車で登城するお偉いさんたちは正面玄関から入ってくる方々が多いけど、国土事象局の長官様のように納品口から入ってくる方もいる。

馬車の駐車場、ここでは繋《つな》ぎ場って言うらしいけど、そこからだと納品口が近い。正面玄関前の乗降用ロータリーで降りずに、繋ぎ場で馬車から降りて納品口から入ってくるということね。〔納品青」から廊下へ出ると二階への階段も近いので、アリだと思うわ。

つらつらと考えごとをしながら立っていると、真横の警備室からマクディ副隊長とスカートの白制服を着た女の人が出てきた。

「お疲れさまです」

「あ、ユウリ。ちょうどよかったー。この人が新しく入った、エヴァ。来週から番に就いてもらうから」

「ユウリです。横の白いのはシュカです。よろしくお願いします。あ、敬語敬称なしでどうぞ」

「わかった。私もそれでよろしくね。シュカは撫《な》でてもいい？」

「もちろん」

エヴァはかがんで、床に座っているシュカを優しい手つきで撫でた。

三十代だろうか、落ち着いた雰囲気のお姉さまだ。小麦色の髪が肩の上で緩くカールしている。笑うと可愛《かわい》らしくもあり。これはモテそう。高位文官のおじさまたちコロコロさせそう。

「〈朝五番〉に入ってもらうことになると思うから、よろしく」

「リリーは昼番ですか？」

「うん、そう。これでやっと四人になったよー。けど、ユウリまだ辞めないよね？　辞められたら三人になっちゃうし、辞めないよね⁉」

「エヴァさ……エヴァが慣れるまではいますけど。でも辞めても文句言わないでくださいね？　女の人が入るまでって約束でしたからね？」

「う……ユウリが冷たい。俺とユウリの仲なのにぃ」

どんな仲だというのよ。しっしっと追い払うと、エヴァがクスリと笑った。大人の余裕ってやつでしょうか。や、あたしも大人だけど！　副隊長につられて子どもっぽいことしたって、恥ずかしくなる。

マクディ副隊長は、そこで真面目《まじめ》な顔になって、ため息まじりに言った。

「アイツがそろそろ戻ってくるから、俺、副隊長番に戻るのよ。だから、ユウリが頼みの綱というかさ……。よろしく頼みます」

頭をガンと殴られたような衝撃。


あいつがそろそろ戻ってくる――――!?


このところ忘れていたけど、アレ、あの悪ダヌキ、謹慎明けるんだ!!

時間帯としては朝番と隊長番はモロ被《かぶ》りなわけで。うわぁ、サイアク……！

よろしく頼むって言われたって、あたしただの衛士《えいし》だし、それどころか新人だし、何をどうしろと!?

痛むこめかみを押さえて、がっくりとうなだれた。

◇◇◇

窓からは雨が降っているのが見えた。

あたしは知らず、はぁ……とため息をついていた。

四人掛け丸テーブルの向かいに座るエクレールも、はぁ……とため息をついた。

そのとなりのマクディ副隊長も、はぁ……とため息をついた。

その正面に座るレオナルド団長は、膝《ひざ》にシュカを乗せ困ったような顔であたしを見た。

雨は止む気配もなかった。


なんでこんな鬱陶《うっとう》しい状況になっているのかといえば、食堂が混んでいて近衛団で相席したところから始まる。エクレールがいたテーブルにあたしも座らせてもらって、その後にマクディ副隊長が交ざった。

広い食堂なんだけど、十二時過ぎだと時々あるのよね。テーブルが空いてない時が。

警備隊の衛士たちが集まれば、今一番ホットな話題はアレ。

悪ダヌキ、カムバック。

あんな迷惑こんな迷惑を被りました報告で盛り上がるところへ、レオナルド団長が来たと。

いつまでもじめじめとした場にしておくわけにもいかず、あたしは団長に話しかけた。

「レオさん、あの悪ダ……や、警備隊長、反省したと思います？」

「——ああ、どうだろうか。謹慎は初めてだったと思うし、少しは反省していてほしいところなんだが」

「反省なんてしてるわけないじゃないっすか。なんか怒られたー。なんか謹慎になったー。あの女のせいだ！　って思ってますって。ユウリ、どうする～？」

うわぁ……。ありそう。すんごいありそう。

マクディ副隊長の言葉に天井を仰ぐ。

「……やっぱり、近衛団を退団するしか……」

「だめだめだめ！　ユウリ、辞めないで！　エクレールもいなくなっちゃうかもしれないのに！

朝番が崩壊するって！」

その言葉に、団長とエクレールは額を押さえた。

――――ん？　今、聞き捨てならない言葉を聞いた気がする。

「マクディ副隊長。エクレールが、なんですって……？」

「あっ！　お口が滑っちゃった。てへっ」

マクディ副隊長のおちゃらけを冷ややかに流し、無言の圧を加える。

早く白状しなさいね？　神獣けしかけるわよ？

「……マクディ。仕方ない、言ってもいい。ユウリ、悪いがまだここだけの話にしてくれるか」

「はい、レオさん。わかりました」

あたしがそう答えると、マクディ副隊長はこっちに顔を寄せて、小声で言った。

「あー、エクレールは副団長になるかもしれないから、警備隊の衛士から昇格するかもということなんだわ……。うん」

マジか……。

正直、悪ダヌキが戻ってきてもエクレールがいるからって、結構心強く思っていたのよ。

朝番はおじいちゃん衛士が多いから、みんな心が広いっていうか気が長いっていうか、悪ダヌキを甘やかしそうなの。っていうか、甘やかしてきたんだと思われる。

伯爵家の息子だし、強く言うとめんどうだし、まぁまぁ長い目で見ていればそのうちよくなるんじゃない～？　的な。

そのうちちってていつ！

その間に新人さんたち続々と辞めちゃうから！

「くっ……エクレール衛士、ご昇進おめでとうございます……」

「そんな恨めしそうな顔で言われても⁉　それに、まだ決まったわけじゃないですよ！」

「エクレール、ユウリには悪いんだが、ほぼ決まりだと思ってくれ。護衛隊からは人を出すのが難しいと言われた」

はい、朝番地獄が決定いたしました。

辞めるって言うのは簡単だけど、エヴァが心配だし、辞めるに辞められないでしょ……。

はぁ……。と、あたしはもう一度ため息をついてしまったのだった。


マクディ副隊長とエクレールは、食べ終わると早々に席を立ち、去っていった。

いつもなら美味《おい》しい黒パンを、まだモソモソと口にしている。

ああ、嫌だなぁ……。

もちろん、槍《やり》で脅されたのも嫌だったし、警備室で長々とグチグチ言われたのも嫌だった。

でも、一番ムカついたのは、移民の人たちを盗人《ぬすっと》と言ったことだった。直接的に何かされたわけじゃないのに、ただ余所《よそ》から来たってだけで気に入らない。そう思っていることに腹が立った。

あたしなんて他の国どころか他の世界から来ているけど、この国の人たちと仲良くしたいし、役に立てればいいなって思っている。移民の人たちだって、そう思っていると思うんだけど――。

不意に、頭にポンと優しい感触があった。

横を見上げると、心配そうな顔のレオナルド団長がふわりと頭を撫で、シュカが手の甲をペロリと舐《な》めた。

キリキリと硬くなっていた心が、ふっとほどける。

「大丈夫だ。その時間は俺もいる。何かあったらすぐ空話具で呼んでくれ。団長・副団長間の送信番号を教えておくからな」

「それは、ただの衛士に教えては駄目なものでは……？」

「ユウリはただの衛士じゃないからいいんだ」

ただの衛士じゃなかったら、なんの衛士？

首をかしげたけど、団長は笑って何も教えてくれなかった。

◇◇◇

『食堂で獅子《しし》の恋を無言（だったり違ったり）で応援する会』は解散の危機に瀕《ひん》していた。

なぜなら二人と一匹が仲良く昼食を食べる姿を見る機会が、なくなってしまったからだ。

――――そう、わかっていますとも。黒髪のお嬢さんが出入り口に衛士として立つようになったからですね。

登城して明るく声をかけてもらえると、朝から気持ちよく仕事ができます。とてもうれしいです。

が、お昼のささやかな幸せがなくなったのは、さみしいです――‼

お城の守護神、国王陛下の獅子こと、レオナルド近衛《このえ》団長。

ちょっと前までは、強面《こわもて》で厳しいけれども頼りになる人と、王城で働く人々には思われていた。

それが小柄で黒髪の女性と現れるようになってからは、笑顔や優しい顔・困惑した顔など、いろいろな表情を見せるようになったのだ。

二人が仲良さそうに食事をする姿は、一部の人たちに癒《いや》しを与えていた。

だが、このところそれぞれ別の時間に現れており、一部の人たちには歯痒《はがゆ》い展開だった。

(((ああ、昨日《きのう》も今日もあとちょっと時間がずれていれば、お二人は会えたのに……。すれ違いなんて、辛《つら》すぎる……))))

切ないため息が食堂を満たす日々。

それが本日。

((((久しぶりに並んで座っていますよ――‼))))

『食堂で獅子の恋を無言(だったり違ったり)で応援する会』の会員たちは内心沸き上がった。

近衛団の他の衛士たちもいるけど、まぁよし。

テーブルの雰囲気がどんよりしているけど、まぁよし……?

今日はお二人が並んで座っている姿を見られただけで、満足です――。

何人かの会員たちは、他の衛士もいることだし何も起こらないだろうと食堂から出て行った。

何人かの会員たちは、特に期待するでもなくさりげなく近くのテーブルで見守っていた。

しばらくすると、他の二人の衛士が席を立ち、去って行った。

((………………‼ いやいや、きっとなんにもないはず。他の二人がいなくなったからって、すぐに何かなんて………))

二人と一匹になったテーブル。

しっとりした雰囲気の中、大きな手が、黒髪をするりと撫でた。

そこには前よりも確かな、信頼感のようなものがあった(ような気がした)。

((――ああ、団長様‼ 〈私たちと〉会えない間に愛は育っていたのですね――――!!!))

喜びつつも、もう、獅子には応援などいらないのかもしれない……そんな気がして少しさびしくなる『食堂で獅子の恋を無言（だったり違ったり）で応援する会』の会員たちなのであった。

◇◇◇

休日の朝。

昨日まで雨が降っていたというのに、タイミングよく晴れた！

ここのところウツウツとしていたので、あたしとシュカは気分転換に王城裏の森へと向かった。

『クー！　クー！（おいしい実！　おいしい実！）』

先を行くシュカのしっぽがファサファサと揺れている。

この間のナイトビルベリーは美味しかったものね。今日も採れるといいな。

差し込む木漏れ日が、草木の露をキラリと光らせている。

前回の場所へ行くと——生《な》ってる生ってる！　前よりもこんもりと実が付いていた。雨が続いたけど、実はあまり落ちなかったみたい。

シュカがあちこち紫色にしながら実にかぶりついている間、一つ一つ粒を採っていく。

今日はたくさん生っているから、調合液《ポーション》を作れそう。それでもたくさんは作れないだろうけど。

ナイトビルベリーと何で作ろうか。ハチミツとミント——うん、間違いない。茶葉を入れてフルーツティー味っていうのもよさそうよね。

他にいつものブルムやアバーブの葉も摘んで、のんびり散歩をしてから森を出た。その出入り口のあたりで、くすんだ紫の葉に目をとめた。

――――あれ？　シソに似てない？

ベランダ菜園で青ジソを育てたことがあるんだけど、葉の形がそっくり。

「鑑定」

■　ウキジソ／食用可／体に良い成分あり

ウキジソってことは、やっぱりシソだ！　浮きジソ？　雨期ジソ？

味噌《みそ》をくるくる包んで焼いたの、食べたい……。お酒がすすんじゃうやつ！　あのさわやかでクセのある香りがアクセントになってついつい食べちゃうのよね。ああっ……味噌がないとか残念すぎる……。

でも、つくねに巻いたのも好きだし、お刺身といただいてもいい。醤油《しょうゆ》もないけど――――あっ、ソーセージに巻いても美味しそう！　ちょっといただいていこう！

すっかりシソに頭を支配され葉を摘んでいると、シュカが警戒しながらシソから距離をとった。

『クー……（すっぱい葉っぱ……）』

威嚇でもしそうなレベルで警戒しているわね。知らずに梅干しのシソでも食べたのかしら。

「この葉だけならすっぱくはないわよ」

そう言ったのに、シュカは全然近づいてこない。

まぁそれならそれで、よし。あたしが独り占めできるってことだものね。

控えめにいただいて部屋に戻り、今日摘んできたものを魔法鞄《かばん》から出していく。

ナイトビルベリーにウキジソ。そういえば、シソジュースっていうのがあるっけ。この二つで調合液《ポーション》を作ってみたらどうだろう。

――――教えて！　ダーグルさん！

スマホを取り出しシソジュースでダグると、いろんなレシピが出てくる。でもまぁ、基本はシソを煮出して砂糖とかの甘味料と酢を入れるといった感じだった。

ということは、ブルムなどの薬草類といっしょにウキジソも入れてグツグッとすればいいかな。いつもの材料と暗い紫色の葉をいっしょに煮込んでいると、徐々に暗い赤紫色が出てくる。このままだとなかなか渋そうな色だけど、粗熱を取ったところに白ワインビネガーを入れればパッと明るい色に変わった。ナイトビルベリーを少量絞った汁とハチミツも溶かし入れ、魔力を込めながらかき混ぜていけば、できあがり。

濾《こ》してできあがった量は、ちょうどビン三本分になった。

一本はあたしが味見して、悪くなければ一本はレオナルド団長に差し上げようかな。目にいいってよく聞くアントシアニンが入っているってレシピに書いてあったから、団長の疲れ目に効いてくれるといいんだけど。もう一本はどうしようか……。って、なんかすごく狙《ねら》われている視線を感じるわよ。

「……シュカ、飲みたいの？」

『クー！』

「さっきの紫の葉っぱ入ってるけど」

『クー！（おいしい実がはいってるの！）』

「入っているのはちょっとだけよ？　シュカが食べる分は残してあるし……」

『クー！（おいしそうなの！）』

あー……うん。キライを克服するって素晴らしいことよ。

それじゃ、あとの一本はシュカ用。お皿の準備をしようとしていたら、シュカは小さいビンの口をパクッとくわえて顔を上げ、くいっと上手に飲むじゃないの！

ええ？　うちの神獣ったら器用でおりこうさん過ぎない⁉　っていうか、お皿に入れてあげていたとか、あたし過保護過ぎだった⁉

『クーーー‼（おいしーーーの‼）』

歓喜の声を上げたシュカは、興奮した様子で（『すーっとしたにおいが風の気ににてるの、げんきになるし、おいしい実のあじもするし、さいこーなの。目がしゃきってするの！　目がしゃき！』）と念話で教えてくれた。

ふむふむ。シュカがそう言うなら、やっぱり目にいい感じの回復薬になっているんだと思う。三本しかできなかったから売る分はない。なので『銀の鍋《なべ》』に持ってもいかないから正確な成分はわからないけど、悪いものではなさそう。

それならやっぱり残りの一つは団長に差し上げようと、コルク栓をして魔法鞄へしまった。

後日、レオナルド団長に渡したところ、「目がすっきりとしてすごくよかった。次は是非買わせてほしい」とステキな笑顔を向けられたので、ウツウツしていた気持ちがだいぶ晴れたのだった。

# 第一章　申し子、因縁の対決

数日が過ぎ、エヴァは研修を終え正式に警備隊に配属された。

エヴァは元々リリーが就いていた〔朝五番〕を引き継ぐことになっている。この番は、人数が多かった前の時程と配置の時に早朝番と呼ばれていた。納品口が開く六時に金竜宮《きんりゅうきゅう》側の入り口〔納品金《のうひんきん》〕に立つ番だ。エヴァは金竜宮で働いていたから、多少は気が楽だと思う。

その後は正面玄関口に立ち、馬車で出勤する方々を迎えながら出入管理、この国で言うところの出入り監視をする。通る人数は多くないけど、高位文官を相手にするから気は使うわね。

その時間は隊長番がいっしょに配置に就くから、本来ならそんなに心配はいらないのよ。元々、新人さんが就きやすいように組んだ番だし。

ただそれは、ちゃんとした隊長や副隊長ならそう作用するって話よね……。

今日から悪ダヌキが戻ってくるし、不安が残るというか不安しかない。付け入る隙を与えないようにしないと。

あたしはいつも以上に気を引き締めて、納品ホールへと入った。

「おはようございます」

『クー』

納品ホールにはちょっと疲れたようなエヴァが一人で立っていた。

「……エヴァ、もしかして休憩回してもらってない？」

「ええ、そうなのよ……」

ひどい。新人さんが二時間ずっとは大変なのに。

慌てて〔納品金〕に立つ。

「休憩とってから玄関口に行ってね。ちょっとだけど休んで」

「ありがとうユウリ。上番前なのに悪いわね。ねぇ、この後ちょっと心配……。昨日《きのう》まではマクディ副隊長とだったから安心できたけど、隊長とやれると思う？」

「実はあたしも隊長とは仕事したことがなくて。正直、不安しかないんだけど」

二人でため息をつく。

エヴァを見送って、交代が来るのを待っていると、先に〔納品青《のうひんせい》〕のもう一人が来た。今日の相棒はベテランおじいちゃん衛士《えいし》、リアデクだった。

「おはようさんー。あれ、嬢ちゃん。〔納品金〕だったか？」

「違うんですよー。隊長が休憩回しに来ないから、エヴァと替わってあげたんです。あ、でもリアデクさんでよかった。交代来たら〔正面口〕の様子を見に行ってもらってもいいですか？」

「なんだ休憩回してもらえなかったのか。かわいそうに。そうだな、行った方がよさそうだな」

「はい。来てなかったら、いっしょに入ってあげてもらえますか」

「嬢ちゃんはいいのか？　って、まぁ大丈夫か。新人の方が心配だもんなぁ」

あたしも新人なんですけど。

でもエヴァさんは大事な新人だからね。辞められたら、あたしも辞められなくなるし。

こっちは大丈夫でしょう。いざって時は〔納品金〕の人もいるから。

休憩回しは状況によってはないことだってあるから、仕方がないといえば仕方がない。この後はちゃんと時程に組み込まれた仕事だもの、ちゃんと就くわよね。どうしようもない性格悪いタヌキでも、さすがに職務放棄はないわよね。

――――と思っていた時もありました。


ええ。ヤツは来なかったようです。なので、忙しい時間帯を一人で回しましたよ。

リアデクに行ってもらわなかったら、正面玄関口に新人が一人で立ってたってことよ。ありえる？　ないわ！

小休憩にシュカと一本ずつ回復薬を飲んで、次の配置場所の〔正面口〕へ向かった。白狐《びゃっこ》印ですっきりしないとやってられない。

エヴァと向かい合って敬礼して答礼してもらって、交代。

「おつかれさま。大丈夫だった？」

「ええ、リアデクに来てもらったから助かったわ。ありがとう。ユウリが大変だったわよね」

エヴァは苦笑している。ああ、笑えているならよかった。

逆にあの悪ダヌキは来なくてよかったかもしれない。

「エヴァ、お昼休憩の後の巡回で、団長のとこに報告行ったらいいと思うんだけど」

「国王の獅子《しし》に報告……!?　えっ……それしないと駄目かしら」

「悪ダヌ……じゃなくて、隊長が来なかったのは職務放棄になるし、やらかしたのが隊長だからその上に報告するのがいいと思うんだけど……報告しづらい？」

報復が怖くて、言えないのかもしれない。

あの悪ダヌキ、伯爵家のゴレイソクらしいし。

貴族のそういうのってイマイチピンとこないんだけど、貴族同士だといろいろあるのかもしれない。

「もし、エヴァが言いづらいなら、あたしから報告してもいいけど――」

「頼んでもいいかしら⁉　団長様大きいし少し怖くて……。きっと緊張して報告なんて無理だと思うのよ……」

え、まさかのそっち⁉

「あっ、レオさん、ちょっと大きいけど、優しいし怖くないんだけど……？」

エヴァは生暖かい目でふふふと笑い、お昼休憩へと去って行った。

解せぬ……。

正面玄関口の受付のとなりは警備室なので、すぐ近くにアレがいると思って必要以上にピシッと仕事してしまった。

だけど、玄関口に立哨《りつしょう》している間、警備室の扉が開くことはなかった。

◇◇◇

「失礼します。団長、今お時間よろしいでしょうか」

近衛《このえ》団執務室に入り挨拶《あいさつ》している間に、シュカが跳んで行ったわよ。素早い。さっとレオナルド団長の膝《ひざ》に乗っている。

「ユウリ。いつも通りレオでいいんだぞ」

苦笑されるので、あたしも笑ってしまう。前にもそれ言われた。一応、公私混同は駄目かと思ってちゃんとしているのに。

「レオさん、今いいですか？」

「ああ、構わない。どうした？　何かあったか？」

「あ、あの、団長！　私は退室していましょうかっ⁉」

執務机の横に控えていたエクレールが突然そんなことを言う。

「どうかしたか？」「え、なんで？」

あたしたち二人に聞かれ、エクレールは目を泳がせた。

「……いえ、なんとなく……？　鹿に蹴《け》られそうかなと……」

鹿？　こんなところに鹿なんていないに決まっているけど、なんの話だろう。

「ああ、それはそうと、エクレール副団長候補。昇進おめでとうございます」

「あ、ありがとうございます。ユウリには大変申し訳なく思っています……」

お礼なんだかお詫《わ》びなんだかわからないことを言われる。

エクレールは副団長候補として、今は団長に付いて研修中だ。副団長は隊長より偉いらしいから、候補なら隊長と同じくらい？　いきなりすごい昇進よ。

そのすごい昇進をしたエクレールは、まめまめしくお茶を淹《い》れお菓子といっしょにテーブルへ出してくれる。

副団長候補っていうか、秘書かな？

三人でテーブルを囲んでさぁ話をという時。

ゴンゴンと雑なノックの音が響いた。

なんとなく、そんな気がした。いや、なんとなくではないな。近衛団執務室に用があってこういうことしそうなのは、きっと――という推測。

乱暴に扉が開き入って来たのは、これから話をしようとしていた張本人、グライブン警備隊長その人だった。

「団長様！　警備報告書をお持ちしました！」

前も思ったけど、悪ダヌキは言葉遣いがおかしいわよね。

これで伯爵家の子息なんてやっていけているのかしら。

エクレールがさっと立ち上がって報告書を受け取っている。

っていうか、警備報告書？　今⁉

あたしが書類整理のお手伝いに来ていた時は、みんな朝のうちに出しに来てたわよ。

「……ご苦労。遅かったが何かあったか？」

さすが団長、こんなヤツにもちゃんと聞く。

グライブン警備隊長はこちらをちらっと見ながら、答えた。

「はっ、慣れない時程で、書くのに時間がかかってしまいました！」

それで、朝の休憩回しも立哨もできなかったのか。

まぁ、時程も配置もかなり大幅に変えたし、それで時間がかかったならちょっと悪かったかも……。

今日の職務放棄は仕方ないかなと思っていたところ、エクレールが眉間《みけん》にしわを寄せて口を開いた。

「おかしいですね。確か提出するだけの状態で机にあったはずですが」

「そんな他人の書いた報告書なぞ、信用できませんよ！　マクディが書いたのでしょうが、あれは捨てて私がちゃんと書きました！」

全然仕方ないじゃなかった‼　すごいわよ！　予想の斜め上いくこと言ったわよ！　ちょっとでも悪かったなんて思ったあたしの気持ち返してちょうだい！

報告書って昨日《きのう》の報告をまとめたもの。悪ダヌキ昨日いなかったじゃない、何がわかると言うの。

「それより、なんでそこの女はサボっているのでしょう？　早く持ち場に戻りなさい！」

まぁね、確かに城内の巡回だけして庭までは回ってないわよ。けど、報告がある場合は、それが認められているからね。

お茶とお菓子は、あたしが出したわけでも出せって言ったわけでもないから！

あたしは立ち上がって、着座する時に外した制帽を被った。

「報告に来ているだけですが」

「警備隊の報告であれば、警備隊長にするのが当たり前です！　なぜここにいますか！」

そこで、グライブン警備隊長からレオナルド団長へ視線を移し、敬礼をした。

「ユウリ衛士報告します。本日朝、職務放棄した者一名有り。グライブン警備隊長が正面玄関立哨を放棄したため、リアデク衛士が対応。〔納品青〕立哨は一名で対応しました。報告以上です」

団長はシュカを抱いたまま立ち上がって答礼した。腕にその緩みきった生き物がいると締まらないわね……。上げていた腕を下ろす。

悪ダヌキは目を見開いてブルブルしていた。

「そんな話聞いてないですよ！　なんで私が立哨などしなければならないのですか！　そんなものただの衛士がやっていればいいですよ！」

エクレールは報告書を持ったまま厳しい目をした。珍しい。これは相当怒っているわね。

「グライブン隊長。ですが、それは時程に組み込まれている以上、やらなければならない仕事です。

仕上がっていた報告書をわざわざ書き直す時間があるなら、配置場所に就くべきでしょう」

「うるさいです、エクレール！　隊長である私に、何様ですか！」

「――グライブン。エクレールの肩書がわかるか」

「子爵家の息子ごときに肩書――……お前……なぜ制服が黒なんです……？」

「――警備報告書を書き直すよりもまず、お前は立哨するべきだったし、不在にしていた間の通達書を読むべきだった。なぜ謹慎処分になったのか、まだわからないらしいな？」

団長の言葉に悪ダヌキはぐっと言葉に詰まったまま、憎々しげにエクレールとあたしを見た。

さらに、レオナルド団長は続けた。

「グライブン・マダック。職務放棄により警備隊長位を剥奪《はくだつ》の上、一か月の謹慎処分とする。下番《かばん》まで通達書に目を通すように」

おお！　レオさん英断です！　とうとう隊長クビだわ‼

「そ、それは……団長様……隊長位剥奪ということは副隊長ですか……」

「――お前が言うところの『ただの衛士』に降格だ。――グライブン、俺はお前の家の伯爵という高い位があれば、高位の文官や来客から衛士たちを守れるだろうと期待していたんだ。守れないどころか、衛士たちを蔑《さげす》むのであれば用はない」

――そうだ、前も思ったんだ。こういう上司なら、警備で働くのも悪くないんじゃないかって……。

今もそう思った。

ちゃんと、下で働くあたしたちを守ろうとしてくれる。

こんな人なら付いていきたいと思うわよ。

そして、わかってしまった。

上司としてだけじゃないってわかってしまった。

こんな時なのに、胸が変な音を立てるから…………！

悪ダヌキはショックを受けた顔で、無言のまま近衛団執務室を出ていった。

「――エクレール、副隊長が決まるまで明日から隊長番に入ってくれるか。配置に就く時以外はここで執務にあたってくれ」

「了解です。マクディ副隊長が隊長職に戻って、当面の間副隊長番に就くということですね」

そういえば、元々はマクディが隊長だったって聞いたっけ。

「そうだな。長かったが、やっとマクディを隊長職に戻せる。役職を変えても人は足りているし、ユウリが配置や時程を変えてくれたおかげだな」

えっ、思いもしないところで流れ弾が。や、褒められているんだけど！　油断していたというか！

顔が熱くなる。

「あ、ありがとうございます……？」

二人に苦笑されたわよ。

でもまぁ、これで少なくとも謹慎中の一か月間は心の平穏を保てるはずだ。

明日からはエクレール副団長候補が休憩回しにも来てくれるだろうしね。よかった。

なにはともあれ悪ダヌキは降格となった。拍子抜けするほどあっさりと悩みの種はなくなったのだった。

◇◇◇

それから数日後。

王城管理委員会の会議で手荷物検査の案が通り、魔法鞄《かばん》預かり具が導入された。

各部署へは二週間前から、持ち込み自由な魔法鞄についての危険性と、対処案を載せたお知らせで周知を進めていたので、実施まではすぐだった。

ついでに、納品口の前には素敵な東屋《あずまや》が建てられた。王城と同じ石造りの柱に、木材のフラットな屋根。中にはベンチとテーブルが置かれている。かなり大きいから雨の時も大丈夫そう。

同じものが『零《こぼ》れ灯《び》亭』の方にもできた。これで闇曜日と調和日の食べる場所不足もマシになるはず。

青虎棟《せいことう》正面玄関口も、彫像などが置いてある広いホールだったが、置き物は撤去され、一角に魔法鞄預かり具が置かれた。他は応接セットがいくつか置かれ、光が差し込む談話スペースとなっている。

そして、警備隊が立哨していた場所へカウンターが設置され、受付場所が設けられた。ここで、来客として中へ入る人に通行許可証を発行したり、各部署へ空話《くうわ》連絡したりすることになる。

カウンターを挟んで両側に椅子が置かれたので、この場所は座哨する場となったけど、あたしにはずっと座っているとか無理だわ。立哨してしまいそう。お客様に座って書き物していただけるのはいいんだけどね。

満足しながら新しい受付のカウンターを撫《な》でた。カウンターの下にはシュカ用のクッションも置かれていて、シュカは満足そうに丸まっている。至れり尽くせりね。

こちらの玄関口を通るのは高位文官が多いから、朝のピークは少し遅い。けれどもお昼も近くなってきて、そろそろ通る人もいなくなるなというころ。

綺麗《きれい》な女性が入ってきた。

同じくらいか少し年上だろうか。はっきりとした目鼻立ちに輝く金髪を背中へ流している。ドレスは鮮やかな青色でその目立つ美貌《びぼう》には似合っていた。

すごいドレス。お城にでも行くみたい。って、そういえばここお城だったわね。

政務棟であるこちらでは見ない感じの人だ。

そのまま中へ入って行こうとするので、声をかけた。

「こんにちは。魔法鞄は持ち込めませんので、お持ちのバッグが魔法鞄でしたらあちらでお預けいただけますか」

「……そんな話は聞いてませんわよ。これを預けてしまったら、お化粧が直せませんわ。冗談は結構ですわ。中に入ってよろしいですわよね？」

「いいえ、冗談ではございません。その先には空間魔法探知具がございます。ご来城のみなさまにお願いしております。恐れいりますが、安全確保のため必要なものだけお持ちいただき、手荷物検査ののちお通りください」

「お化粧道具だけ手に持って入れですって⁉」

うーん……そうよね。来客には、通達は知らされてないわよね。

これはちょっと考えないとならない事案だわ。

「……ハンカチやスカーフなどをお持ちでしたら、そちらでこのように包むのはいかがですか」

そう言って持参のハンカチでお弁当包みのように実演して見せると、パンと手を払われた。

「そんな貧乏臭いことできませんわ！」

あたしはひらりと舞い落ちたハンカチを拾い、ポケットに戻す。

「――――それは失礼いたしました。ご用件は、ご面会でしょうか？」

「そうですわよ」

「ご面会の方に、こちらから連絡いたしましょうか？」

「あら、そんなことができますの？」

「空話にてお伺いできます」

「それならそうと先に言えばいいのに、気の利かない……。ええ、それで結構ですわよ」

うん、まぁ、あたしも聖人じゃないからね。この辺りで頭にきているのよ。

ただキレてないだけで。

何も言わずに入ろうとするから声をかけたのよ。ちゃんと受付に来てくれたらそういうご案内だってしたわよ。

「……お客様のお名前を教えていただけますか」

笑顔で受付のカウンターの椅子へ促す。

「ウルダン男爵家のローゼリアと申しますわ」

ウルダン（男）ローゼリア様、と取り次ぎメモに書き込んで、次を尋ねる。

「お取次ぎする方の部署とお名前を教えていただけますか」

「近衛《このえ》団のメルリアード男爵へお願いしますわ」

手が止まり、一瞬真顔になった。

近衛団に女の人のお客さんが来たっておかしくない。

でも、メルリアード男爵って呼び方が気になる。普通職場に訪ねてきたら、そこでの肩書を言うわよね。なんだろう、なんか引っかかる。

笑顔を作るのは表情筋だ。動揺していたって笑える。あたしはさっと顔を上げた。

「レオナルド・ゴディアーニ近衛団長ですね。少々お待ちください」

にっこりとしてそう言うと、青いドレスの美人はなぜか少しだけ嫌な顔をした。

気づかなかったふりをして、カウンターに設置された電話の子機のような空話具を手に取る。これは青虎棟の各部屋に設置されている。内線電話みたいなものね。

近衛団執務室……一番っと……。

『はい、近衛団執務室です』

柔らかい声が応答した。エクレールが取ったらしい。

「正面玄関口です。お客様がいらしてます。レオナルド団長へご面会で、ウルダン男爵家のローゼリア様です」

『団長に伺いますので、ちょっと待ってください――――あ、すぐそちらへ向かうとのことです』

「承知しました。そのように伝えます」

空話を終了させて、カウンターの向こう側に座るローゼリア嬢へ伝える。

「ただいま参りますので、あちらでお待ちください」

応接セットの方を手のひらで指し示すと、ローゼリア嬢は無言で立ち上がり移動した。

カウンターの下ではシュカが妙にすりついている。

「……シュカ、どうしたの」

（『……くさいのやなの……』）

ああ、香水ね。あたしは小さい声で「［消臭《デディオドラ》］」と唱えた。ついでに［清浄《アクリーン》］もかけとこうかしら。

こんなの知れたらどんな騒ぎになるかわからないわよ。悪ダヌキや取り巻きたちとのやりとりで、貴族のめんどうくささはよくわかった。その貴族のご令嬢に［消臭《デディオドラ》］とか。ああ、怖い。

ひょいとシュカが肩に乗ってきて、お嬢様の方を見て毛を逆立てている。

どうしたんだろう。

すぐにレオナルド団長が現れた。

「ユウリ」

名前を呼ばれてほんのり笑いかけられるだけで、どうしたらいいか困ってしまう。あたしのバカ。

業務に差し支えるわよ……。

「あっ……あの、あちらでウルダン男爵家ローゼリア様がお待ちです」

「わかった。ありがとう」

大きな背中を見送った。

カウンターにいると、離れた場所にある窓際の応接セットで二人が向かい合っているのが見える。

団長は背中しか見えないけど、あまり動きがない。

対して向かいのローゼリア嬢は笑顔に身振り手振りも派手で、なんというかこう……飛び込み営業か押し売りかみたいな気配をぷんぷんさせている。

（『レオしゃんのとこ行く』）

（「ええ？　あの人の匂《にお》い嫌なんじゃないの？　そろそろ交代だし、お話の邪魔しちゃだめよ」）

（『じゃましないの』）

本当？　でも、なんか毛が逆立っていていつもと違うから許しちゃった。

（「じゃ、お昼ごはん先に食べてるから。外にいるからね」）

（『わかったの！』）

シュカはものすごい速さで団長のところへ行き、膝《ひざ》の上に飛び乗っていた。

あとはシュカに任せよう。

昼番の衛士《えいし》が来て交代した後に、目線で（あれ、なにしてるんだ？）と語られたから、（さあ？）と首をすくめて返す。

あたしは制帽を外し、一人でお昼の休憩に入った。


〔納品青《のうひんせい》〕を出て、納品ホールにある魔法鞄預かり具からバッグを取り出す。

この魔法鞄預かり具は本当に便利。

朝出勤する時に通る〔王宮口〕で預けたものを、ここから取り出せるんだもの。わざわざロッカーへ取りに行ったりしなくていい。

〔納品金《のうひんきん》〕に立つリリーに「お疲れさま」と手を振って、納品口から外へ出た。

雨期を過ぎて、王都には本格的な夏が来た。カラリとした空気と青い空に目を細める。

すぐ近くにできた広い東屋では、何組かが食事をしたり休んだりしていた。

ちょっと暑くなってきたけど、やっぱり外で食べるの好きだな。

空いているベンチに座り、テーブルへクロスを敷きグラスとお皿を出す。

シュカはいつ来るのかしらね。この後は巡回だから交代はないけど、遅れるわけにもいかないから先に食べちゃうわよ。

グラスの果実水を一口飲んで、タマゴサンドをつまんでいると、納品口からシュカが出てきた。うしろにレオナルド団長もいる。

唐揚げも食べるかな？　肉好きさんたち用に鶏《とり》の唐揚げを追加で出す。

本当は醤油《しょうゆ》が欲しいところなんだけど、ないからニンニクとショウガに漬け込んでスパイスを効かせた唐揚げ。片栗粉もないから薄力粉のみの柔らかジューシーなやつ。

この世界は素揚げの料理はあるのに、衣を付けた揚げ物がないの。唐揚げもフライも美味《おい》しいのに。

シュカの分のオムレツと、レタスとキュウリをワインビネガーで和えたサラダも追加で出す。あとはタマゴサンド、トリハムサンド、ブロッコリーポテサラサンド。

『クー！』

「シュカ、お疲れさま。――――レオさんもお疲れさまです。よかったら食べていきませんか」

「これを見て断れる者はいないだろうな。お言葉に甘えていただこうか」

うれしそうな笑顔に、あたしもうれしくなった。

取り皿にいろいろサーブしていく。獅子《しし》様の分は肉多めね。

「外で食べるのは気持ちがいいですね。休憩所が欲しいってわがまま聞いてくれてありがとうございます」

「いや、他からも要望は出ていたから、いい案をもらってよかった。通したのは陛下だ。気にせず活用するといい」

「はい」

向かいで美味しそうに食べる顔に、ちょっとだけ見惚《みと》れる。

「この鶏肉は面白い料理だな。サクッとして中は柔らかい。香りもいいし美味《うま》くてクセになる。エールに合いそうだ」

「唐揚げっていうんですよ。いろいろなもので作れます。魚も美味しいんです」

「そうか。今度は他のものも食べてみたいものだな。ユウリの作るものは、本当にどれも美味い」

照れてしまうから、あたしも唐揚げを一つ口に入れた。スパイシーでジューシー。辛口のシードルが飲みたいわ。

さっきのお嬢さんと、なんの話をしてたんだろうって気になっていたのも、お腹《なか》が満たされて「まぁいいか」なんて思ったり。

『クー』

団長は鳴いたシュカを見て頭を撫でた。

「そうだ。先ほどのアレだがな、シュカが助けてくれたんだ」

「シュカが助けた、ですか?」

「ああ、あの令嬢との間に入って威嚇したんだぞ」

そう言って、カラリと笑う。

ええ、威嚇って! いいの⁉

「失礼じゃありませんでした? 邪魔したんじゃないですか?」

「大丈夫だ。なんだかよくわからない話でな。近衛団に関係があるわけでもなさそうだったから、お引き取り願ったところでシュカが来た。助かったぞ」

「それならよかったですけど」

よくわからない話ってなんだろう。あの営業トーク風なのは絶対に押し売りだと思ったんだけど。

「もう城には来ないように伝えたから、二度と来ないと思うがな」

そうですか。それならこちらも手間がかからず助かります。

ほっとして笑うと、レオナルド団長は少し赤い顔でつぶやいた。

「……玄関口に行く口実ができてよかったんだが……」

玄関口ホールの様子を見たかったのかしら。導入されたばかりの魔法鞄《かばん》預かり具も気になるわよね。

たまには団長たちも巡回したらいいと思う。いろいろ見えることもあるし気分転換にもなるしね。


そんなのん気なことを思っていたんだけど――――。

青いドレスのその女性は次の日もまた次の日も来た。似たような明るい青色のドレスで。


『近衛団執務室だ』

今日、空話《くうわ》を取ったのはレオナルド団長だ。

「玄関口です。あの、またいらしてますけど……」

言った方も言われた方も困惑しきりだったけど、伝えないわけにはいかない。

『……わかった。すぐに行く』

そして営業トーク風の令嬢とほとんど動かないレオナルド団長のお芝居が、ホールの隅で繰り広げられる。

歓迎していない風だったけど――――団長が本当にどう思っているのかはわからない。

だからあたしは報告することにした。

密告とかじゃないわよ。報告。報連相は大事だからね？

夜、回復薬を受け取りに来たアルバート補佐へ、最近こんなことが起こっているんですけどと切り出した。

「――――ユウリ様、ウルダン男爵令嬢と仰いましたか？　もしやローゼリア様ですか」

「あ、そうです。ご存じですか？」

「ええ……昔、学院で……。彼女は三つ下だったので顔見知り程度ですが」

「そうなんですね。じゃ、レオさんも知り合いだったんだ……」

「年が違うとあまり会う機会もないですし、レオナルド様とは学科も違いましたからね。ご存じないかと……あっ。いや、そういえば、あの方は第二王子殿下の熱烈な信奉者でしたか……」

なんか楽しそうな話に転がったわよ。

聞けば、第二王子殿下を追い回しひんしゅくを買っていたらしい。

レオナルド団長は、殿下の学内での護衛だったそうだ。なので、顔は知っているかもしれないと。

「あの感じは絶対に営業……や、何か売り込みに来てる感じですよ」

「売り込み、ですか。――――まさか、ご自分を…………？」

え、何？　どういうこと？

一瞬鋭い表情をしたアルバート補佐は「いえ、なんでもありません。有益な情報をありがとうございます、ユウリ様」と笑顔を作った。

◇◇◇

次の日もやっぱり青いドレスのローゼリア嬢は来ていた。

モヤリとしないこともない。

来るなと言われているのに来るご令嬢にも、迷惑そうにしつつもすぐに玄関口に来る我が近衛《このえ》団長にも。

いや、正直モヤリどころじゃない。ムカよムカっ！

明日は休みだし、つまみをいっぱい作ってワインを飲もう。

あたしは『零《こぼ》れ灯《び》亭』で野菜を買って、家に帰った。


まずはとっておきの赤鹿《レッドディアー》の塊を魔法鞄から出し、厚めに切った。

そのうち女子会で焼こうかと思っているんだけど、それでも多いから今日食べるわ。赤ワインと合わせていっぱい食べるわよ。

赤鹿《レッドディアー》のステーキ肉は塩だけ振って、オーブン型の家魔具《かまぐ》に備え付けの天板にのせ、中強火くらいの感覚で［網焼《アグリル》］の魔法をかける。網焼きの焼き目が美味しそう……。ホイルがあればよかったんだけど、ないから余熱で火が通るようにほんのり温めたオーブンへ入れておく。

中に熱が入るのを待つ間に他のつまみを作る。

ニンジンやタマネギなどの野菜を細切りにして、フライパンの上に削ったチーズとのせ［乾焼《アベイク》］。

チーズが溶けてカリッとサクッとしたスナック系おつまみとなる。

トマトは適当に切って、ベビーリーフとガーリックオイルを和えてサラダに。

赤鹿《レッドディアー》をオーブンから出して、残った油にキノコとコショウ、ちょっとだけ［油揚《アディーフラ》］をかければ、ステーキの付け合わせもできた。

お土産《みやげ》にもらったメルリアード産ロスゼア種の赤ワインを魔法鞄から出して、にんまりとする。

まだ外は明るいけど、もう飲む！

コルクの栓を開けると、シュカがしっぽをゆらゆらさせながらこっちを見た。

「……シュカも飲む？」

『クー！（いいの⁉）』

「たまにはいいわよね。あとで白も開けようかな」

（『この赤いの、まえに飲んだのと、おなじにおいなの』）

「正解ー。レオさんとこのワインでーす」

お皿にワインを注ぎ、シュカに出してあげる。

「はい、どうぞ」

（『いただきまーす！』）

ペロっと舐《な》めるシュカはホントにうれしそう。

眺めながら自分のグラスも傾けると、やっぱり美味《おい》しい。

オーブンの余熱で温めていた赤鹿《レッドディアー》を一口。くぅっ……。美味……。クセはあるけど爽《さわ》やかな香りと重なっていいアクセントになっている。

しかもなんか体がすうっと軽くなる。魔獣肉は魔力回復するんだっけ。料理で使った魔力なんてちょっぴりだけど、楽になっていく。

食べてまた赤ワインへ。うん、合うわね。赤鹿《レッドディアー》が牛肉よりも爽やかだから、軽めの赤ワインが合うわ。

ふとシュカを見ると輪郭がふわふわとぼやけてあっという間に巨大魔狼《フェンリル》……じゃなくて大きな白《びゃっ》狐《こ》へと変化した。

『やはりあの男のところのワインは美味《うま》いの。この素朴だが力強い気がよいわ』

独特な楽しみ方でちょっとうらやましかったり。

「前にレオさんの気に似てるって言ってた？」

『そうじゃの。似ておる。良い土の気、それと少々の風の気じゃ。食物も人もその土地が作るということじゃな』

口の周りを赤くして、なんか神獣っぽいこと言ってるわよ。

「ってことは、みんなそれぞれそういう気を持ってるってこと？」

『だいたい持っておるのぅ。ぬしは風の気が強い。あと火の気じゃな。ちなみにわしといっしょじゃ』

「シュカと同じなの？」

『そうじゃよ。わしらは護《まもり》となる。じゃが、大量の気が必要でな、同じ気を持つ者でないと足りなくなるのじゃよ』

もしかしてあたしのために転移させられたってこと……？

「……あたしがいなければ、こんなとこに来なかったってことよね……」

『いやいやいや、気にするでないぞ。他の世界に来るのは楽しいからの。こうして美味いものや食べたことがないものも食べられるしの』

いいならいいんだけど……。

初めて会った時、小さいシュカは神様に会えないのがさみしそうだったわ。

『この赤鹿《レッドディアー》とやらも、美味いのぅ。これはわしらと同じ風と火の気じゃな』

シュカの空になったお皿に、ワインを注ぐ。気に入ったらしい赤鹿《レッドディアー》も追加でお皿にのせた。

「へぇ。赤鹿《レッドディアー》と似てるのね。魔物と同じとかおもしろい。他の人たちは？　ニーニャとか？」

ニーニャは土の気と風の気、マクディ警備隊長は土の気と水の気、ミライヤは水の気と土の気だって。もしかしてマクディ隊長とミライヤって相性よかったりする？　今度、合コンでも開催しようか。

なんだかんだでボトルが空き、次のワインを開けたところで玄関のベルが鳴った。

「何かご用ですか？　レオナルド団長」

そう言って見上げると、困った顔があたしを見た。

「あ、いや……明日は休みだからそれを伝えに…………っ⁉　巨大魔狼⁉」

玄関へ出てきたシュカを見て、とっさに団長はあたしを抱き寄せて背のうしろに隠した。

もう……！　そういうことされると、すねていられないんですけど……！

「あの、あれシュカです……」

団長もすぐに間違いに気づいたらしく、自分の左腰に置いていた手を下した。

「……シュカ……か……？」

『そうじゃぞ、レオじゃんや。わしじゃ、わし。シュカじゃ。びっくりさせてすまぬのぅ』

「……は、話せるのですか⁉」

驚く気持ちはわかるわ。

「とりあえず、中へどうぞ。赤鹿《レッドディアー》焼いたので、食べてってください」

「いや、だが……」

「わたくし、レオナルド近衛団長にお話がございます。聞いていただけますよね？」

渋る大男の腕をつかんで、圧を加えましたよ。

団長は、眉《まゆ》を下げてうなずいた。

「ああ、聞かせてもらおう……」

団長をダイニングのテーブルに着かせ、グラスやつまみの用意をする。

男爵領で狩りに連れていってもらわなければ食べられなかったんだし、レオナルド団長にも食べてほしいなと思っていたのよ。赤鹿《レッドディアー》たくさん焼いておいてよかった。

「――シュカ様の本体がこちらということでしょうか？」

『そういうわけではないのだ、レオしゃんや。どちらも本物であり、どちらも仮の姿じゃな。まぁまぁ、そうかしこまらずにの、普通に話すがよいぞ』

「ああ、では俺のことはレオと。なぜいつもの姿では――」

レオナルド団長という人は、普段はどっしりと構えた王者の獅子《しし》のようだけど、意外と好奇心旺《おう》盛《せい》だ。光の申し子に関してもずいぶん調べたみたいだし、シュカがあんなに変わったのにあっさりと馴染《なじ》んでいる。

ちょっと不思議なものが好きなのかもしれない。

二人と一匹でワインを飲めば、ワインの話になる。シュカが良い土の気の味がすると言うと、レオナルド団長はうれしそうな顔をした。

っていうか、楽しく会話しちゃっているけど、違うわよ！

言いたいことがあるのよ！

ぐぐーっと一息に飲んで、あたしはグラスを置いた。

「レオナルド団長、申し上げたいことがございます！」

「……ユウリ、酔ってるのか……？　大丈夫か？」

「いいえ、酔ってはおりません！　あたしを酔わすなら樽《たる》で持ってきてもらわないと！」

「いや、だが、水を……」

「どうして！　いつも！　玄関に来るんですか！」

キッと見れば、団長はポカンとしている。

「青いドレスの令嬢の話です！　追い返すと言いながら、どうしていつも玄関口に来るんですか！」

「それは、来客があると言われれば行くが……、駄目だっただろうか」

「会う必要がない客なら、空話で『約束がない者とは会わない』って言ってくれればいいんです！」

「……なるほど。──だが、それだとユウリの負担になってしまわないか？」

「あたしは衛士《えいし》です！　出入管理の基本は『資格』と『必要性』。入る資格入る必要性がない者を中へ入れないのがぁ……、あたしたち警備隊の衛士の、仕事なんですぅ……」

クラッと視界が揺れた。

「……ユウリ」

「あたしを、信じて、ほしいんですぅ……。ちゃんと、おことわり、ひますから……。らから
…………」

団長の仕事に専念して、余計なことに煩わされないでほしい……。

まぶたが重くなっていく。

あたし、このくらいで、酔ってないわよね……？

ああ……そうだ……そういえば、ここ最近寝不足だった、っけ………。

だんだん遠くなっていく意識がかすかにとらえたのは「――すまなかった、ユウリ」という声と、眉を下げて笑った顔だった。

◇◇◇

とある日の近衛団執務室。

俺が報告書に目を通していると、部屋に備え付けられた空話具《くうわぐ》がリンと鳴った。副団長候補となりまめまめしく働いているエクレールが、それをさっと持ち上げた。

「――団長。玄関口からで、ウルダン男爵家のローゼリア様がいらしているそうです」

ウルダン男爵領の場所はすぐ頭に浮かんだものの、男爵本人やローゼリアという名前にさっぱり心当たりはなかった。

が、用があると言うのなら用があるのだろう。

「すぐ行くと伝えてくれ」

玄関口は今の時間ならユウリがいるはずで、きっと空話の相手もユウリだ。

俺は留守をエクレールに任せ、近衛団執務室を後にした。

新しく改装された玄関口へ行くと、スラリと制服を着こなしたユウリが立っている。

制帽から流れる黒髪も、ツバの下からのぞく切れ長の黒い瞳《ひとみ》も、何回見ても見飽きない。

「ユウリ」

カウンター越しに呼びかけると、少し困ったような顔で見上げてきた。

「あっ……あの、あちらでウルダン男爵家ローゼリア様がお待ちです」

「わかった。ありがとう」

名残惜しいが仕事が先だ。

令嬢が座っている席へと向かった。

「お久しぶりですわ。メルリアード男爵様」

「……こんにちは。私に用があると聞きましたが、なんでしょうか」

貼り付けたような笑顔になんとなく見覚えがあるが、はっきりとは思い出せない。

ローゼリア嬢の話から、ああ、あれか……と学院時代の記憶がよみがえる。そういえば第二王子殿下にずいぶんつきまとっていた令嬢がいた。化粧が濃くてわからなかったが、こんな顔だったな。

いまさらまた殿下に会わせろなどという話なのだろうか。

「領の方もすっかり復興なさったとお聞きしますわ。素晴らしいことですわね」

「ありがとうございます」

「辺境伯領のおとなりですものね。それは素晴らしい領なのでしょうね。わたくしも見てみたいものですわ」

「それほどでも……ご用がないのでしたら、お引き取りいただけますか？」

「ワインが素晴らしいと聞いているのですけど、どちらで買えますのかしら？」

眉間《みけん》にしわが寄ってしまうのがわかる。

顔が怖くなるからやめろとロックデールに言われているが、この場合仕方がないだろうと思う。

そこにさっとシュカが来て膝《ひざ》へ飛び乗った。

そしてローゼリア嬢に向かってシャーっと毛を逆立てた。

ローゼリア嬢が驚いて怯《ひる》んだ隙に、俺はたたみかけた。

「ワインは領へ問い合わせを。そういった用件でしたら、こちらへはもういらっしゃらないでください。——では失礼します」

席を立つころにはもうユウリの姿はなかった。シュカはユウリがどこにいるのかわかっているようで、こちらをちらっと見て『クー』と言ったかと思うと、どんどん進んでいく。

後を付いていくと、外の休憩所にユウリの姿があった。

その後はユウリが作った美味《うま》い昼食をごちそうになり、いい昼だったのだが。

ローゼリア嬢は次の日もまた次の日もやってきては、なんだかよくわからない話をしていく。困惑と軽いいらだちの日が続いた。


休みの前日、ユウリに留守にする件を伝えに部屋へ行くと、巨大魔狼……ではなく大きくなったシュカがいた。

思いがけずシュカと話ができ、ユウリの美味い食事を食べ楽しいひと時を過ごさせてもらったのだが。

ユウリは珍しく酔ったようだった。「どうして！　いつも！　玄関に来るんですか！」と言われた時は、「会いに来るな。仕事しろ」という意味かと思い謝るところだった。

だがそういうわけではなく、俺がローゼリア嬢のことを迷惑しているとわかった上で、来るなと言ってくれていた。

「あたしは衛士です！」

そう言い切ったユウリは、本人が思う以上に衛士だ。こんなの部下としても可愛《かわい》く思ってしまうだろう。

テーブルに突っ伏して寝てしまったユウリに、笑みが漏れる。

「……シュカ、ユウリを寝室に連れていってもいいだろうか」

『すまぬのぅ。寝床に寝かしてやってくれ』

抱き上げ、寝室のベッドへそっと降ろす。小柄な柔らかい体に、思うところがないわけではないというか、何も感じないわけではないというか、心を無にしようと試みる。が、うっすらと笑っている気持ちよさそうな寝顔は、ただただ可愛い。

思わず頬《ほお》を撫《な》でてしまい、慌てて手を引っ込めた。

……自制心という言葉をこんなに重く感じるのは初めてだ……。

リビングに戻ると、シュカはまだワインをペロリとなめていた。

『そうじゃ、レオや。あのおなごじゃがな……』

「あのおなご……？　ローゼリア嬢のことだろうか」

『そんな名だったかの。あの匂《にお》いがきついおなごじゃ。あれは、気を付けた方がいいぞ』

神獣である白狐がそう言うのであれば、彼女には何かがあるのだろう。今のところ何が目的なのかさっぱりわからないのだが。

シュカは細めた目に鋭い光を浮かべながら、匂いがのぅ……と言う。

「気を付けた方がいい……わかった。覚えておこう」

『ユウリをよろしく頼むぞ。ちょっと鈍いところはあるがの、良い主《あるじ》なのじゃ』

ちょっと鈍いのはわかるような気がした。おかしいやら可愛いやらで口元が緩む。

「こちらこそよろしく頼みたい」

そう答えてワインを皿に注ぐと、シュカもニヤリと笑った。

「レオナルド様、婚姻の打診が来ていたそうです」

俺はサインをしていた手を止めた。

休日、領に戻り自室で仕事をしていたところだった。相変わらず仕事は山積みだ。

アルバートは横で紅茶を淹《い》れながらそんなことを言った。

「……婚姻の打診……？　俺にか？」

「もちろんあなたにですよ」

「今ごろそんな話が……ん？　来ていた？」

「ええ。サリュード様が『息子はもう本人が男爵ですから、あちらへ直接どうぞ』とお断りになったそうです」

それはまた俺にとっては微妙な断り方だな。

こちらへ話が来るのだろうか。

「何か話とか来てるか？」

「いいえ。婚姻だのといった話は来ておりませんが……あなたのところに行っているのでは？」

「いや、何も来ていないが」

そう答えると、アルバートは笑った。

「そのお相手はローゼリア嬢ですよ？」

あ――――。

俺は息をのんだ。

「それでか……。だが、そんな話は全くしていなかったぞ」

「まぁそうでしょうね。あの方の好みは第二王子殿下のようなすらりと細身で顔がいい男ですからね」

そう言われてしまうと少し複雑な気分なんだが。

「……では結局何が目的なんだ」

「婚姻が目的というのは、間違ってないと思いますよ。ただ、あなたのことが好きでというわけではないと」

だから、たとえそうだったとしても、はっきり言われると大変複雑なんだが。

「こちらでも調べましたが、ローゼリア嬢は離婚されているようです。外聞が悪いからどこかへ嫁に出そうとしたもののなかなかいい話がなく、嫁の来手《きて》がないあなたのところへ話が来たと考えるのが自然ですかね」

「……そうか」

俺がダメージを負った気もしないでもないが、だいたいの話はわかった。

書類の続きに戻ろうとするが、アルバートは更に続けた。昨夜のシュカの『気を付けた方がいい』という言葉と重なる。

……やっかいなことだな。

俺は眉間のしわがさらに深く刻まれるのを、止めることができなかった。

◇◇◇

見慣れてきた青いドレスを前に、あたしはにっこりと笑みを浮かべた。

「お客様、お約束がない方との面会はできないとのことでございます。お引き取りいただけますか」

そう言った時のローゼリア嬢の顔ときたら！　キイーっ!!　と言ってにらみつけてきましたよ。

キイーって本当に言う人初めて見たわ。舞台女優さんになったらどうかと思うほどの、みごとな激怒。

あたしのせいじゃないわよ、空話で連絡してたの見てたでしょう。それで団長が「悪いが約束がない者とは会えないと伝えてくれるか」って言ったんだから、諦《あきら》めていただきたい。

キーキーわめかれていい気分はしないけど、ここで進入を止めるのがあたしたちの仕事。

無理に通ろうとするなら拘束もやむなしよ。

ここまですればもう来ないだろうと思っていたのに、次の日ローゼリア嬢はまた来た。

「レオナルド・ゴディアーニ近衛《このえ》団長は、本日所用によりこちらへ来ることができません」

「連絡もしないとはどういうことですの⁉　わたくしをなんだと思ってますの⁉　メルリアード男爵様の婚約者でしてよ!!」

「本日は不在ですので、連絡できません。ご了承ください」

婚約者だろうがなんだろうが、いないもんはいないし、来れないもんは来れないのよ。

本当ならもう少し柔らかく言うんだけど、無理。婚約者とか、ウソなのか盛って言ってるのかわからないけど、もうホント無理。

シュカもカウンターの上に乗り、シャーシャー毛を逆立てて威嚇している。

ひとしきり騒いでローゼリア嬢は帰っていった……と思いきや、数分後に戻ってきた。

見るからに貴族っぽい、襟から前裾に派手なステッチが入ったジャケットのでっぷりしたおじさんを伴って。

ええ？　父親同伴なの？　いやさらにもう一人いる。こちらも派手な服の腹のでっぱった男。見たことあるような――――。

って！！！！

悪ダヌキじゃないの！！！！

派手なスーツで気づかなかったわよ‼

謹慎中のくせに出歩いていいの？

でっぷりしたおじさん貴族が、偉そうな態度で受付まで来て、そのまま通ろうとした。

「恐れいりますが、どういったご用件でしょうか？　通行許可証がない方はその先に入ることができません」

「ああ、そこの息子が許可証を持っている。それでよいな」

…………息子。ってことは、これ、悪ダヌキの父親か！　ローゼリア嬢が当然のようにうしろについているけど、親戚《しんせき》か何かなの⁉

「――息子さんですか？」

「お前の上司だろう？　グライブン・マダック警備隊長だ。わかるな？　制服じゃないからわからなかったか？　グライブン、お前からも言いなさい」

「……あ、いや、父上……」

「恐れいりますが、現在警備隊長はマクディ・メッサですが。それにグライブン衛士《えいし》は謹慎中のため、中に入る資格を有しません」

あたしがきっぱりとそう言うと、悪ダヌキ父はわかりやすく顔色を変えた。

「お前はどこの家のものだ！　わしをデスガリオ伯爵と知っての言葉か！」

「どなたであれ、正当な理由がなければお通しできません」

肩に飛び乗ったシュカが毛を逆立てて臨戦態勢に入った。

この様子じゃ、あたし一人では止められないかもしれない。物理的になら止められるけど、それは最後の手段。

もしあたしが何かしてしまったら、ゴディアーニ辺境伯の名前に傷を付けてしまうもの。できれば迷惑はかけたくない。

「こちら玄関口、応援お願いします。こちら玄関口、突破されそうです。応援お願いします」

空話具《くうわぐ》で応援要請を出すと、真っ先に飛び込んできてくれたのは玄関外の衛士だった。玄関外はいらないとか言ってすみません！

が、元上司とその父の伯爵とよくわからない派手なご令嬢相手に、おろおろするばかり。

あとは巡回者が誰か来てくれるかもしれないけど、期待はできない。

あたしは空話具のチャンネルを変えて、もう一度応援要請を出した。

『――――わかった。すぐ行く』

答えるはずのない声が耳に届いた。

「――理由はある！　デスガリオ伯爵がメルリアード男爵に会いにきたのだ！　小娘そこをどけ！」

「正規の手続きを済ませるまでは通すことはできません！　それが規則だからです！　王城の規則

を破るとは陛下のご意思を無視するということ！　それでも通ると言いますか⁉」

「それを言うているのは、小娘、お前だけだ！　貴族が通ると言っているんだ、そこをどけ！　グライブン、黙らせてしまえ！」

「はい、父上！　お前のことは気に入らないと思っていた！　新入りのくせに偉そうにしやがって！　女だと思って甘く見てたが、痛い目に合うがいい！」

憎々しげにこっちを見た悪ダヌキは、勢いよく腰のサーベルを抜いた。

――――この男、王城で抜刀したわよ――――⁉

サーベルをふりかぶり、あたしに向かってくる。

仕方ない――――！

腰の棒を抜こうとした時。

背後から近づいてきていた足音と大きな背中が、あたしを追い越した。

レオナルド団長が、突っ込んできた悪ダヌキの腕を払い蹴《け》りを食らわせる。

「――――グライブン‼　どういうことだ‼」

悪ダヌキは床に叩《たた》きつけられ、聞きなれたレオナルド団長の低い声がホールに響き渡った。

「……ふが……はが……」

無様に這《は》う男の姿に、その父が顔色をなくした。

「……な、なんたる乱暴者……。メ、メルリアード男爵、縁談を持ってきてやったのだ。ありがたく受けるがいい。そして親戚となるデスガリオ伯爵の子、グライブン・マダックを隊長として引き立てるように。そ、それで今回の狼藉《ろうぜき》は水に流してやろう」

「何か寝言を仰《おつしや》ったか？　デスガリオ伯爵」

もう、背中だけでもわかる。国王陛下の獅子《しし》がすんごい怒っているわよ……。

「ひっ……む、無理ですわ！　おじさま！　いくらおじさまに言われましても、こんな恐ろしい男……」

「む、無理じゃない！　お前の家の借金は誰《だれ》が払ったと……。メルリアード男爵、縁談だ縁談！

二度も逃げられたお前に嫁を連れてきたのだ。ありがたく思え！」

背後から聞こえる足音やささやきを交わす声が、どんどん増えている。

そんな大勢の中で、レオさんがこんなこと言われる筋合いないじゃない……！

あたしは悔しくて、団長の前に飛び出た。

「馬鹿にしないでよ!!　縁談なんてい……」

「――――余の城で騒ぎを起こしているのは誰か」

ホールが静まりかえった。

「へ、陛下っ……！」

振り向くと、落ち着いた濃紫のマントを羽織った上品なおじいさまが近づいてくる。エクレールが先導し、キール護衛隊長以下護衛隊衛士を五人引き連れている。

そうだ……レオナルド団長は謁見《えっけん》の途中に退出してきてくれたんだ。

今日はエクレールと謁見に同席するから執務室にはいないって、玄関口へ連絡をくれていた。まさか応答してくれるとは思わなかったけど。

デスガリオ伯爵とローゼリア嬢はものすごい慌てている。そしてバタバタと伯爵は膝《ひざ》をつき首を垂れ、令嬢はドレスをつまみ淑女の礼をした。

あたしはその場でこめかみ横に指をそろえて敬礼する。

「これはどうしたことだ？　レオナルド」

陛下が優雅だけど力強い足取りで近づき、となりに立つ団長へ問いかけた。

「はっ。デスガリオ伯爵の子グライブン・マダックが王城で抜刀したため、無力化いたしました」

「その者、近衛団の衛士ではなかったか？」

「……我が団の謹慎中の者です。私の指導が行き届いておりませんでした。お騒がせして大変申し訳ございません」

「謹慎中であったなら、近衛団に責はない。して、デスガリオ伯爵は何用でそこにおるのだ。息子ともども城を騒がせに来たか」

陛下は不快そうな表情で伯爵の方を見た。

伯爵は落ち着かない様子で体を動かし、悪ダヌキは床に倒れたままガクガクと震えている。

「い、い、いいいえ、と、とんでもございません！　メ、メルリアード男爵に縁談を持ってきただけでございます……！」

「王城を己《おの》が個人的なことに使うとは、どういった了見であろうな」

「たた大変申し訳ございません‼　すぐに下がらせていただき……」

伯爵が引きつり笑いを浮かべて退出しようとしたところを、レオナルド団長が吠《ほ》えた。

「王城での抜刀、反逆の意志ありとみなす！　警備隊、二人を捕らえて牢《ろう》へ！　事情をお聞きするため、ご令嬢もお連れするように！」

「「はっ」」

エクレールと巡回の衛士たちが、二人を拘束し奥へと連れ去っていく。

国王陛下は団長へ軽くうなずいた。そしてあたしの前へ立ち微笑《ほほえ》んだ。

「素晴らしい雄姿であったな」

雄姿って……！　たまらず前に出たことを思い出して恥ずかしくなる。

顔が熱くなるのが止められないいんだけどっ……‼

「あっありがとうございますっ！」

ありがとうございますって何よ⁉　もっと気が利いた返事あるでしょうよ、自分！

陛下は優しげに「こちらこそ、いつもありがとう」と笑って奥へ戻っていった。

「……ユウリ、その……ありがとう……」

頭上から降る声に、恥ずかしくてうつむく。

「あっ、いえっ……その勢いで……」

返事がなくて、横をそーっと見上げる。

片手で口元を覆い、あらぬ方向を見ていたレオナルド団長の顔は赤く染まっていた。

「――団長！　牢の使用許可書のサインお願いします！」

エクレールの声が廊下の先から聞こえ、衛士たちが団長を取り囲む。

「ユウリ衛士にも事情を聞きたいのですが！」

あたしも⁉

交代の人員が、もうカウンターに立ってしまっているし、仕方ないわね。

飛びついてくるシュカを肩に乗せ、レオナルド団長のうしろについた。

大きな背中。いつも守ってくれている優しい人。でもあたしだって守りたいと思うのよ。

心の中でつぶやくと突然その背中は振り向き、優しい顔を見せたのだった。

◇◇◇

目の前の席に座るレオナルド団長は、膝にシュカを乗せ時々照れたように笑った。

あの事件から数日が経《た》った。

レオナルド団長がお礼だと言って『零れ灯亭《こぼれびてい》』へ連れてきてくれたんだけど、そんな笑顔を見せられたらつい目を逸《そ》らしてしまうじゃない！

恥ずかしいやら照れくさいやらで、おつまみへのびる手が早くなってしまう。ああ、太るかしら。太るわよね。いけない！　でもなんか間が持てないのよ！

前に女子会をした部屋より少し狭めの個室のテーブルには、ワインやおつまみがずらりと並んでいる。

夏野菜が多くお目見えしていて色が目にも楽しい。鮎《あゆ》に似た川魚の塩焼きも夏っぽくていいわよね。

ん？　今、団長がなんかあたしの知らない話をしたわよ。

あたしはポクラナッツの実をぱくりとくわえたままシュカを見た。

「えっ、シュカは悪ダヌキとローゼリア嬢がいとこって知ってたの？」

『クー。（おなじにおいするの）』

「大きいシュカが教えてくれたんだ。それにアルバートが調べてくれていた。ユウリが怪しいと伝えてくれていたおかげだな。ありがとう」

笑顔が、眩《まぶ》しいですっ……。

顔が思わず熱くなるから、冷えた白ワインがついすすんでしまう。

結局『デスガリオ伯爵家反逆事件』は、領地の没収と悪ダヌキの懲戒免職で幕を閉じた。

王城で抜刀した割にはかなり軽い量刑だというのが周りの意見だった。抜刀したのが息子の方だったのと、実際に怪我《けが》などをした者がいなかったので、そのくらいで済んだらしい。

悪ダヌキに付き従っていた二人の槍《やり》男のうち残っていた一人も警備に居づらくなったのか、自ら退職していった。

「ローゼリア嬢の家はお咎《とが》めなしだったんですね」

「ああ。伯爵家である本家に脅されて仕方なくという話だったのでな」

近衛《このえ》団に対しての業務妨害とかもあったような気がするけど、そのくらいはまぁ大目に見てもいいか。

来週からマクディ警備隊長が、朝から上番する隊長番に戻ってくる。副隊長はワイルド系イケメンのリドが就任することになったらしい。

なんだかんだあったけど、これでやっと警備の人事は落ち着きそう。

「――それでだな、ユウリ。その……夏至祭に来ないか？」

「夏至祭、ですか？　おまつり？」

「ああ。この国では大きな行事なんだが、一年の折り返しになる夏至の日に神に日ごろのお礼と豊《ほう》穣《じょう》祈願をする祭りだな。夜に火を灯《とも》して舞や歌を奉納するんだ」

「へぇ……夜なんですね。なんか素敵ですね」

「この王城でも大きい祭りをするんだがな。俺は領の方の祭りに出なければならないから、仕事後に帰ることになっている。……よかったら、どうだろうか……？」

「はい、行きます！　楽しみにしてます！」

夜祭り！　楽しそう！　また北方の美味《おい》しいものが食べられるかな。

ウキウキと軽く返事をしたけど、仕事絡みじゃないお誘いはこれが初めてだと、この時のあたしは気づかなかった。

# 閑話一　ガヤたちのロースト　ハニーソース添え

ある日の昼前のこと。

ちょっと早めに昼食をとる人たちが食堂へとやってくる時間は、少し前なら国王陛下の獅子と、黒髪のお嬢さんをよく見かけた時間帯でもあり『食堂で獅子の恋を無言（だったり違ったり）で応援する会』が結成された時間帯でもあった。

今日はなんだか玄関の方が騒がしく、『食堂で獅子の恋を無言（だったり違ったり）で応援する会』の会員の何人かは食堂へ行く途中に足を止めた。

近衛と貴族が揉《も》めているようだった。

そしてその渦中にいるのは黒髪のお嬢さんその人だった。

お嬢さんがピンチですよ！　今こそ！　今こそ来ないと！　団長様！

祈るように心の中で団長へ呼びかけている彼らの傍らを、暴風が通り過ぎた。見慣れた大きな体。待っていたその人――――。

（（団長様‼　キタ――――――――！！！！））

驚きと歓喜の中、あっという間に狼藉者は蹴倒《けたお》される。

やっぱり我らが団長様は、期待を裏切らない‼　ヒロインのピンチには必ず駆け付けるのです‼

かっこいいです――――‼

雄姿にみなの内心沸き立つ中、貴族の男が獅子を侮辱するような言葉を吐いた。

（（（なんと失礼な‼　団長様にはラブラブなお相手がいらっしゃるというのに‼）））

と、憤ったその瞬間。

『食堂で獅子の恋を無言（だったり違ったり）で応援する会』の面々は息を呑《の》んだ。

黒髪のお嬢さんが団長様をかばうように！　前に！　出たんですけど‼

あの頑丈屈強な国王陛下の獅子の前に出ちゃいますか⁉

かばったりかばわれたり、愛なんですか⁉　愛なんですね⁉　愛しか感じません！！！！

((((何このかわいい人たち！！！！))))

その日の食堂には、萌《も》え燃え尽き魂を抜かれたように呆《ほう》けた文官さんたちの姿が、あちこちに見られたとかなんだとか。

◇◇◇

午後のゆっくりとした時間。

国王と王妃がお茶を飲んでいるティールームへ、諸々《もろもろ》の手続きを済ませた国王陛下の獅子ことレオナルド近衛団長が馳《は》せ参《さん》じた。

「来たか、レオナルド。先ほどはおもしろいものを見せてもらった」

「…………その、なんと言いますか…………。謁見《えっけん》の途中に退出いたしましたことをお詫《わ》びいたし……」

レオナルドは足元に跪《ひざまず》き、赤く染めた顔を伏せている。

彼は今日の謁見の途中に「少々失礼いたします‼」と言い残し、大変な勢いで出て行ってしまったのだ。

今までそんなことは一度もなく、不思議に思った国王がそばにいた若い衛士《えいし》に聞くと、玄関口からの応援要請へ対応したということがわかった。

レオナルドのただならぬ様子から国王も玄関口へ向かった。貴族とのやっかいな揉《も》めごとであれば、自分が出ていった方が早いだろうという判断をしたからだ。結果、やはり行ってよかった。

「それは構わぬ。ああいったことがあればすぐに動ける方が望ましいぞ。もし遅れていたら大事な国の宝が損なわれていたかもしれぬ。褒美を取らそう」

「いえっ……！　滅相もないことです！」

「まぁ、そう遠慮しなくともよい。そうだ、この度のことでちょうど一つ伯爵領が空くではないか。どうだ？」

「そんなにいくつも、いただけません……！」

国王はハハハと機嫌よく笑った。

真面目《まじめ》で人柄もよいこの青年をずっと王城に置いておきたいものだが、そろそろ本人も幸せになってよいころだ。

「だが、宝を護《まも》るに当たって男爵子爵では少々心許《こころもと》ないではないか。やはり伯爵くらいはないとのう？」

「まぁ、陛下。いきなりそのようなことを言っては、レオナルドも困ってしまいますわよ」

「――その……陛下。連れていっても、よろしいのですか……？」

大きな体を縮こまらせ、顔を赤くする青年を眺めて国王は軽くうなずいた。

「宝自身が居たい場所を決めるであろうよ。余ができることはただ見守ることだけである」

国王自らが出向いた玄関先では、大変おもしろいものが見られた。

この国ではなかなか見ない黒髪の令嬢が、小さな体で大男をかばうように前に出ていたのだ。

国王陛下の獅子《しし》と恐れられる近衛団長を守ろうなどと、誰《だれ》が思うだろうか。

光の申し子とは少し変わった人物なのか、それともそこには何かの思いがあるのか――――。

そんな姿を見て、王城になんとしても留《とど》めておきたいなどとは思えない。

幸せになれる場所で、幸せになってほしいと思う。

きっと、光の申し子が幸せになる場所であれば、国はもっと栄えるだろうから。

「――で、どうだ？　現在国領となっている侯爵領でも構わぬぞ？」

「陛下っ！　お戯《たわむ》れが過ぎますっ……！」

戯れでもなんでもないのだが、欲のないことよ――――。

国王陛下の楽しげな声が、ティールームに響いた。

# 第二章　申し子、責められる

「あれぇ、メルリアード男爵夫人じゃないですかぁ。いらっしゃい～」

『銀の鍋《なべ》』の扉を開けると、ニヤニヤとしたピンク髪の店主に出迎えられた。

「な、え、ちょっと！　ミライヤ！　変なこと言わないでよ！」

シュカはさっさと肩から降り、ミライヤの手からちゃっかりシリーゴールの実を食べさせてもらっている。

「全然変なことじゃないですよぅ。おめでたいことじゃないですか。夏至祭に行ったんですよね？」

「そうだけど………なんでミライヤが知ってるの？」

「それはペリウッド様が教えてくれたからですぅ」

「……え？　レオさんの下のお兄さんの？　え⁉　なんでペリウッド様⁉」

「時々、白狐《びゃっこ》印の調合液《ポーション》の配達で来てるんですよ。だから、ユウリが全然顔見せなくても、筒抜けなんですぅ」

辺境伯の次男様が配達ってどうなってんの⁉

ミライヤはふふふと笑っている。

しばらく来なかったのを責められている気配もあるわよ。それは悪かったけど、こっちも忙しかったのよ……。

『デスガリオ伯爵家反逆事件』の後、ちょっとばたばたしていた。あたしも関わってしまったからいくつか事情聴取を受けたり、数枚の報告書を書いたり。

そして、「魔法鞄《かばん》しか持ってこなかったけど、中に持ち込みたいものがあるので袋が欲しい」人のために、ミニトートバッグを売る企画も立てていたりした。

魔法鞄預かり具の横に無人販売庫を置いて、必要な人には買っていただくスタイル。

手荷物検査をしやすいように、浅くマチがひろいデザインで、お化粧ポーチが入るくらいのごく小さいものと、ランチバッグにできるくらいの小さめのもの、書類や本が入るくらいの大きさのものと三種類がある。

作っているのは金竜宮《きんりゅうきゅう》のお針子軍団、王城裁縫師《ロイヤルテイラー》のみなさん。

空き時間に余った布の端切れなどで作ってくれている。そして売り上げは国の孤児のために使われることになっていた。

余り布で作ったバッグとはいえ、王城で使われている布なのでモノは大変よいのですよ。

しかもお針子さんたちノリノリで、エンブレムが入ったタグを作って付けたので、王城土産《みやげ》として人気が出てしまいました！　手荷物用として使わない人まで買っていっちゃうのよね。

端切れだからいろんなデザインのものがあり一点ものだということも、コレクターズアイテム化に拍車をかけている。

かくいうあたしも、ついつい販売庫を覗《のぞ》くのが習慣になっているのよ。だってステキなのが日々置かれているんだもの。

その王城トートバッグをカウンターにのせる。

「――これ、お土産なんだけど、なかなか来ない薄情な友人からはいらない？」

「キャー！　いります～‼　ユウリ、ありがとう！」

バッグの中には、メルリアード男爵領で買ったバターたっぷりの焼き菓子を入れてある。

現金な友人は、笑顔で中を覗いた。

「おおう！　男爵領のお菓子！　さりげなく広めようとするとはさすが夫人。抜け目ないですぅ」

「もう！　その夫人ってやめてよ。全然そんなんじゃないのに」

「ええ⁉　だって夏至祭に行ったんですよね⁉」

「行ったわよ？」

「……………まさか。――――あぁっ、ユウリって他の国の人だったっけ！」

ミライヤは頭を抱えている。そして、はぁ……とため息をついた。

「いいですか、ユウリ。心して聞いてくださいよ？　夏至祭というのは冬至祭というか新年祭と対になる、格式高い祭りなんです。なので、いっしょに行く相手は基本的には配偶者で、あとは結婚予定の恋人とか婚約者と決まってるんですよ」

「――――――え？」

「夏至祭にいっしょに行きませんかは、恋人になってくださいということです。誘われて、行ったんですよね？」

「さ、誘われた。…………え⁉　でも！　そんな話聞いてないわよ⁉」

「……はぁぁぁ……、もう団長様も変なところで詰めが甘いというか、抜けてるというか……それともわざと……？」

ミライヤがさりげなくひどいことを言っている気がしたけど、ほとんど耳に入らなかった。

えええええ――――⁉　そんなの、聞いてないんだけど――――‼

顔が熱くなっていく中、数日前のことがよみがえった。

王城でも夏至祭があるからと近衛《このえ》団の配置人数が多い中、仕事後に一人で城を抜けて男爵領へ行った。

もう［転移《アリターン》］は使えるし、レオナルド団長は仕事でギリギリになるから、先に支度をしていましょうと、アルバート補佐に言われていたから。

祭りの支度のお手伝いかぁ。何するんだろう。飾り付けとか？

メルリアード領主邸（元ゴディアーニ辺境伯別荘）へ入っていくと、アルバート補佐の奥さんマリーさんが出迎えてくれた。そのうしろにくっついていた息子のミルバートは、「しゅかきた！」と、目を輝かせている。

「ユウリ様、お待ちしていました。さぁ、こちらへ」

今日はお祭りのせいか、侍女さんや従者さん、衛士っぽい人などが屋敷の中にいる。前は全くいなかったのに。なんか領主邸っぽくなっているわよ。

「今日はすごいですね。人がたくさんいるんですね」

「夏至祭ですからね。本家の方から手伝いに来てもらってるんですよ。あちらは人手もあるし使用人たちも慣れたもんですからね」

マリーさんに案内されて通された部屋には、ずらりと並んだ侍女さんたちが。

「……え？」

「みなさん、こちらがレオナルド様の大事なお客様の、ユウリ様です。よろしくお願いしますね」

「「はい！」」

「では、ユウリ様。後ほどお迎えにまいりますね」

「え、マリーさん、ちょっと……」

「さぁさぁ、ユウリ様。こちらへどうぞ」

ベテラン風の侍女さんがものすごい笑顔で部屋の中の扉を開けた。

あれ？　前に泊まった部屋だと思っていたけど、そんなところに扉あったっけ？

促されて入れば、真新しい豪華なドレッサーとクローゼットが並び、さらにその向こうはお風呂《ふろ》場《ば》になっている。

「まずは湯あみからになりますよ。時間がございませんので、申し訳ございませんがお急ぎくださいませ」

え？　え⁉　祭りの仕度って、あたしがお仕度されちゃうってこと——⁉

湯あみのちマッサージ。ドレスを着せられてお化粧されて髪セットされて、なんか王城に来たころを思い出しましたよ。ええ。

すっかりなすがままで仕上げられたのは、白いドレスのご令嬢。誰《だれ》よ、これ。

高い位置でハーフアップにされた髪はレースで飾られ、ノースリーブのドレスもレースをふんだんに使ったふんわりとしたものだけどボリュームは控えめで、子どもっぽくない。品よくエレガントな仕上がりだ。

仕上げに二の腕まである手袋をつけたころ、トントンと扉がノックされた。

入ってきたレオナルド団長も白いスーツを着ていて、心臓が跳ねる。

けけけ結婚式っぽい…………！

「……っ。ユウリ……もう、行けるか？」

「は、はい……」

すっと手を差し出されエスコートされる。

こういうところはやっぱり貴族なんだなと思う。

「レオさん、今日は白なんですね。いつも黒だから新鮮です」

「ああ、夏至祭の服は白と決まっているんだ」

そうか、あたしが持ってないだろうからって用意してくれたんだ。

「そうなんですね。あの、用意していただいてありがとうございます」

「来てもらうのだから、このくらい当たり前だ。……その、すごく似合っている……」

「あ、ありがとうございます……」

レオさんが赤くなるからー！　社交辞令だっていうのにあたしもテレちゃうじゃないー！

お屋敷から出る時に、レオナルド団長はアルバート補佐から受け取ったストールを肩にかけてくれた。

「夏とはいえ、こちらは冷えるからな」

青い瞳《ひとみ》に優しく見つめられて、心臓はばくばく言うし、もうどうしたらいいか……。

その後、男爵領の神殿まで馬車で行き、レオナルド団長のとなりで祭りを楽しんだ。

祭りの半分は神官が執り行う厳かな神事で、あとの半分はふるまい酒やら領民の舞や歌で領内の交流を深めるものだった。ワインは美味《おい》しいし、みなさんが声をかけてくれてとてもうれしかったのよ――……。

「────それで、ただの招待客だと思ってたと？」

「…………だって、何も言われなかったし……。あたし、他の国から来てるし、レオさんがこっちの文化を見せてくれたんだなぁって……」

「まぁ、ユウリがそう思いたいなら、それでもいいですけど？」

でも、でもさ、恋人って思い込んで勘違いだったら痛い人だし、キツイじゃない……。

ミライヤにじとーっと見られていたたまれなくなり、あたしは早々に店を後にした。

◇◇◇

あの時────。

俺はふいに思い出して、口元を片手で覆った。

前へ飛び出た小さい背中は言った。

『馬鹿にしないでよ‼　縁談なんてい……』

縁談なんていらないと、言ってくれるつもりだったのだろうか。

自分がいるからいらないって意味で受け取るのは、うぬぼれなのだろうな。

その後、夏至祭に誘った時に、なんのためらいもなく「楽しみにしてます！」と、本当に楽しみなように言われてしまって、苦笑した。

夏至祭に誘えばいいと最初に言ったのは、幼馴染《おさなな　じみ》の領主補佐だ。アルバートも多少はユウリに接しているとはいえ、本当の意味で申し子というものをわかっていないのだと思う。

申し子にこの国の常識は通用しないのだ。

でもまぁ構わない。

祭りへ行くことを楽しみにしてくれているのは、間違いないのだから。

「――レオナルド様、改装工事終了しました。ドレスと装飾品も届いております」

アルバートの報告を聞き、うなずく。

補佐夫妻がはりきってくれたおかげで、祭りとユウリを迎えられそうだ。

ちなみにドレスの方は、サイズがわからなかったから金竜宮の裁縫部屋の力を借りた。

細かいサイズが入ったデザイン画を、王都のドレスメーカーに提供してくれたのだ。できるなら私たちが作りたかったです‼　と涙ながらに紹介してくれたというのは、多分、王室御用達の裁縫師《テイラー》のところなのだろう。恐れ多いので店の名は聞かなかったが。

当日、部屋へユウリを迎えに行き、一瞬言葉を失った。

いつも綺麗《きれい》で可愛《かわい》いと思っているが、別方向の美しさだ。黒髪と白のドレスが神聖さを醸し出し、芸術品のようだった。

うしろからアルバートにゴンゴンと肘《ひじ》で小突かれている。

――わかっている！　綺麗だって言えってことだろう！　だが、言えるか⁉　実家の侍女たちがずらりと並んでいるし、本当に恐ろしいくらい綺麗なんだぞ⁉

「……っ。ユウリ……もう、行けるか？」

「は、はい……」

仕事をしている時との違いに、胸が大きく鳴る。赤くなった頬《ほお》を、腕に閉じ込めて誰にも見せたくないと思う。

「レオさん、今日は白なんですね。いつも黒だから新鮮です」

そうやって無邪気に笑われると、罪悪感を覚えるな。

手を取って歩きながら、夏至祭の話をする。

一年で一番日の長い夏至の日は、光の神が一番長く共にある日だということ。だから光を表す白い服を着るということなどを話した。この国ではみんな知っていることを、熱心に聞いている。

「光の神様のお祭りなのに、夜なんですね」

「昔は昼間の祭りだったらしいんだがな。日中は仕事があるし、時代の流れとともに夜の祭りとなったらしいぞ。その代わりに冬至祭は新年祭として昼からの祭りになっているから、ちょうどいいのかもしれないな」

どこの世界も、時代の流れには逆らえないんですねと、ユウリは笑った。

祭りの会場ではちょっとした騒ぎになった。

もちろん、領主様のとなりにいらっしゃるのは誰だというものだ。

みんなこぞってユウリを近くで見ようとし、気さくに言葉を返すのがわかればわれもわれもと話しかけにきた。

俺たちの前のテーブルには、領民たちが持ってきたワインと料理が山となった。

「……奥様はえらい気さくな方だべ」「まだ奥様じゃないべ、そったら話聞いてないべさ」「したら、早く奥様になってくれるといいさなー」「んだな」「んだ」

(んだな……。本当に来てくれたらいいんだがな)

ひそひそと聞こえた領民たちの噂《うわさ》話に、俺も思わず北方言葉になり心の中で相づちを打った。


祭りの数日後。

酒瓶片手にロックデールが、休日恒例の部屋飲みにやってきた。

「夏至祭、お疲れさん」

「ああ、こっちを任せて悪かったな」

「構わんよ。ウィリアムもエクレールもいたしなぁ。――で、どうだったよ？」

ニヤニヤと聞いてくるから、あったままを話した。

ただの祭りの見物だと思っているようだと言うと、ロックデールは大笑いした。

「――サイコーだな！　鈍いにもほどがある!!」

「他の世界から来たんだ。この国のことはわからないのが普通だろう」

「そりゃそうだ。だがな、男と女の関係ってモンは、どの世界でもそうかわらんだろうよ」

「…………なるほど」

「ユウリというお前が愛した女は、ただ鈍いんだ。だがな、それは男ずれしてないってことでもあるんだろうな」

そうなのか――？　さらりと食事に誘うし、あの見た目であれば言い寄る男もいただろう。そういったことに、それなりに慣れているのだと思っていたのだが――そういえば、手が触れると顔を赤くした姿に、胸が騒いだこともあった――。

「恋愛慣れと言った方がいいか？　老若男女問わず態度は変わらんし、男に対しても堂々と意見を言うし、あれは多分、男の兄弟がいたんじゃないかと俺は踏んでる」

するどい洞察力だ。そうか、そういうこともあるのかもしれない。

少し世話焼きなところも、男の兄弟がいたと思えばしっくりくる。

「だから、レオ。お前がちゃんと引っ張っていかないと、状況は動かないぞ」

「………そうかもしれないな」

「こういう時は少し強引なぐらいでいいんだ。嫌がったらやめればいいわけでな？」

「嫌がられたくないんだ」

「それなら、一生独り身だ。そして後から来た強引な男にかっさらわれてしまえ」

耳が痛い。だが、もっとゆっくりでもいいんじゃないかと思うのだ。

ユウリだってまだこの国に慣れたと言えるほどではないだろう。

「……焦らせたくはないんだがな」

「焦らなきゃならないのはお前だ、レオ」

まったくもってその通りだった。


それでは、少しだけ強引になろう。

俺は昼休憩中のユウリを、外の休憩所で捕まえた。

「――――ユウリ、次の休みいつになる？」

「う……闇曜日と調和日が休みです……」

「調和日は俺も休みなんだが、その、空いていたら街へ行かないか？」

そう言うと、ユウリの顔はみるみる間に赤くなった。

「あ、空いてます……。楽しみにしてますね……？」

見上げてくる、困ったような照れたような顔。

それは、以前の屈託なく了承していた時とは違うような気がした。

◇◇◇

今日は特別業務で、あたしは朝から外の配置についていた。

気を使ってもらったのか、持ち場が宿舎北の森の前だったから日陰で助かっている。けど、他の男性衛士《えいし》たちは暑いところの警備。

日本で暮らしていた時の夏を思えばここは快適なくらいなのだけれど。夏の日差しはやっぱりちょっとキツイわよね。

宿舎北といえば、広大な畑や鶏舎があり、その横に訓練場、その外側をぐるりと森が囲んでいる。広くて広くて向こうの城壁は見えないくらいだ。

その畑で今日は陛下の視察が行われる。

畑用の土地の一部に薬草畑を作るため、魔法ギルドのお偉いさんを呼んで話を聞くという予定

――そう、あたしが薬草育てたいって言った、あの話がここに繋《つな》がっているのよ。

光の申し子ということを出さないように、陛下のお考えで薬草畑を作るということにしたらしいのよね。

薬草畑の管理も、王立農作物研究所と魔法ギルドから派遣された人たちが、ドライにするところまでやってくれるらしい。

できあがったドライの薬草の一部は陛下が受け取り、残りは適正価格で魔法ギルドに卸されると。

そしてその陛下が受け取ったものが、あたしのところに来ることになっている。そうレオナルド団長が言っていた。

森の中で見かけた薬草たち、自分で育ててみたかったけど――――。

でも、次に女性衛士が入ったら衛士を辞めるつもりだし、そしたらお城からも出ることになるだろうし、畑を中途半端に残すことになるからこれでよかったのよね。


宿舎棟の方から、団長をはじめとした団体が畑へと向かっている。

先頭が国王陛下の獅子《しし》こと我らが近衛《このえ》団のレオナルド団長。そのうしろには護衛隊の衛士、そして陛下や――――王太子殿下と第二王子殿下と子どもたち、さらに何人もの護衛隊の衛士とお供の人たちがついている。

子どもたちは五人いて、楽しそうにわちゃわちゃしながらもどこか品がいい。女の子が一人であとは男の子みたい。予定のところには含まれてなかった人員ね。陛下のお孫さんたちかしら。

あたしはちょっと離れたところでの立哨《りっしょう》だったんだけど、一人の子が気づくと次々とみんなこっちを見た。ロックオン。

(「シュカ、狙《ねら》われてるわよ」)

(『うん！』)

シュカはちょっと前に出て、真っ白なしっぽをファサファサと揺らしている。

うちの神獣、子ども好きよね。

子どもたちはそわそわとこっちを見ながら歩いていき、耐えられなくなったのか陛下のうしろを歩いていた男の人の腕を引いた。

二番目くらいにちっちゃい子がこっちを指さしている。

陛下や殿下たちもこっちを見、笑ったような雰囲気。そして数瞬後、子どもたちが駆け寄ってきた。

シュカがピョーンと飛び跳ねて、その集団へ向かって行くとキャーと歓声が上がる。

もうそこからは飛び跳ねたり抱っこされたりするシュカと、夢中で遊ぶ子どもたちの楽しそうな姿があった。

そのうしろから付いて来ていたのはレオナルド団長と、お供の侍女さんが二人。

「団長、こちら異常ありません！」

敬礼すると、苦笑しながら答礼された。そしてあたしの横に立って立哨している。

「――あちらはいいんですか？」

「ああ。陛下がこちらの護衛に付くようにおっしゃった。他の衛士もいるしな」

たしかにキール隊長の姿も見えていた。

あちらの団体は畑の方へ行き、魔法ギルドの制服を着た人たちが何か説明しているようだった。

「シュカは子どもに人気だな」

「シュカも子どもが好きみたいです」

「そうか」

一人の子がこっちへ向かって走って来る。

こっちを指さしていた二番目に小さい男の子だ。

「お姉さん！　もしかして狐《きつね》の回復薬作っている人なの？」

えっ！　と思ってとっさに答えられずにいると、後から走って来た大きな子がそれに答えてくれた。

「マルリー、白狐《びゃっこ》様を連れている方が調合師《ミキサー》なわけないだろう。すごい獣使い《ビーストテイマー》に決まってるじゃないか。――ご令嬢、いとこが大変失礼しました」

小さいのに、もうちゃんと王族なのね。まっすぐな目で見上げる姿が堂々としている。この子が未来の国王陛下かしら。

「いいえ、お気になさらないでください。――シュカと遊んでいただきありがとうございます」

「あの子、シュカって名前なの？」

「はい」

「茶色のおくつはいてるみたいでかわいいね！」

「わたくしもそう思います」

そう言うとマルリー様はニコーっと笑って、またシュカの方へ戻っていった。

大きい子も「失礼します」と言って、駆けていく背中を追いかけた。

「――しっかりしたお兄ちゃんですね」

「アルディーノ殿下はマルリーサ殿下のいとこにあたる。まだ小さいのに責任感が強い方なんだ」

「そうみたいですね。――あの、もしかして、買い取っていただいていた回復薬って……」

そう言いかけてちらりと見上げれば、団長は口元に人差し指を当てていた。

見慣れないお茶目な仕草にドキッとしたけど……そっか、陛下に差し上げている分だけでは足りなかったんだ……。

次からはもっとたくさん差し上げようと、心の中で思った。

レオナルド団長と並んで立哨をしているうちに、視察が終わったようだった。

お子さんたちのお父さんである王子殿下たちが、迎えにこちらへ近づいてきた。団長は一歩あたしの前に出てすっかり視界を遮った。

あっ、せっかく王子様っていう存在を近くで見られるかと思ったのに。っていうか、近衛団長様、これじゃ警備できませんけど。

「――――帰りますよ。白狐様にご挨拶《あいさつ》してください」

「――――いいなー、父様も白狐様と遊びたかったなー」

広い背中の向こうから、声が聞こえている。

子どもたちがそれぞれ返事をしてシュカに挨拶をしているようだった。

そして団体が去っていく気配がして、団長はすっと前に進み振り返った。

「それではな、ユウリ。――――その、休日、楽しみにしているぞ」

ほんのりと笑顔で見つめられて、口から心臓が出そうになる。

だって、かっこいい。かっこいいいんだもの‼　元々、ハリウッド俳優のような人だけど、こんなに素敵でしたか⁉

「は、はい！　がんばります…………⁉」

がんばるって何をよ！

すっかりテンパって挙動不審なあたしにクスリと笑って、レオナルド団長は去っていかれました。

恥ずかしい……。

いい年して、慌てすぎよね。もう少し落ち着きのあるところを見せないと。

明後日《あさって》の調和日も、きちんとした服を着て――――……。

「ミライヤー！　服がないのー！　どうしよう⁉」

仕事の後、勢いのまま『銀の鍋《なべ》』に飛び込むと、中にいたミライヤは目を丸くし、肩のシュカはギュウとしがみついていた。

「ユウリ、ちょっと落ち着いてください？　服がないってなんの服の話です？」

「着ていく服がないのー！」

「――――どこに着ていく服ですか」

「どこ……？　あ、どこだろう？　街だと思うけど……、レオさん何も言ってなかったわよね……」

みるみるうちに目の前のピンク髪の店主は、チベットスナギツネみたいな目になった。

「……あー、わかりました。とてもよくわかってしまいましたぁ。いえ、いいんですよ？　きっとワタシが言ったことで何やら変化があったようですしぃ？　で、ユウリは今まで何を着てデートに行ってたんですか？」

「デートはしたことがない……や、違うの、まず、デートだって思って行ったことがなかったから、持っている服の中でキレイめなのを着て行ってて……」

「ふむふむ。いざデートだと思ったら、着ていく服がなかったと」

こくこくとうなずくと、ミライヤはニヨニヨと笑った。

「わかりました！　この国に不慣れなユウリのために、ワタシがお手伝いしましょう！」

「ミライヤ、ありがとうー‼」

「飲み会一回でいいですよ。素敵な男性が付いてるともっといいですぅ」

「……買い物の時のランチも付けるわ……」

やったー！　とミライヤは手を叩《たた》いた。素敵な男性はともかく、食事やお酒くらいならお安いものですよ！　ホントに困っているんだもの！

明日の休日は闇《やみ》曜日で、お休みの店も多いからどうしようかと思ってたのよ。

休みの店が多いというだけで、開いている店もあるらしい。

確かに青虎棟《せいことう》も原則休みだから正面玄関口は閉めているし、来客も受け入れてないけど、納品口は開いている。

どうしても仕事をしなくてはならない人たちは、そこから出入りして普通に仕事をしていたりするものね。

案外ブラックな職場で働いているわよね。レイザンブール城の文官さんたちって。

まさか異世界でも油断すると社畜道中まっしぐらだなんて、思わなかったわ。あたしも職場に就く際には気を付けたいところよ。

◇◇◇

闇曜日。

任せてください！　と言うミライヤと歩いて向かったのは、こぢんまりとしたレンガのかわいらしいお店だった。カジュアルなお貴族様向けの服屋ですって。

基本的にはオーダーメイドなんだけど、見本も兼ねてでき上がっているものもあるのだそうだ。

「お客様はちょっと小柄でいらっしゃるから、一からお作りした方がよいのですが」

ちょっと困ったように微笑《ほほえ》む裁縫師《テイラー》さん。ミライヤはシュカを膝《ひざ》に乗せなでなでしながら答えた。

「ユウリ、それはそれで何着か作ったらいいですよぉ。近い将来必要になるでしょうし？　そうですよねぇ、シュカ？」

『クー（そうなのー）』

そこの神獣、気持ちよさそうにテキトーな受け答えしないでちょうだい。

「──あら、そうなのですか？　それは素晴らしいことですわね！」

キラン！　と、裁縫師《テイラー》さんの目が光ったような気がした。

まず明日着ていく用に選んだのは、既製のブルーグレイのワンピース。ノースリーブでふくらはぎ丈の、お直しが少なく済むタイプ。

キレイな光沢で素敵なんだけど、ミライヤが「ちょっと地味？」と言うので、ラベンダー色のストールが足された。

靴下はクリーム色のレースで、靴は紺のサンダル。つま先から編み上げていくことでなんとかサイズを合わせている。

前に靴を買ったお店には、既製の靴でサイズあったんだけど、もしかしたら子ども用だったのかも。

「首元がちょっとさみしいけど、まぁそこはあえて」

「そうですわね。ちょっとさみしいですけど、それでいいですわ」

二人がうふふと笑うのが、ちょっとコワイ！　あえてさみしくさせておくって！　さすがにあたしでも意味がわかったわよ⁉

「──チョーカーとかないですか⁉」

「もう！　ユウリはわかってないです！　プレゼントできる場所を空けておかないと！」

いい！　空けなくていいから‼

「では、こちらのリボンはいかがでしょう」

ふわりとしたオーガンジーっぽい透け感のある白いリボンをくるりと首元に巻かれる。

これで明日の恰好《かっこう》はできあがり。ふぅ、よかった……。

お直しをしてもらっている間に、細かい採寸をされてオーダーメイドドレスを二着と靴を二足お願いした。

お値段は――なかなかよ。なかなか。

カジュアルなドレスでコレってことは、あの夏至祭のドレスっておいくらしたのかしらね……。

# 閑話二　厩務員《きゅうむいん》の未来

夏至も過ぎ本格的に暑くなってきた、ある日の午後。

「無理……」

王城の庭で顔をひきつらせて後ずさるのは、真っ白な近衛《このえ》団の制服を着た女性。警備隊の制帽から、この国には珍しい黒髪が流れ落ちており、胸には白い狐《きつね》がぎゅっと抱きしめられている。

少し離れた所に立つ大きな体を前に、完全に腰が引けていた。

「無理しなくていいんじゃねぇの？　ユーリ」

少年とその手に手綱《たづな》を握られている馬が、心配げにその姿を見ていた。

「うっ……でも……衛士《えいし》が馬に乗れないなんて……」

「団長がいいって言ってるんだろ？」

「そうだけど……」

根がまじめらしい女性衛士のユウリは、巡回時間や仕事が終わった後に、厩舎《きゅうしゃ》へ立ち寄ることがあった。

馬が怖いらしいのによくやるよなと、厩務員のルディルは感心半分、呆《あき》れ半分だ。

たしかに乗馬ができない衛士を今まで見たことがない。だが、少し前に男性衛士が騎馬巡回に出たばかりだ。

女性は乗馬しない人も多く、乗れる人は必要に迫られてか、余裕があり趣味で乗っているかのどちらかだ。だから、そこは求められていないはずなのだが。

「――――ありがとう、ルディル。また来るわ……」

がくりと肩を落としながら城内へ戻っていく後ろ姿を、少年は見送った。

ルディルは領立学園を今年卒業し、仕事に就いたばかりの新人厩務員だ。

こう見えて馬産地で有名な子爵の次男で、叔父《おじ》がこのレイザンブール城厩舎の責任者をやっている。ゆくゆくはその後継ぎにと望まれているが、馬好きな妹も弟もいるので誰かがなればいいだろとのんきに構えていた。

自領でも馬に携わる仕事はたくさんあるわけだし、まぁぶっちゃけ馬に触れられる仕事ならなんでもよかった。ただ馬が好きなだけの、将来がまだはっきりと見えていない十四歳だ。


ユウリと出会ったのは二か月ほど前のこと。

彼女は、突然庭へと落ちてきたのだ。転移魔法が使えないはずの王城の敷地内へ現れた。ありえないことだが、目の前で起こったことだったので、疑いようがなかった。

後から聞けば、他国から事故で転移してきてしまったという。なので本当は違うのだが、公には近衛団長の遠縁だという話になっていた。

他国から来てしまった令嬢を自分の身内にしてしまうとは、さすが国王陛下の獅子《しし》はやることが格好いいと、ルディルは憧《あこが》れの人に対しての評価を上げた。

――――が、その令嬢にメロメロの姿を見て、すぐに評価を下げることになる。

厩務員の仕事は馬の世話をすることだ。厩舎での世話の他、馬車道の点検（時々馬蹄《ばてい》が落ちていることもある）、登城する馬車の御者の手伝いなんかもする。

ここレイザンブール城は、大きな正門が南側にある。

そこを入ってすぐが前庭で、正面玄関前を通り東門へ向かう途中に、馬車を停《と》めておく繫《つな》ぎ場があった。

ほとんどの馬車は、主人を乗せたり降ろしたりするとそのまま正門へ戻り帰っていく。

だが時に、例えば少し距離がある家で馬に水を飲ませたいとか、主人が短時間の用事ですぐ帰る場合は、しばらく駐車することになる。

馬は財産なので、よその馬に手を出してはいけないことになっている。そのため、自分のところの馬の世話はそれぞれの御者や厩務員の仕事だ。

馬に使う水桶《みずおけ》と水場の管理だけが、王城の厩務員の仕事だった。


昼過ぎの時間は、行き来する馬車も少ない。

ルディルは繫ぎ場近くの東屋《あずまや》の横で、水桶《みずおけ》を綺麗《きれい》にしていた。［清浄《アクリーン》］の魔法のあとに［乾燥《アドライ》］。綺麗になったら、桶の山へ戻す。その繰り返し。

ちょうど最後の一個が終わるころ、一台の馬車が繫ぎ場へ向かって来た。

この時間に来る人は短時間の用事で帰る人がほとんどだ。なので駐車して桶を使うかもしれないなと様子をうかがう。

ルディルの予想通り、馬車は繫ぎ場に停まり御者が歩いてきた。

「おい！　そこの厩務員！　うちの馬に水を持ってこい！」

見たことがない御者だ。

もしかしたら王城のルールを知らないのかもしれない。

「桶これ使っていいから、自分で持っていけよ。そういう決まりだから」

毒など入れられないように、自分のところの馬の水や餌は自分で用意するなんて当たり前のことだ。

「その口の利き方はなんだ！　男爵様の馬車だぞ！　さっさと用意しろ！」

うちの親父《おやじ》は子爵だぞと言うのは格好悪くてイヤだな。ルディルは顔をしかめた。

だが御者は格好悪いとは思わないらしい。男爵様が男爵様がとぺらぺらとしゃべっている。獅子の威を借る猫ということわざが思い浮かんだ。

子爵家の子息だけれども、自分の力でなんとかしようという男気にあふれるルディル。ただ、言葉遣いと言葉えらびは最悪だった。

「――なぁ、おっさん。よく聞けよ。馬はその家の財産だ。その大事な財産をよその者に世話させるなんて、御者失格だぞ」

人は本当のことを指摘されると逆上する。なので、御者も逆上した。

「なんてなまいきなんだ‼　男爵様に言って、お前をクビにしてやるぞ‼」

おう、やれるもんならやってみろ――そう言おうとした時。

「――どうかされましたか？」

涼やかな声が、割って入った。

いつの間に近づいていたのか、ユウリが二人に微笑を向けた。

「……近衛か。いいところに来た。この小僧がなまいきな口を利くのだ！」

「なまいきな口ですか」

「なんだよ！　おまえが悪いんだろ‼」

「そら！　こんな口を利きやがるんだ！　まったく口の利き方もなってない、うちの馬に水を用意しない、どうなってるんだ！」

「お客様、水の準備はそれぞれの家の方がすると決められておりますが、もしや何かできない事情でもございましたか？」

「え――――あ、ああ。ケ、ケガをしている。だからできないと言っているんだがな」

「王都内でケガをしている者に御者をさせた場合は罰則がありますが……今、ケガとおっしゃいましたか？　わたくしの聞き間違いですよね？」

「あ……も、もちろん、聞き間違いだ。け、け……毛がじゃまでできないと言ったんだ！」

ぷっ！　ルディルは思わずふきだした。毛がじゃまってなんだよ⁉

だが御者の男は言い訳に必死で気づかなかった。

「そうですか。よくわかりませんが、王城内の決まりは陛下がお決めになられたことです。それに対しての異議でしたら、陛下にお伝えして申し立てのご許可をいただくことになりますが、お名前を伺ってもよろしいですか？　お急ぎでなければ今すぐ手続きいたしますので、受付の方へどうぞ」

ユウリがにっこりと正面玄関口へと誘《いざな》った。

御者はさすがに顔色を変えた。

「や、いや、お急ぎだ！　俺は忙しいんだった！　け、毛もだいじょうぶだぞ！　さっきまではちょっと邪魔でできなかっただけでな。もうだいじょうぶだぞ！」

「そうですか、それならよかったです。他にも何かございましたら、警備隊にご相談くださいませ」

「あ、ああ。わかった。では…………あー忙しい、忙しいぞ！」

そそくさと去って行くうしろ姿を二人は見送った。

ルディルは信じられないという気持ちだった。なんだこれユウリの国の魔法か？

こういうトラブルは時々あった。だがいつも騒ぎ立てる御者にうんざりして、最終的にやってあげていた。

「――――すげぇな、ユーリ！」

「あれくらいは普通だけど……ルディルは言葉遣いをもうちょっとだけがんばった方がいいかな」

「えええー!?　俺、勉強きらいなんだよー！　ニーニャだってこんなだぞ！」

「……たしかに。でも、ほんのちょっとがんばるだけで余計な揉《も》めごとが減るなら、安いものじゃない？」

「…………うん…………」

じゃ、あたしは巡回に戻るわね。とユウリは立ち去った。

――――ちょっとがんばれば、いやな思いをすることは減るのか――――。

ルディルは、父や叔父の「ちゃんと勉強しろ。貴族の言葉を覚えろ」と言っていた意味を、初めて考えた。

さっきのユウリのように華麗に追い返せるのはすごい。できたなら、とてもいい。

というか、近衛団の衛士っていいな。大好きな馬に仕事中に乗れる仕事でもある。それに、困っている人を颯爽《さっそう》と助けるのはすげぇ格好いいぞ――――!?

遠ざかるユウリのうしろ姿を見ながら、ルディルは就きたい職というものをこの時初めて見出《みいだ》したのだった。

そして言葉遣いやマナーの勉強をがんばった厩務員が衛士へ転身を遂げるのは、またもう少し先の話。

# 第三章　申し子、デートなどする

調和日の朝。

リンと玄関のベルが鳴って出て行くと、もちろん立っていたのはレオナルド団長で、一瞬目を見開くと横を向いてしまった。

「――――可愛《かわい》すぎる」

「え？　何か言いました？」

「い、いや、なんでもない。いつもと違うが……………それも似合っている……」

ほんのり顔を赤くしてそんなことを言われたら、うれしいしよかったってほっとする。

そう言う獅子様は、光沢のある灰色のシャツにオフホワイトのジャケット姿だ。ドレス買っておいてホントよかった！　今まで気にしなすぎで、恥ずかしい……。

団長はお腹《なか》のあたりに飛び込んできたシュカを抱き、片手を差し出した。

エスコートされる時のように手を重ねると、きゅっと握られ手を繋《つな》いだ状態に。

と、そこであたし気が付いた。

今、宿舎。宿舎棟が建ち並ぶ裏庭を横切って、納品口近くを通って、東門を出て、魔法が使える場所まで行くわけで。

この手繋ぎ姿で、同僚たちが働く場所を通っていくってこと――――!?

手がびくっとなったのを、レオナルド団長はしっかりと握りなおした。

眼鏡《めがね》や帽子で変装とか……や、シュカがいる時点で誰かバレる！　首に巻いてって、真夏に毛皮は巻かないし！　っていうか、今さらもう何もかも手遅れなんだけど‼

悲壮感いっぱいで見上げれば、視線に気づいてふわりと微笑《ほほえ》まれた。

そんな顔されたら、この手、外せないわよ――……！

衛士《えいし》たちが挨拶《あいさつ》もせずに呆然《ぼうぜん》と見ている中、あたしたちは歩いていきましたよ。ええ。

ホント、恥ずかしくて死にそうだったわ………。


東門を出てお堀を渡った先の公園にも、伏兵がいたのよ！　覗《のぞ》きよ！

木の向こうにピンク色の髪が見えてるのに気づいているからね⁉　もう一人いっしょになって覗いているのペリウッド様じゃないの⁉

ええ⁉　ゴディアーニ辺境伯様！　ご子息は一体どうなってらっしゃいますの⁉

あまりのことに唖然《あぜん》としているうちに、レオナルド団長に抱き寄せられていっしょに［転移《アリターン》］していた。

一部始終、全部見られました！！！

「――レオさん！　今、公園に……！」

［転移《アリターン》］した先で、周りの確認もしないうちにそう言うと、団長は苦笑した。

「気づいてたか。うちの次兄が行儀悪くてすまない」

行儀悪いで済んじゃうんだ⁉

それも衝撃なんですけど‼

シャイな日本人としては、親兄弟に手繋ぎした挙句に抱き合っていたのを見られたら、穴掘って十年くらい埋まりたい案件だわ。

「どうも兄は調合液《ポーション》の配達を始めたら、領外に出るのが楽しくなってしまったらしくてな……。遅れてきた少年期だと思って、許してやってもらえないか？」

三十代で遅いデビューしてしまったのね。

っていうか、半分くらいあたしのせいでは……。

「いえ、そんな許すなんて……。楽しいならよかったですね？」

「そうか。――ユウリは優しいな」

肩を抱かれたところで、ゴホンゴホンという咳払《せきばら》いが聞こえた。

「――そろそろ気づいていただけませんかね。レオナルド様」

振り返ると、メルリアード男爵領の領主補佐アルバートさんが、呆《あき》れた顔で立っている。

――――ここは？

見回すと立っているのは青々とした丘の上で、なだらかに下った向こうには真っ青な海が広がっていた。レオナルド団長の瞳《ひとみ》に似た深い青色だ。北方の海の色。

「男爵領――――？」

「そうだ。反対側を向いてみてくれ」

言われた通りに振り返ると、真新しい洒落《しゃれ》た建物が建っていた。領主邸に似ている。

「ここが、白狐《びゃっこ》印の回復薬の販売所となる建物だ」

「え――――ええ⁉　あれ、本当に作ったんですか⁉」

「ああ。見晴らしのいい場所で、街にも割と近い。貴族の茶会にも堪えうる建物にしたつもりだ」

たしかに販売所なんて名称が似合わないしっかりとした作りで、離宮とでも呼べそう。

まだがらんとした建物の中へと案内されるままに入っていく。

エントランスの向こうは中庭になるらしく、その中庭を挟んで二つのホールに分かれていた。右側には領の特産品を売る販売所とちょっとした休憩所、左側は景色《けしき》を楽しめるティールームの予定らしい。シュカがさっそく匂《にお》いを嗅《か》いで歩いている。

窓ガラス越しに望めるのは青い海。美しい景色が見えている。

海を眺めながらのんびりお茶を飲めるなんて、ステキ！

「すごいステキです！　あたしもお茶を飲みに来たいです！」

反対側は庭が見える席になるみたいだし、座る席によっていろんな景色が楽しめるんじゃないかな。

はしゃぐあたしを見て、レオナルド団長はハハハと楽しそうに笑った。

「ユウリのアイデアを、そのままやってみただけなんだがな。他にも思うことがあればどんどん言ってくれ。ここはユウリの店のようなものだから」

じゃ、あれやりたい！　三段重ねのティースタンド！

あたしはスコーンとかスイーツがのったアフタヌーンティーはいただいたことがないんだけど、アレのおつまみ版があったら天国と思っていたの。

そうよ、男爵領ではワイン作っているんだもの、ワインと三段重ねのおつまみとかよくない⁉

そんなのが出て来たら、もうずっとここに住む！

「レオさん、こういうのはどうですか？」

金属のフレームにお皿が二枚か三枚重なっているものにお料理をのせるということを、身振り手振りも交えて説明すると、レオナルド団長もアルバート補佐も目を丸くした。

「……縦に皿が重なっているのか？」

「そうなんです。テーブルが広くなくてもたくさん料理が出せるし、なんといっても見た目が豪華なんです」

「それはまぁ豪華だろうな。——よし、それをやろう」

即決ですか！

アルバート補佐も「すぐに細工師と連絡を取ります」とうなずいている。

「じきに真似《まね》されるだろうが。うちが最初だというのが大事だ。ここの看板商品になるだろうな」

「あたしも飲みに……じゃなくて食べに来ます！　女子会に使えるといいな」

「女子会？」

「女性だけで飲んだり食べたりする会のことなんですけど、警備でもやっているんですよ。その会場にできたらいいなって」

そう言うと、レオナルド団長は変な方向を見ている。

「レオさん？　どうかしました？」

「い、いや、なんでもない。——それなら個室も作るか」

「はい、ぜひ！」

販売所（名称を早く決めた方がいいかも）を後にして、次に［転移《アリターン》］で連れられたのは、見るからに高級そうな店構えの建物の前だった。

看板には『光の雫《しずく》』と書いてある。街並みからすると王都に戻ってきたみたい？

何の店だろうと思う間もなくエスコートされて入ると、店内はガラスケースが並び宝飾品の数々がきらめいていたのだった。

――――ヒエッ……！

喉《のど》の奥の方で変な声が出たのは、仕方がないと思うの。だって、こんな店に免疫ないし⁉　店員さんは上品だけどすごい笑顔だし、ケースの中は大変な輝きだし、お値段は――――。

ちらりと見えた値札に、もう変な声すら出なかった………。

お店の人に案内されて、奥の個室へと通された。

落ち着きある深緑のソファに座ると、触り心地が極上。ベルベットかな。こういうところでお店の質がわかるというもの。

でもシュカが爪をひっかけたりでもしたら大変なことよ……。内心冷や汗もので横を見れば、シュカはレオナルド団長の膝《ひざ》の上であくびをしていた。

「これはこれはメルリアード男爵様。先日はありがとうございました」

後から部屋に入って来たのはどう見ても店の偉い人だ。オーナーとか支配人とかそんな感じの。

「お嬢様は初めてでございますね。私、店主のロイドと申します。本日は何をご用意いたしましょう」

手慣れた感じでレオナルド団長は挨拶を交わし「守りの指輪が欲しいんだが」と伝えた。

「守りの指輪でございますか。それはいい時にいらっしゃいました。最近はおもしろいものが出てきたのですよ。お持ちいたしますので、少々お待ちくださいませ」

店主が消えてから、こそっと団長へ聞いてみる。

「――レオさん、守りの指輪ってなんですか？」

「古い風習でな、成人の祝いに親などから贈られる指輪だ。だいたい幸せを願って娘に贈る場合が多いな。もちろん、息子に贈っても構わないんだが。最近は指輪ではなく服や魔法鞄《かばん》といった実用的なものも多いらしいぞ」

「辺境伯様からもいただいたんですか」

「いや、息子へは飾りナイフを贈ることも多い。うちは武家だし兄弟全員ナイフだ。だが、姉妹がいたなら指輪を買っていたのかもしれないな」

ステキな風習ですねと言うと、流行おくれとも言うがなとレオナルド団長は苦笑した。

部屋へ戻って来た店主はにっこりと笑って、向かいのソファへ座る。

「いいえ、メルリアード男爵様。今、守りの指輪は流行《はや》りの最先端でございますよ、社交界で噂《うわさ》の白狐印よりも。なぜならこれから話題になるのですからね」

渋いおじ様がおちゃめにウィンクする。団長の膝に乗っていたシュカが呼ばれたと思ったのか『クー！』と鳴いたので、みんな笑った。

「こちらが昔ながらの守りの指輪でございます。貴石が入っておりまして、石の持つ力が主《あるじ》を守ってくれると言われております」

トレーの上にのせられた指輪は細く石が小さく、シンプルなものばかりだ。

「守りの指輪はふせ込みという石留めのものばかりになります。地金の中に石が入っておりますから、お召し物などにひっかかりません」

昔から人気があるのが、金剛石か鋼玉が入ったものだとケースを開いて見せられた。

石が硬いので、丈夫で健康に生きられますように、固い絆《きずな》で結ばれますようにという願いが込められているのだそうだ。

「石が持つ力はそれぞれなので一概には言えませんが、魔除《まよ》け効果のあるものが多いですね。ダイヤモンド・サファイヤ・ルビーとお色も豊富ですよ」

なるほど、ダイヤモンドとサファイヤか……。どうりで石が小さいのにしっかりと存在感があるわよね。

「――緑色のダイヤモンドがあるんですね。初めて知りました」

ダイヤといえば無色透明なイメージが強いけど、ここにはいろんな色のものがあった。

「ええ、そうなのでございます。おっしゃる通り、ものすごく希少な石でございます。守りの指輪は石が小さいので、きちんとした宝飾品には使えないほどの小さい石でも使えますからね。こちらのオレンジ色のものもほとんど出回っておりませんよ」

つまみあげられた指輪には、小さいけれどもキラリと光るピンク色にも近いオレンジ色のダイヤモンドが入っていた。

「ユウリ、それが気に入ったか？　それにするか？」

「え？　あたし？　え？」

となりに座るレオナルド団長を、真顔で見返した。

すると、店主のおじ様や入り口に立っている店員さんが笑っている。

「お嬢様、男性が女性を伴って宝飾店を訪れたのなら、その女性への贈り物を買いに来たということでございます」

「そ、そうなんですか……。ごめんなさい、あたしのいた国にはそういう話がなかったものだから……」

「謝るな。国が違えば風習も違うからな。――説明したら遠慮するかと思って、黙って連れて来たんだ」

「もう、レオさん！」

わかっていてそういうことするのね⁉

「そんな顔が見られるなら、守りの指輪くらいお安いものだ」

抗議するように見上げれば、楽しそうに笑う獅子《しし》様がいた。してやったりって顔をしてる。

「違う国から来たユウリに、この国の風習を知ってもらうのもいいかと思ってな。成人の祝いというにはちょっと遅いが、もらってくれるか」

ちょっとどころじゃないわね。あたしもうすぐ二十七歳になるのよ。ほぼ九年遅れ。

「……いいんですか？」

「もらってくれたら俺がうれしい」

その優しい笑顔に抗える術《すべ》はないわ……。

さらに背中を押すように、店主は別のトレーをテーブルへとのせた。

「新しいタイプの守りの指輪もぜひご覧になってください。こちらは『魔ガラス』という魔法が込められたガラスを入れたものでございます」

一度作ったガラスに魔法陣を描き、魔粒《まりゅう》といっしょに溶かしてもう一度ガラスにしたものなのだそうだ。

魔法効果を含んだガラスを使っているので、本当に守りの効果があると。

貴石のものよりは幅のある指輪で、ガラスも大きい。

「例えば、こちらの薄紫色のものは解毒の効果がございます」

そう聞いた途端、レオナルド団長が前のめりになった。

「解毒？　それは俺が欲しいくらいだな」

「元々は冒険者用の装備店で扱っていたのを、たまたま見つけましてね。うちの店用に装飾品として作成してもらったのですよ。こういった効果でしたら男性にも需要がございますよね」

「そうだな。他にはどういった効果のものがあるんだ？」

青いガラスのものは混乱や魅了などの精神干渉系魔法に、黄色のガラスのものは麻痺《まひ》や拘束などの体に干渉する魔法に効くらしい。

守りの指輪ではございませんがと前置きして、店主が自分の耳から外したのは茶と白色のマーブル模様のガラスのイヤーカフだった。これは毒感知、ようするに鑑定［毒］の効果があると。

「――やはり解毒のものが欲しいな。イヤーカフにできないだろうか」

「できると思います。――ただ、こちらの解毒は、お酒が過ぎますと毒判定してしまいまして……。その先はまったく酔えなくなってしまいますが、よろしいでしょうか」

「いくらでも飲めるということか」

「いくらでも飲めるということですね」

あたしたちの言葉に、店主のおじ様は目を点にしたあと大笑いした。

「――そ、そのようにも言えますね。解毒と毒感知は干渉しないはずですので、お望みでしたらどちらもイヤーカフに付けることもできますよ」

「なるほど、それはいいな。毒だけは魔法抵抗が高くても防げないからな。ではその二つが付いたものを一つと、ユウリはどうする？　解毒は付けるとして毒感知は――いらないか？」

鑑定［食物］があるから毒感知はいらないのを、団長はなんとなく気づいているのかもしれない。

「はい。だいじょうぶです」

「お嬢様のものもイヤーカフで、揃《そろ》いのデザインで作らせていただきましょうか」

店主、にこにこしながらぶっこんできたわ！

揃いのデザインて‼

団長はこっちを見ずに「ではそれで頼む」とか答えてるし‼

「――――で、ユウリ。指輪はどれにする？　さっきのオレンジ色のはかわいかったな」

えええ⁉　さらに指輪もなんですか⁉

あたしはびっくりして、覗《のぞ》き込んできたレオナルド団長の顔を見返したのだった。

◇◇◇

結局、あたしの左手の薬指には守りの指輪がはめられている。

どの色が好きだ？　と聞かれるがままに指さしたのは、北方の海の色に似た青い石だった。ブルーダイヤモンド。団長即決でした。

値段は付いてないし聞きもしないで決めちゃうのよね……。これが貴族様のやり方ってやつなの？　コワイ……。

守りの指輪は本来は左手の小指に付けるらしいんだけど、サイズが合わなかったのよ。

身分証明具と同じで、付ける人のサイズに合わせて大きさが変わるんだけど、内側に聖句が彫ってある関係で、最小サイズ以上は小さくならないとか。

だから合わない人は薬指や中指に付けているって聞いて、レオナルド団長が左手の薬指にはめ直してくれましたよ。

もうどうしたらいいのか……。

この国ではきっと意味なんてないんだろうけど、左手の薬指って特別なのよ――……。

あたしは恥ずかしいようなくすぐったいような気持ちをぐっと飲みこんで、指輪をそっと撫《な》でた。

外へ出ると、どこからか弦をかき鳴らす音が聞こえていた。

前も街でギターに似た音を聞いたっけ。やっぱり音楽があるといいな。

「何か曲が聞こえますね」

「これはリュートの音だろうか。吟遊詩人が街角で歌っているんだろう。見に行ってみるか？」

「行きたいです！　あたしがいた国にもこういう弦楽器がありました。すごく似てます」

「ユウリは音楽が好きなのか？」

「そうですね。とても身近だったんですよ。いつでも聞けたし、楽器ができる人もたくさんいたんですよね」

あたしがよく見る動画サイトの『音ってみた』にもいろんな作り手さんがいて、たくさんの曲がアップされている。

今、聞こえているのはその中の曲に似ている気がした。

近づくにしたがって、曲がはっきりする。

――いや、これ、似てるとかじゃない！　雪兎《ゆきと》の曲だ！

「変わった曲だな。だが、悪くない」

レオナルド団長が、つぶやいた。

広場の人だかりの中に、その人はいた。

黒目黒髪の青年がアコースティックギターを弾きながら歌っている。あたしの大好きな曲。思わず胸が詰まる。

なのに、シュカが『クー‼』と言って飛び出していったので、それどころじゃなくなった。

「シュカ！」

シュカは素早く飛び跳ねながら、人山を通り抜けてギターの青年の前まで行ってしまう。

そこには真っ白なニワトリがいて、シュカが襲い掛かった――わけではなかった。ピョンピョン飛び跳ねて喜んでいる。ニワトリの方も羽をばっさばっさとしながらジャンプしている。

「シュカの知り合いなの……？」

「神獣が二体揃った――。しかも主は黒髪黒目か」

そうだった、シュカは神獣だったわ。あのトサカまで真っ白なニワトリも神獣なのね。

そして彼は間違いなく同郷の人です。

団長のつぶやきに、心の中で答える。

ギターを持っていた青年はまっすぐにあたしを見ていた。と、ニッと笑って手招きした。

周りの人が間を空けてくれたので、そこを通って行く。

「キミ、タンバリン叩《たた》けるよね？」

そりゃ叩けるけど。みんなでカラオケ屋行ったらマラカスといっしょに絶対に借りるし、振って叩いて盛り上げるわよね。

あたしの答えを待たずに渡されたのは、タンバリン。

「適当に叩いてくれる？　手拍子感覚でいいから。こっちの人はタンバリン知らないからさ」

「ええ⁉」

突然の申し出にびっくりして見返すと、「だいじょうぶ、だいじょうぶ」と笑い返される。

「こういうのはいきあたりばったりのライブ感がいいんだって。名前は？」

「ユウリだけど……」

「俺はフユト。じゃ、ユウリいくよ。ワン、トゥー！」

かき鳴らされるのは、よく知る雪兎の曲だった。合わせて叩きながら人の輪を見ると、みんなも笑顔で、手を叩いている。

その向こう、頭一つ抜けているレオナルド団長の顔が見えた。

驚いたような顔。目が合った途端に、ふっと笑顔になった。それだけで安心して、緊張もほどけていく。

怖いっていう人もいるけど、全然怖くないわよね。初めて会った時からずっと優しい。

――やっぱりあたし、レオさんが好きだなぁ………。

なんか幸せな気分で、コーラスまで歌ってしまったわ。

だって知っている曲だし。好きだし。驚いていたフユトもブレイク前に目で合図なんかしてくれて、かっこよく決まったわよ。

演奏するあたしたちの前では、神獣たちが跳んで踊って大盛り上がりする中曲は終了した。

ギターケースにはたくさんのコインが投げ入れられ、そして笑顔と拍手。

「ユウリ、ありがと！　俺の曲知ってたんだ？」

首をかしげるフユトは、人好きのする感じのいい笑みを浮かべた。

ああ、やっぱり雪兎本人なんだ。声はちょっと違う感じがしたんだけど、歌い方がそっくりだった。

長めの後ろの髪を一つに結んでいて、吟遊詩人という言葉がはまっている。

動画では写真やイラストだけが映っていたから、本人を見るのは初めてだわ。

「うん、『音ってみた』よく見る。雪兎の曲好きなの」

「うれしいなぁ。もしかして、マヨネーズの君だったりする？」

マヨネーズの君って‼　そうだけど、なんかあんまりかっこよくない！

あたしは苦笑しながら、うなずいた。

「……秘密にしてくれる？」

了解。と答えたフユトは、散っていく観客の方をちらりと見た。

「――今日はお邪魔になりそうだから、今度お礼におごらせてよ。話もしたいし？」

「そうね、話はしたいかも。情報交換とか」

「そうなんだよ。情報交換といこう」

『クークー！（セッパとまた会える？）』

白ニワトリはセッパというらしい。シュカが肩に乗ってきてそんなことを聞いてくる。お仲間に会えたのがよっぽどうれしかったのね。

「うん。今度このお兄さんがおごってくれるって。――それじゃ、タグで連絡するわ。またね！」

フユトとニワトリに軽く手を振って別れる。

レオナルド団長のところへ行くと、不思議そうな顔をされた。

「もう、いいのか？　申し……同郷の者だろう？　もしよければ昼食をいっしょにどうだ？」

「……お邪魔になるだろうから今度改めてと言われました」

「気を使わせてしまったか」

レオナルド団長はふっと笑った。

「それにしても、ユウリの歌が聞けるとはな。彼には感謝をしないと」

そう言われると恥ずかしいんですけど……。

「それなら、あたしもレオさんの歌が聞きたいです」

お返しに言ってみたら、ぎょっとされた。

「俺の歌か⁉ たまにしかないユウリのお願いだから聞いてやりたいが――――軍歌でよければ今度な」

ダメ元で言ってみただけなのに！ 言ってみるものね。

軍歌っていうのが国王陛下の獅子らしい。

「絶対ですよ？ 楽しみにしてますからね？」

腕をきゅっとつかんで念を押す。見上げると、団長は片手で口を覆って横を向いてしまったのだった。

◇◇◇

[ユウリ先日はありがと！ いつ時間ある？]
[いえいえ。休日は二日後]
[勤め人？ 異世界に来てまで社畜とかw]
[まったくもって遺憾]
[二日後の昼『宵闇《よいやみ》の調べ』でどう？ 場所タグ済]

「ＯＫ」

「よかったら彼氏も」

「(._.)」

「その顔何⁉」

「その顔なんなん⁉」

「ユウリさ――――ん！」


彼氏って単語を久しぶりに聞いた。

そこで「じゃぁ誘ってみる！」とか返せないわよ。だってそういう関係じゃないと思うんだもの。

かといって、「彼氏じゃないから！」とも返せないじゃない。この間のミライヤの責めるような目を思い出すと、それも言ってはいけない言葉のような気がして……。

レオナルド団長に聞いてみればいいの？　あたしたちお付き合いしてるんですか？　って？

――ない。ないわ。そんなこと聞けるわけがない。デリカシーがなさすぎる。

というわけで、聞くことも察することもできない恋愛経験ゼロの残念女がここにおりますよ！

両親が事故で亡くなってから、恋愛どころじゃなかったんだもの……。ここ一、二年はスマホとお酒があればいいやって枯れてただけだけどさ……。


近衛《このえ》団執務室の前で昨夜のタグでのやりとりを思い出し、ため息をついた。

『クークー（レオしゃんのおへやに入らないの？）』

シュカに言われるまでもなく、いつまでも扉の前にたたずんでいるわけにはいかない。

ノックをしてから扉を開けると、レオナルド団長が一人執務机に向かっていた。

「おつかれさまです。レオさん、お昼いっしょに食べませんか」

「ああ。そろそろ休憩を取るところだった。食堂へ行くか？」

「お昼ごはん持ってきたんです……。ちょっとお話があるんですけど……」

最近外の休憩所は人気で、金竜宮《きんりゅうきゅう》で働く人たちの他に青虎棟《せいことう》の文官さんたちも来るようになり混んでいる。切り出すのにちょっと勇気がいる話は、しづらい。

ここで食べるか？　という言葉に甘えて、応接セットのテーブルにテーブルクロスを敷き、バスケットから出したサンドイッチとちょっとしたおかずを置いていく。

今日はタマゴサンドと野菜の肉巻き。肉巻きのアスパラとミニトマトは彩りもいいし、タンパク質と野菜をいっしょに取れるのもいい。串《くし》に刺してあるから食べやすいしね。

醤油《しょうゆ》があれば味のバリエーションが増えるんだけど、ないので今日のは塩コショウのシンプルなやつ。端っこをカリッと焼いてあるから食感もおもしろいと思う。

デザートにサンオレンジ。南の方で採れる種類で、スコウグオレンジより甘いのよ。

ソファの方へ移ってきたレオナルド団長に取り分けて出した。

「今日のも美味《うま》そうだな。野菜を肉で巻いてあるのか？　初めて見る料理だ」

その笑顔だけで、作った甲斐《かい》がありました！

シュカにはタマゴサラダとちぎったパンと肉巻き野菜。野菜はいらないみたいなことを言っていたくせに、アスパラのポリポリに夢中になってるわよ。

「あの、レオさん。明日って仕事ですか？」

「ああ。仕事だが、どうした？」

「この間の同郷の吟遊詩人が、昼食に誘ってくれたんです。――――レオさんもいっしょにって」

「そうか、それはうれしい。夕方なら行けるんだが」

「それなら午後のお茶の時間からに変更してもらおうかな……。お店で待ってますね。ゆっくりでいいので無理しないで来てください」

「わかった。場所はどこだ？」

「『宵闇の調べ』っていうお店なんですけど」

「ああ、知っている。――――なるほど。そこで歌っているのか」

歌っている？　ショーがあるような店なのかしら。

首をかしげると、団長はタマゴサンドを飲み込んでから言った。

「大きなピアノがある店でな。いろんな歌い手や吟遊詩人が来て客を楽しませるんだ。昼からやってるとは知らなかった」

それは楽しそう！　思えば吟遊詩人とかなかなかファンタジーの物語っぽい。フユトはストリートミュージシャンって感じだけど、本物の吟遊詩人は物語とか歌うのよね。そう、そういう異世界感を待ってた！

近衛団も本来ファンタジー感ある職業な気はするんだけど、それ制服だけね。中身は警備だもの。護衛にしても警備にしても、根っこの部分はよく知った仕事なんだもの。

早く辞めて、もっと異世界の醍醐味《だいごみ》みたいな仕事がしたいものよね。


休日。久しぶりに一人（と一匹）で街をブラブラした。

銀行に謎の入金記録を調べに行った時以来かも。口座になぜかお金が入っていて、明細を調べに行ったのよね。

あれは結局［レイザンブール国王近衛団《ロイヤルガード》］となっていて、レオナルド団長が書類整理のお給料を入れてくれていたというオチだった。

服を買ってもらった分のお仕事をするって話だったのに、お給料出したらダメだと思うの。

そして身分証明具に［銀行明細］って唱えれば、明細が見れることも知った。わざわざ行かなくてもよかったらしい。

でもいろいろ見たり知ったりするには一人の方がいいから、必要な時間だったんだと思う。

気の向くままに歩いてみれば服屋もあちこちにあって、女性用の防具屋なんていうのもあった。

つい覗《のぞ》いちゃって買っちゃった！　革のビスチェとパンツ！　結構かわいい。これでいつでも冒険者デビューできるわよ。

武器や防具の店が多いのは、冒険者ギルドが近いからみたい。

なので、ゴキゲンでしっぽを揺らしているシュカを肩に乗せて歩いていると、やたら声をかけられる。「凄腕獣使《すごうでビーストテイマー》いさん、うちのパーティに入りませんか」って。

今はまだ衛士《えいし》だから無理だけど、いつかご縁があったらよろしくお願いします！

大きい通りから裏へ入ってすぐのところにそのお店はあるらしい。

道を曲がると、お店の前の木箱に腰かけたフユトがギターを弾いていた。

シュカはさっと跳び下りて、お仲間の神獣のところへ向かう。気づいたフユトが笑って手を上げた。

「ユウリ！」

「こんにちは。お店営業してないの？」

「そ。夕方からの営業なんだ。でも使っていいってオーナーが言ってるから、だいじょうぶだよ」

入って。そう促されて中に入ると、薄暗い店内は落ち着いた内装でジャズバーのような雰囲気だった。カウンターの奥にはお酒のボトルが並んでいる。

そして店の奥にはレオナルド団長が言っていたとおり、大きなグランドピアノがたたずんでいた。

「──ステキなお店」

「そうなんだよ。俺が歌うとか場違い過ぎるんだよなー」

そう言いつつもハハハと笑っているから、そんなに気にしてないいんだろう。

勧められたカウンターの椅子に座ると、フユトはカウンターの向こうへ回った。

「何飲む？　この間のあれで結構稼いだから好きなもの飲んでよ。って言っても、エールとワインとミードしかないけど」

「エールはビールみたいなものよね。ミードって？」

「ハチミツ酒。ここに置いてるのはアルコール強めかな。濃厚で炭酸水で割って飲んだら美味《おい》しそうなんだよな」

ハチミツ酒！　最古のお酒と言われているわよね。

機会がなくて今まで飲んだことはなかった。

「興味はあるんだけど──喉《のど》が渇いてるからワインをお願いしてもいい？　赤でも白でもどっちでもいいんだけど」

ボトルが二本ずつ目の前に置かれる。

「ワインはこんな感じ。どれにする？」

タグを見れば赤はパリーニャ産のカリコリン種と、メルリアード産のロスゼア種。白はレイザンブール産のリーム種と、デライト産のマーダル種。

迷う。迷うわ。

「――レイザンブール産って、王領で作られているってこと？」

「そうそう。王都の周りに結構ぶどう畑があるんだよ。外って出たことない？」

「[転移《アリターン》]で直接他の町に行ったことしかないの」

「まぁ、普通そうかもしれないなぁ。ちなみにリーム種は甘くてフルーティだよ」

「ふうん……じゃ、メルリアードの赤を」

「いいね」

スクリューでコルクの栓を抜き、フユトは二脚のグラスに赤色を注いだ。グラスを持ち上げるだけの乾杯をして、一口。やっぱウマー！　安定の美味しさでございます。なんかもうね、舌に馴染《なじ》んじゃって安心する味。

添えられたお皿にはチーズとポクラナッツの実がのっている。

いつもならおこぼれをもらおうと膝《ひざ》に乗ってくるシュカは、真っ白ニワトリと遊んでいる。

「改めて自己紹介させて。俺、三垣冬人《みがきふゆと》。今は冒険者やってる」

「あたしは富士川悠里《ふじかわゆうり》。……あなたの、雪兎のファンでした」

「敬語はなしで？　同じくらいの年でしょ」

「多分ね」

ふと沈黙が落ちた。

「…………フユトがここにいるってことは、もう『音ってみた』に雪兎の新曲が来ることはないってことよね」

「そう。もとから知っている人で新曲が聞けるのはユウリだけってことになる」

その言い方に、少し笑った。まぁ、そう言われるとうれしいけど。でもさみしいのは確かだ。

「いつからこっちに？」

「半年くらい前。俺、本業はＩＴ系でさ。過労死寸前で駅の階段から落ちたところを、爺様《じいさま》に助けてもらったんだよね」

社畜やってたのと転落事故はあたしといっしょね。

今はここのオーナーさんの厚意でここの二階に住ませてもらって、時々歌ったりしながら冒険者やってるとか。

すごい異世界満喫してる！　うらやましい！

ガタンと音がして、裏口から入ってきたのはキレイな女の人だった。銀色の髪は薄暗い店内でも輝き、切れ長の目でこちらを見た。少し年上だと思う。でも雰囲気が妖精《ようせい》みたい。

「ごめんなさいね。そろそろ仕込み始めるから邪魔するわね」

「ああ、そんな時間だよね。ユウリ、こちらはここのオーナーのミューゼリアさん」

「こんにちは、お邪魔してます。国王近衛団《ロイヤルガード》に所属してます、ユウリです」

「国王近衛団《ロイヤルガード》⁉」

二人はそろって声を上げた。え、そんなにびっくりする？

「こんな華奢《きゃしゃ》なお嬢さんが？　相変わらず人不足なのね？」

「よくご存じですね」

「聞いてないー。社畜とか言ってたのに、全然違うじゃんー。近衛団とかかっこいいし」

「じゃ、かっこいい社畜で」

「えー？　そうだ連れもゴツかったわ。近衛団の人？」

二人から興味シンシンの目を向けられる。

「あー……。うん、まぁ……。そう言えば、こちらへ来たことがあるって言ってました」

それを聞いてミューゼリアさんはにっこりと笑った。

「レオナルド様かロックデール様かしら」

「――――はい」

「彼氏って言ったら変な反応だったよね。薬指にしてるのに、彼氏じゃないの？」

う。それ聞く？

なんて答えようか考えながら手元のグラスを撫《な》でていると、フユトはカウンターの中から出て来てとなりに座った。

ミューゼリアさんは髪を一つにまとめると、野菜を切り始めた。

「――――彼氏かどうかって、どこでわかるものなの？」

思わず言ってしまった言葉に、二人が「え？」と、聞き返した。

「ええと、元いたところでは『好きです。お付き合いしてください』とか言われて、それに応《こた》えたら正式に恋人みたいな感じだったから……」

「ああ、うん。だね。言葉がなくても通じるとか言うヤツもいたけど、わかんないわ」

思わせぶりな態度をされてその気になっていたのに、『そんなつもりじゃなかった』とか言われて泣いてた子もいた。そんな話を聞くとますます臆病《おくびょう》になる。

ちゃんとした契約というか言葉がないと、どう思ったらいいのかわからないわよ。

「あたしたちって確かなものがないと不安ってことなのかな……？　ようするに、自信がないってことか……」

深いため息をつくと、フユトも似たような表情で遠い目をしていた。

「なぁ、もしかして、こういうのって経験値が高いとわかるもんなのかね」

「……くっ……。その可能性は高いと言わざるを得ないわ。と言うかフユトはモテたでしょ？」

「ぜんぜーん。まず出会いがない。帰宅は深夜だし休日は寝てるか曲作りだもん。どこで女子と出会うんだって話でね」

あははと笑うしかない。あたしも大して変わらない生活してたから！

話を聞いていたミューゼリアさんが笑いながら、口を開いた。

「ごめんなさいね、他の国から来た人だとわからないわよね。この国では、暗黙の了解というか恋愛のお約束があるのよ」

みんな知っている上で、そんなに難しいことでも大変なことでもないやり方で気持ちを伝えられるらしい。

例えば、白いバラは恋人にのみ贈られるので、「白バラあげる」「白バラを差し上げてもよろしいですか？」などと言われるか、直接白いバラを差し出されたら、告白されているということだとか。

それ、されても気づけないわ。

「――欲しくないのか、相手が好きではないのかわかりづらいでしょう？　でも、意思は伝わるわよね。そういう断られても恰好《かっこう》悪いことにはならないやり方が、この国にはいくつもあるから直接的な言葉が少ないのかもしれないわ」

あたしとフユトは顔を見合わせた。

それ覚えないとダメってこと？

「だから、あなたたちのいた国の、思いを直接伝えるやり方は勇気があると思うわよ」

この国だとそういう見方になるのか。あたしたち軽くカルチャーショックを受けたわよ。

違う国の人どころか世界が違うんだもの、付き合うのも大変ってことよね……。


お店が始まると店内は徐々にお客さんで埋まっていった。

フユトが歌うようになってから、客入りがいいらしい。そりゃそうよ。あたしのイチオシの作り手さんだからね。

お客さんに乞《こ》われるがままに歌っているのを見ていると、やっぱり途中でひっぱりだされた。コーラスとタンバリン、さらにメインボーカルまでやらされた！　シュカと真っ白ニワトリのセッパは踊り子役ね。

雪兎の曲はどうしたって盛り上がってしまって、こういうしっとりしたお店に合わないってフユトが言うのもわかるけど、みんなが喜んでいるからいいのよ。

歌っているうちにレオナルド団長が来ていたらしく、気づくとカウンターの席に座ってこちらを見ていた。

フユトにポンと背中を押されて、席へ戻ると笑顔で迎えられる。

「レオさん、お仕事お疲れさまでした」

「ああ。こちらこそ迎えの栄誉にあずかり光栄だ」

なんかすごい笑顔なんだけど、もしかしてこれも恋愛のお約束の一つにあったりする？

さっとカウンターの中のミューゼリアさんの方を見ると、パチンとウィンクされたんだけど！

え？　そうなの？　どうなの？
ぜんぜんわかんないですけど――⁉
あたしの内心の悲鳴は、目の前の笑顔の二人にはまったく届きそうもないのだった。

# 閑話三　宵闇《よいやみ》の昔話

少し色が抜けたような黒髪の彼は、あの日店の前で倒れていた。珍しい黒髪にどきりとしたことを、小さな酒場の女主人ミューゼリアは今も思い出す。

助け起こすとあまりにも覚束《おぼつか》ないようすで、放っておけずに店の中へ入れた。

『宵闇の調べ』という名の酒場が、彼女の小さな城だ。最奥に鎮座する自慢のピアノを見た途端に彼は元気になり、弾いていいかと聞いてきた。

ピアノを弾ける者などそんなにいないというのに、彼は弾けると言う。大事な大事なピアノだが許可すると、優しい手つきで知らない曲を続けざまに二曲弾き、合わせるように歌も歌った。

歌唱隊のような綺麗《きれい》な歌声ではないが、心に迫る。

気づくと食事をさせ、異国から来て右も左もわからないという彼に二階へ住むことを勧めていた。

ミューゼリアは実家から通って来ているので、住居にできる二階は倉庫としてしか使っていなかった。

フユトと名乗る年下の彼は、あたりの柔らかい人好きのする笑みを浮かべる青年だった。

ここでの暮らしに慣れると冒険者となりダンジョンなどに行くかたわら、夜になるとギターとかいうリュートに似た異国の楽器を奏でて客を喜ばせた。

ある日真っ白なニワトリの神獣を連れ帰り、凄腕《すごうで》の獣使い《ビーストテイマー》だったのかとミューゼリアは合点した。

どうやって戦っているのか不思議に思っていたのだ。

そうかと思えば料理も上手《うま》く、今も下ごしらえを手伝ってくれている。

なんとも不思議な子だ。

その彼を拾ってからそろそろ半年が過ぎようとしていた。

「ミューゼリアさん、どっかいい店ないかな？　同郷とごはん食べに行くんだけど、ゆっくり話ができる感じの」

「この間言っていた白狐《びゃっこ》を連れた女の人？」

「そう」

「ここでよければ好きに使っていいわよ。連れの人がいたって言ってたわよね？　その人も誘うのを忘れないようにね」

異性を食事に誘う場合、パートナーがいるようならいっしょに誘うのがマナーだ。この国に慣れてないフユトに一応そう言うと、「へぇ、なるほど。わかったー」という返事だったので言っておいてよかったようだ。

これは、その相手に対して下心はありませんという意思表示にもなる。

「ミューゼリアさんもおいでよ」

にこにこと笑う顔に含みは一切感じられない。なのに、ミューゼリアは少し動揺した。

なぜなら、そういう場合に誘うのは基本的にはパートナーだからだ。

「……下ごしらえの時間に来るから、その時に悪いけどお邪魔するわね」

「全然悪くないよ。あなたのお店なんだから」

微笑《ほほえ》みながらそんな風に言われて、ミューゼリアは眉《まゆ》を上げた。

この異国の青年はなかなかの人たらしだ。

フユトの同郷だという彼女は、やはり黒髪黒目で神獣白狐を連れていた。

国王近衛団《ロイヤルガード》に属しているというこちらも、感じのいい笑みを浮かべてやはり人たらしのよう。切れ長の目に凛《りん》とした雰囲気が、笑うととてもかわいらしくなる。

そしてなんと彼女の連れは、ミューゼリアの古い友人のうちのどちらからしい。

しばらく会っていないが二人とも昇進したと聞いている。男爵となり近衛《このえ》団長にも就任したレオナルドと、次いで副団長に就任したロックデール。さて相手はどっちかなんて考えるまでもなかった。

左手の薬指に光る守りの指輪は、青い石。二人が飲んでいるワインはメルリアード産のもの。

レオの方ね。

好みのど真ん中の彼女を捕まえたということなのかしら。


——彼らがそうならば。


そして夕方。店を開店して、はたして現れたのはレオナルドだった。

相変わらず大きくがっちりと堂々としていたが、纏《まと》う空気が柔らかく変化していた。

「久しぶりだな。元気だったか？」

「ええ。二人の活躍は聞いてるわよ。昇進おめでとう」

「そうか、あれから来てなかったか」

「そうよ。薄情な友人たちね。……デールにもおめでとうと伝えておいて」

「それは直接本人に言ってやってくれるか。——近いうちにまた来るから」

楽しみにしてると答えて、グラスにメルリアードの赤ワインを注いだ。

黒髪黒目の二人が歌っているのを、レオナルドが軽く笑みを浮かべながら見ている。

「――ねぇ、あの子たちって、光の申し子？」

不意に言われ表情を取り繕えなかったその様子で、答えを知る。

――そう。やはり、光の申し子なのね。

目の前に座るレオナルドは、元クラスメイトだった。

王立オレオール学院といえば、国に一つしかない王立の学校で貴族の子どもたちが通う名門。ただがんばれば奨学金で平民も通うことができる。ミューゼリアのように。

吟遊詩人の父を持つミューゼリアは、子どものころ音楽ギルドのピアノに魅せられた。

そして得意のリュートの腕を磨き猛勉強して、国で唯一音楽科がありピアノを習うことができる学院に入ることができたのだ。

学院では、一年二年の基礎学科はいろいろな科の生徒たちが同じクラスで授業を受ける。

そのクラスで音楽馬鹿だった少女をさりげなくフォローしてくれていたのが、騎士科のレオナルドとロックデールだった。

ミューゼリアがフユトの黒髪黒目を見て、真っ先に思い出したのはレオナルドだった。

普通の人はただ黒髪黒目は珍しくて縁起がいいと思っているだけで、それを光の申し子にまで結び付けられない。それができるのは、光の申し子について多少は知っている人ということになる。

レオナルドは昔から光の申し子信仰が厚く、仲の良い友人には熱心に話をしていた。

だからミューゼリアも知っていて（まさか、もしかして……）とフユトに対して疑惑を持っていたのだ。

光の申し子。違う世界から神が遣わしてくれた子。

珍しい能力を持ち、見つけた人は存在を隠しておくべしと言われている存在。

どんな神々しい人かと思えば、元の国では出会いがなかったモテなかったと嘆いたりする、どうにも憎めない子たちだった。

「――なかなか手ごわそうね？　あの子たち、こっちの約束をまったく知らないのよね」

そう言うと、レオナルドは苦笑した。

「そうだな。だがまぁ、いいさ」

「余裕かしら」

「いや、そういうわけではないんだが……。伝わるなら伝わるでよし、伝わらないならまぁいいと思ってるからな」

優しさゆえの待ちなのか。逃げなのか。

でも、たとえそれが逃げだったとしても責められない。彼は過去に傷つくことがあった。

「――あの子たちのいた国では『好きです。恋人になってください』ってはっきり言って了承の返事をもらわないと、恋人同士になれないらしいわよ」

レオナルドは飲みかけていたグラスを持ったまま、固まった。

「…………そりゃまた、大きな茨《いばら》を越えないとならんな…………」

あら、越える気があるのね――――？

恋愛に臆病《おくびょう》になっていた友人の前向きな言葉に、驚きを隠せなかった。

曲が終わりカウンターへ戻ってきたユウリに、レオナルドが笑いかけている。

「――ああ。こちらこそ迎えの栄誉にあずかり光栄だ」

――送り迎えのエスコート役は、恋人か配偶者の特権なのよ――そんな目配せは、困った顔で見てくる光の申し子には通じそうもなかった。

けれども、古くからの友人はさっきの言葉通り、きっと越えていくのだろう。この国の約束など放り投げて。

次に会う時には少しは進展しているのかしら。

話を聞くのが楽しみだと、女主人はこっそり笑った。

◇◇◇

その裏路地には、食事ができる店や酒を飲める店が軒を連ねている。『宵闇《よいやみ》の調べ』と看板がかかった店からは、暖かな明かりがこぼれていた。

男の大きな手は、少しためらったもののゆっくりと扉を開けた。漏れ出た音楽と声に包まれる。

カウンター越しに、女主人がこちらを見て目を見開いた。

(デール……)

口の形がそう伝える。

国王近衛団《ロイヤルガード》の副団長であるロックデールは片手を上げた。

最後にここを訪れてからは二年以上経《た》っている。だが、『宵闇の調べ』の女主人ミューゼリアは全く変わってないような気がした。

「――久しぶりだな。ミュゼ」

カウンターの前で声をかける。

「本当に久しぶりね」

彼女は苦笑混じりでカウンターに席を用意してくれた。

ホールの中央では黒髪の若い男がリュートに似た楽器をかき鳴らしながら、歌っている。客はいっしょに歌ったり手を打ったりと楽しそうだ。

「あの男がユウリと同郷のヤツか」

「そうらしいわね」

ロックデールがちらりと見ると、向こうも横目で見てきて目が合った。

――ほう。

線が細い兄ちゃんだと思ったが、肝は据わってるようだ。

視線に背を向けてミューゼリアの前の席へ座った。

「――赤でいいのかしら？」

「ああ」

目の前でボトルの封が切られる。グラスへと注がれたワインを一口飲んで、笑みが浮かんだ。パリーニャ産のカリコリン種は重く酒が濃い。ロックデールが好んでいるものだった。

「今、副団長ですって？　おめでとう」

「あー……近々もう一つ上がるようだなぁ」

「あら……ますますおめでたいわね。ではこのお酒は私からのお祝い。レオは領主業に専念するのかしら？」

「ああ。前々から陛下に打診されてた件を引き受けるみたいだぞ」

「さらに出世するのね」

「……かなり張り切ってるみたいでな、忙しくしてるわ。新しく城を建てるだのなんだの」

クスリとミューゼリアが笑った。

「かわいい奥様を迎えるからがんばってるのね。――――でも、おとぎ話のようよね。焦がれていた存在といっしょにいられるなんて」

夢見るような視線を遠くへ向ける。

浮世離れした少女のような雰囲気は昔と変わらない。こんな酒場の女主人をしていても、『天上姫』の二つ名を持っていた学生のころのままだった。

天上の調べを奏でる指先と言われていただけではなく、本人の姿や様子も相まっての二つ名だったと思う。

『北方の若獅子《わかじし》』と『天上姫』に挟まれた学生生活。いろいろあったなとロックデールも昔に思いをはせ、グラスを揺らした。


王立オレオール学院。

王家が運営する国で一番高度な教育が受けられる学校だ。領立学園にはない芸術科が国で唯一あるのも特徴。学生は主に貴族の子たちだが、才能ある平民に対しても門戸は開いており奨学金制度も整っていた。

その学院ではもうすぐ卒業試験の時期だった。

一定以上の成績をとらないと研究院への進学はおろか、卒業もできない。

最上級生である五年生はみな必死で勉強する。

「……国史がまずい……」

ロックデール少年が頭を抱えると、いっしょにいた銀色の髪の少女も青い顔をした。

「私も国史が……あとダンスも……」

ミューゼリアは決してダンスが下手《へた》なわけではない。リズム感はいいし体も動かせる。が、音楽が始まるとそちらに気がいってしまうのだ。

特待生試験を、ずば抜けた音楽の成績一点突破で抜けてきた少女にダンスなんて踊らせるな。音楽を聞かせてやれ。なんなら演奏させてやれよ。ロックデールは内心で卒業試験にかみついた。

「――ダンスは、考えなくても体が勝手に動くくらいになればいいんじゃないか」

レオナルドが真っ当なことを言っているが、今さらだ。五年かかってコレなのに、今から何ができるというのか。

「レオ、それ卒業試験までにはムリじゃね？」

「あー……」

「…………」

「いや、ミュゼ違うからな!? 諦《あきら》めろって言ってるわけじゃないからな！」

「デールが責任持ってダンスの練習に付き合うってことだよな」

「……そうだな……」

絶望の眼差《まなざ》しから期待するような上目遣いに変わる。

そんな顔で見てもダンスはできるようにならないからな。

ロックデールがため息をつくと、レオナルドもため息をついた。

「――国史は二人とも俺が手伝おう」

救世主現る！

レオナルドに苦手なものはあまりない。しいて言うなら『女性』と『片付け』が苦手だったが、それは教科も試験もない。

得意なものは体術からノスドラディア語までいくつもあったが、このガタイのよさからは意外なことに、国史の特に近代史が一番得意だ。光の申し子が出てくるあたりからは、それはもう前のめりで教師の話に食らいついていた。

さすがは意識の高い高位貴族令息というべきか。熱烈な光の申し子好きというべきか。

つい先日婚約破棄の騒ぎがあってからは、さらに申し子研究に没頭している。好きだという感情が特になかった相手でも、傷つかなかったわけがない。それを忘れるような熱中して打ち込めるものがあってよかったと、ロックデールとミューゼリアはレオナルドを見守っていた。

——光の申し子様ありがとう！　レオだけでなく俺たちも救ってくれるんですね！

期待に満ちた目を二人から向けられ、北方の若獅子は苦笑を返したのだった。

課外時間の小ダンスホールは、ダンスを練習する学生が集まる。音楽科の研究生たちが練習を兼ねてダンス曲を演奏してくれるので、試験や夜会本番のように練習ができるのだ。

ホールを覗《のぞ》いて銀色の髪がいないことを確認すると、ロックデールは音楽科の棟へ向かった。

ピアノの調べが聞こえている。ミューゼリアの音だ。音楽のことなんて全くわからないが、ミューゼリアが弾くピアノの音だけはわかった。

もう少しでグランドピアノホールに着くという時。唐突に曲が止まった。何かあったのではと急いで行くと、廊下へ話し声が漏れていた。

「———僕の家に招待させていただけませんか」

「ごめんなさい。用事がありますので」

「ミューゼリア様！　僕は本気であなたのことが……」

――ああ、南方の子爵家のあいつか。

知った声だった。時々、ミューゼリアの周りをうろちょろしていた男だ。

だが、そういう者は何人もいたからあまり気に留めていなかったが。卒業近いとみんな動きだすんだな。

何かあったら止めに入ろうと、ロックデールは入り口の横で待機する。

「――身分が違いますから」

「そんなこと僕は気にしません。家の者も誰《だれ》も気にしません。うちはそういう家系ですから気にしないで――……」

「私が気にするのですよ？」

無邪気な美しい声が放たれた。天上姫は声までもが透き通っている。

地上の者ごときが何を言っているのかというような残酷な響きに、心臓を突《つ》かれた。

ミューゼリア本人にそんなつもりはなくても、相手はきっとそう感じただろう。こうして隠れて聞いてしまったロックデールですらそう感じたのだから。

いたたまれなくなったのか、子爵家の少年は走り出て来た。そしてロックデールの方を見ることもなく駆けて行った。

ホールからは、またピアノの音色が流れてくる。

何もなかったかのように。

あの時の胸の痛みがなんだったのか。

今ならわかるが、それはもう昔の話だ。


「ミューゼリアさーん！　ピアノ使っていい？」

「いいわよ」

光の申し子の青年はピアノも弾くらしい。ピアノに向かってから冗談のように言った。

「美しき店主に捧《ささ》げます」

店内は口笛と拍手で盛り上がる。

その美しき店主は「もう……」とか言いながらもうれしそうに恥ずかしそうにうつむいた。

この国の曲とはまるで違う旋律が甘く切なく心に迫る。

――――悪くない、な……。

ロックデールは安心したようなさみしいような気持ちで、辛い酒を飲み干した。

# 第四章　申し子、冒険者になる

ここが憧《あこが》れの冒険者ギルド――――。

王城と同じがっちりとした石造りの、立派な建物だ。小説やゲームのイメージで酒場があって人がひしめいているものかと思ってたら、全然違う。人は多いけど浮ついたところはなく小さな砦《とりで》という雰囲気。

金属鎧《よろい》や革鎧を着た男女が、常に出入りしている。

獣耳《ケモミミ》さんもいっぱいいるわよ。背が低くてがっしりとしているのは、もしかしてドワーフ？

あたしはシュカを肩に乗せて、その入り口を通った。

今日は、ここでフユトと待ち合わせをしている。

先日お店で会った時に、向こうの国のものと似た植物があるから見てほしいと、応援要請があったのだ。

レオナルド団長はちょっと心配そうな顔をしたけど、神獣が二体もいるから大丈夫だろうと言ってくれた。近衛《このえ》団長の太鼓判。シュカに対しての信頼がすごいんだけど！

ホントはいっしょにって話だったんだけど、団長は最近忙しいみたいで無理だった。

そういえば、近々大きな宮廷舞踏会があるって聞いたけど、それの関係かもしれない。

中へ入るとエントランスは天井が高く、盾や剣が壁に飾られており大きな博物館のよう。

端の方には光の柱が何本も立っている。大きな水晶が林立しているようで幻想的な光景だけど、なんだろう。そちらへ歩いて行く人たちは、みんなその中へ向かって吸い込まれるように消えていく。

気にはなるけど、とりあえず冒険者登録をしておこうと奥の窓口らしきところへ向かった。

「冒険者登録したいのですが」

近衛団の規約的にはホントはダメらしいんだけどね。

団長が「ユウリは無理言って入ってもらっているから、いいぞ」だって。あたしがずっと冒険者に憧れてるのを知っているから、特例で許可してくれたんだと思う。

「新規の登録ですね。情報晶に身分証明具を当ててください」

青い制服のかわいらしいお嬢さんが、笑顔で対応してくれた。

「――――はい、登録されました。報酬は銀行へ振り込みになりますがよろしいですか？」

「構いません」

もう一度情報晶に当ててピッと光って手続き完了。

身分証明具がギルド証もかねているので、提示を求められたら「冒険者ギルド証開示」で見せられるそうだ。

あとはちょっとした説明を聞く。

冒険者ギルドは依頼主からの手数料で運営されているので、登録費用などがかからないのだそうだ。

そして、冒険依頼を成功させたり討伐証明を出すことで、冒険者ランクが上がっていくと。冒険者ランクは5級から始まって4級3級と上がっていき、一番上は特1級。犯罪者になると除籍の上、再登録不可になるとのことだった。

説明も聞き登録も終わったけど、予想外に早く済んでしまった。

なので、待つ時間がちょっと長くなってしまったのよ………。

往来激しいギルドの出入り口前で、あたしはやたらと寄ってくる勧誘を苦笑しながら断る。

勧誘に見せかけてシュカを撫《な》でたいだけの人もいて油断も隙もない。や、シュカは喜んでるけれど。──そこのお兄さん、デレデレで撫でているけど、多分魔力なめられちゃってるよ？

「──ユウリ、ごめん。お待たせ」

フユトが真っ白ニワトリのセッパを肩に乗せ、小走りに近づいてきた。

「登録もしてたし、だいじょうぶよ」

「でも、勧誘されてたみたいだから悪かったなと思ってさ。店に来てもらえばよかったよ」

フユトが眉《まゆ》を下げた。作る曲に似て本人も優しい。そんなに気にしなくていいのにね。

「あんなの朝の登城ラッシュに比べたらかわいいものです。ほら早く行こう。楽しみにしてたの」

「よし行くかー。あの光が転移門。ギルドに入ってないと使えないんだよね」

指差した先にあるのは、入って来た時に見た光の柱だ。

あれが転移門なんだ！　前にレオナルド団長に聞いたことがある。

「──王都と辺境伯領都間で繋《つな》がってるんだっけ？」

「それは領都間転移門だね。こっちはダンジョン転移門。その名の通りダンジョン近くに出るわけよ」

[転移《アリターン》]で行ってもいいんだけど、[転移《アリターン》]が使えない冒険者も行けるし魔量を温存できるから設置されているらしい。

辺境伯領都と王都の冒険者ギルドにだけあり、それぞれカバーしているダンジョンが違うのだぞうだ。

きっと、そこから行けるダンジョンに飽きたら、拠点を変えるのね。ますますもって楽しそう！

「――――今日行くのは、これ。ダルクン領のダンジョン『悪夢の毒蛙《どくがえる》』」

「…………ワー、コワソー」

「そんな棒読みで言わなくても！　ダンジョンが見つかった時の領主が命名しているらしいから、目をつぶってやってよー」

そ、そうよね。きっと、魔獣なんてよく知らない貴族の領主様が、ものすごく怖いものを想像して付けたのよ。あっ、なんかさらにほのぼのしてきた。

「先に入るよ」

フユトが光の角柱の中へ入って行き、姿が見えなくなった。あたしも追うように入ると、次の瞬間には田舎町といった風景が目の前に広がっていた。

振り返ると五芒星《ごぼうせい》の魔法陣の上に光の柱がある。帰りはあれで帰ればいいのねって、［転移《アリターン》］でいい気がするわ。魔量たくさんあるし。

「ユウリ、こっち」

フユトがちょっと離れたところで手を振っている。

転移門から出てくる人で混んじゃうから、ちょっと離れたところで待つのがお約束らしい。ふむふむ。勉強になります。

「あれ？　みんな向こうに行くけど、こっちなの？」

「うん。ダンジョンに行くわけじゃないんだ。危なくないって言ったでしょ。町から少し外れたところにあるんだよ」

歩き出すと、通りはお店や屋台もあって楽しい。

「――毒蛙焼きなんてのがある……」

「いいねぇ。食べてみる？」

食べないわけにはいかないでしょう！

二つ注文すると出てきたのは三角形の焼き菓子だった。小麦粉が多いマドレーヌ的な。中に紫色のベリーの実が入っている。

なによー、蛙っぽい形なだけのただの美味《おい》しいスイーツじゃないのよー！

神獣たちも大喜びのお味です。

「――こっちって、お菓子はハズレがない気がする」

「ああ、そうかも。普通の食事はちょっと物足りない感じするよな。コショウとか醤油《しょうゆ》とか」

「素材自体はすごくよかったりして、だから許されるというかもったいないというかね」

「マヨネーズは本当にうれしかったなー。あっという間に食べちゃったもの。それなのに次に買いに行ったら品切れだしさ」

「ごめんね、最近はなるべく多く作ってるんだけど。ああ、今日もあるからあげるわ。――そうだ、ケチャップもあるけど？」

「ください‼　ユウリ様‼　なんなら言い値で買わせてください‼」

必死だな！　『音ってみた』の人気作り手も故郷の味の前には無力か。

あたしは生暖かい笑みを顔に張りつけた。

「――あっ。あっちは悪夢焼きだって！」

食べないわけにはいかないわよ！

目的を忘れつつある元社畜たちは、まんまと田舎町に転がされるのだった。

ちなみに悪夢焼きは、葉物野菜入りの緑色がステキな卵焼きだった。ウマー。

◇◇◇

賑《にぎ》やかな通りから林の中へと入っていく。

前をとっとこ歩くシュカがなんかソワソワしている。

そのうちあたしも鼻をふんふんと動かした。

「――なんか懐かしい香りがしない？」

フユトはニヤリと笑った。

「そうなんだよー。それでユウリに来てほしかったんだよ。ちょっとたまんないよね」

ホントにたまらない！　これ、焼きトウモロコシとかの醤油の焦げた匂《にお》い！

うわぁ、ヨダレが……！

「おいしそう……」

「俺の実家のあたりって焼きだんごが名物でさ、こういう匂いしてたんだよなぁ」

「それ、学校帰りは罠《わな》ね。って、なんでこんな人気《ひとけ》のないところに来ようと思ったの？」

「ああ、ダグマップに美味《うま》い屋台のタグ付けておこうと思ってさ。見られないように道をちょっと外れたら、こんなステキな出会いがあったってわけよ」

『クー！　クー！（あったの！　お醤油、これなの！）』

『クルック！　クルック！』

前を歩いていたシュカがピョンと跳ね、セッパがバサバサと羽を動かした。

「これだね」

指差されたところには、焦げ茶色のインゲンマメのようなものがぶら下がっていた。蔓性《つるせい》の植物で低木に絡まって実を付けている。

「鑑定」

■ クノスカシュマメ／食用可（要加熱）／体を作る：大／体の調子を整える：中

やっぱり豆らしい。

タンパク質とビタミン・ミネラルが含まれているっぽい。

「鑑定」がだいぶいい仕事をするようになってきたわ。

「鑑定スキル持ってるんだ？」

「食物限定のだけどね。特殊スキルのところにあったから、多分言っちゃいけないヤツね」

言っちゃってるけど。

「たしか、むやみに採取しないって、冒険者ギルドのルールにあったっけ」

「依頼以外だと、その場で食べる分だけ採るのはいいことになってるよ。これって、食べられる？」

「うん、加熱すれば食べられるみたい。ちょっとやってみようか」

フユトが革の手袋をはめた手で、一つちぎって渡してくれた。

焦げ茶色なので熟しすぎで傷んでいるように見えるけど、外側のサヤを開くと中に小指の先ほどの豆が行儀よく並んでいる。こちらも焦げ茶色だけどふっくらして美味しそうだった。

[清浄《アクリーン》]の魔法をかけ、なぜか魔法鞄《かばん》に入っているまな板と包丁を取り出した。

「ちょ、ちょっと！　そんなワインレッドのエレガントな鞄から、なんちゅうもん出すんだよ。――待って、これ使って」

笑いながらそう言うフユトも、腰につけている魔法鞄から小型のテーブルとイスを取り出した。そうよね。入るなら入れちゃうし、使うわよ。

二人でテーブルに向かうと、神獣たちはフユトの膝《ひざ》に乗った。豆の行方《ゆくえ》が気になるらしい。

思ったより柔らかい豆をまな板にのせて細かく砕く。加熱不足の食中毒が怖いから、念のため細かくしてから茹《ゆ》でることにした。

「ほら、調理道具入れておけば役に立つのよ。――そういえばこの魔法鞄の容量、トランク四つ分って言われたんだけど、あきらかにもっと入る気がするのよね」

だってあのすごいかさばるドレスが数着入ったのよ。絶対にトランク四つじゃ済まない。

「うん、俺も同じこと思ってたよ。あの特殊スキルの『申し子の鞄』ってそういうことじゃないかな」

「きっとそう。どのくらい入るのかな。引っ越しの荷物全部入ったら楽でいいんだけど」

「え、引っ越すんだ？　今は王城にいるんでしょ？」

「いるけど、近々出て行くと思う。元々は冒険者とかポーション作ったりとか、日本になかった仕事したかったからね」

「あー、わかるー。もし冒険者やるなら、声かけて。いっしょにダンジョン行こうよ」

「それ楽しそう。ぜひ、お願いします！　――まぁとりあえずは近衛団を辞めてからだけどね」

そして辞めるためには女子が入ってくれないとなんだけど。道は遠いわ……。

細かくした豆を小鍋《こなべ》に入れて、［湯煮《アボイル》］の魔法をかける。

あ、とがった匂いじゃなくまろやかな香ばしい香りになってきた。
二、三粒出して食べてみると、うん。豆の香ばしいいい香りにポリっとした楽しい食感。匂いはかなり醤油に近い。ただ、味は豆の味だけだから、しょっぱさはまったくない。
これ、逆に動物にはいいのかも。

『クークー！』

『クッククック！』

期待に満ちた目でこっちを見ている神獣たちに、小皿にのせて出してあげると二体とも喜んで食べた。

『クークー！　クークー！（もっとしょっぱくてもいいけど、これもおいしい！　風の気も土の気もこくてまんぞく！）』

あたしたちの分は塩をほんの少し足して絡めてみる。お皿にのせ、ティースプーンを添えて出した。

「いただきます……」

――――うん。かなり醤油に近いわ。

追加でクノスカシュマメを採って同じように砕いて茹でておき、フライパンの準備をする。

んー……まずは正統派ど真ん中で豚にしておこうかな。

薄くスライスしてある豚を多めに取り出して塩を振り、ポクラナッツ油を引いたフライパンヘトングで並べていく。［網焼《アグリル》］の魔法をかけてジュージューと身の色が変わってきたところへ、クノスカシュマメを投入。フライパンを振ると一気に焼いた醤油の香りが広がる。

「あああああ！　美味そう‼　いい匂い‼」

フユトの心の叫びに、同意する。

久しぶりだから余計にたまらない！　ヨダレが…………！

いい焼き色が付いたところで、お皿にのせた。焦げ茶色の粒が絡まった豚の炒《いた》め物だ。

まずは申し子たちだけで味見。

「「いただきます‼」」

ものすごい前のめりで食べた。だって期待しちゃうじゃない。こんな匂い！

フォークをくわえたまま遠くを見る。

ああこの味…………夢にまで見た…………。

香りからまったく裏切られない、懐かしい味だった。


肉だけというのもさみしいので、魔法鞄から野菜を出して付け合わせのサラダを作る。

レタスは手でちぎって、ゴウスキュウリというでっかいキュウリは千切りにした。豚肉で巻いてもいいようにね。あと、くし切りトマト。マヨネーズはお好みでかけられるように、ビンごと——って、マヨネーズは卵を使っているけど、ニワトリ神獣様は気にならないの……？

「……ねぇ、マヨネーズ出してもいいのかな……？」

あたしが向けた視線の方を見たフユトは「あー、だいじょうぶー」と軽く受け答えた。

「なんかね、普通のニワトリじゃないから気にしないらしいよ？」

どっかの白狐《びゃっこ》も似たようなことを言うよね。でも、さすが神獣様。懐が広くていらっしゃる。

それでも動物性のものは食べないと言うので、セッパには、レタスとキュウリの上に茹でただけのクノスカシュママメを散らしたものを出した。シュカには野菜なし、マヨ大盛りで。人間用のものは豚肉とサラダ。

お箸《はし》がないと巻いて食べるというのはちょっとむずかしかったけど、お肉の上にゴウスキュウリとマヨネーズをのせて食べたら、ウマ！　マヨ醤油味よ！　何この素晴らしいおつまみ感！

フユトも「ウマー！　ウマー！」と言って夢中で食べている。

さっき屋台でつまんだというのに、結局パンも出してそれに挟んで食べたりして、これもサイコーでした！

「――――よかったら焼いたお肉少し持っていく？」

「いいの⁉　……や、遠慮するわ」

「そう？」

「うん、俺も作るから。調理道具貸してくれる？」

「いいわよ――――ふうん、お手製のお土産《みやげ》ってことか」

ニヤリとすると、フユトは赤くなった。

「――――くっそ、自分は左の薬指に指輪なんかしてるからって余裕か」

「ち、ちがっ！　この指輪はそんなんじゃ！」

「こっちはそれどころじゃないんだよー。昨日《きのう》なんかガタイがいいちょいワルオヤジ風なイケメンが来てさ、ミューゼリアさんといい雰囲気出しててさ。おたくの団長さんといい、なんでそんな騎士っぽいイケメンが次から次へと出てくるわけ？」

「だ、だいじょうぶ、フユトも負けてない……」

「目を見て言ってみて」

「………さ、さーてと、このクノスカシュマメが量産できたら何作ろうかなー？」

うらめしそうな顔を横目に、あたしはあさっての方を見る。

ポーション用の薬草畑の横にでも植えてもらえたらうれしいなぁ。申し子たちが食べる分だけなら大した量じゃないし、ダメかな。

とりあえずレオナルド団長にこれを食べてもらって、お願いしてみよう。

あたしはフライパンに残しておいた、まだ温かい豚肉を魔法鞄へとしまった。

◇◇◇

その晩、レオナルド団長には会えなかった。

留守だったのでメモを扉に付けておいたんだけど、音沙汰《おとさた》なし。

領に帰っていて明日の朝こっちに戻ってくるのかもしれない。忙しいって言ってたし。

明日が休みで帰って来ないのかもしれないけど、今までは休みの前は教えてくれてたわよね。

ああ、でも……だからっていつも教えなきゃいけないってこともないか……。

そういえば今までは気にしてなかったから、隣人が夜にいるのかいないのか知らなかった。なのに、用がある時だけいないって気にして拗《す》ねるのは違うわよね……。

あたしはベッドにごろりと横になり、丸まって寝ているシュカを撫《な》でた。鼻がスピスピ言って熟睡している。うちの神獣に野生はないわ。

『音ってみた』を見る気分でもなくごろごろと寝返りを打っているうちに、あたしはそのまま寝てしまった。

次の日、昼休みに近衛《このえ》団執務室へ行くと、エクレール副団長候補が執務机に向かっていた。

「――あれっ？　今日はエクレールが団長ポストに就いているの？」

「ああ、ユウリ。お疲れさまです。今、団長も副団長も涼風宴の打ち合わせに行っているので留守番なんです。食事も出るって言ってたから、団長が戻るのはもう少し後になると思いますよ」

涼風宴の話は聞いている。三日後に予定されている、国王陛下主催の大きな舞踏会だ。あたしも初の夜会対応で、午後からマクディ警備隊長に説明を聞きに行くことになっていた。

手を止めさせてしまったエクレールに挨拶《あいさつ》して退室する。

――そっか、レオさん、領の方も城の方も忙しいのね。だいじょうぶかな……。

前に聞いた時は、俺は体が丈夫だからと笑っていたけど、過労死ってホントにあるからね。

豚肉は疲労回復にいいって聞くから、こういう時に食べてほしかったな。

魔法鞄に入れておけば悪くなることはないから、炒め豚は今晩か明日会えたら食べてもらおう。

そう思っていたのに、次の日もその次の日も会えなかった。


レオナルド団長と会えないまま、涼風宴の日を迎えた。

きっと今日は国王陛下の護衛だろうから、顔くらいは見られると思うんだけど……。

いつもと違う夕方の城内。

金竜宮《きんりゅうきゅう》内はいつもよりも豪華な花が生けられ、特別な旗が誇らしげに垂れ、魔道具のシャンデリアランタンが煌々《こうこう》と辺りを照らしている。さみしいって思っていた気持ちが明るくなる。

今日のこの夜会は、通常の朝からの勤務後の仕事だった。ようするに残業。

開会までの二時間、女性用クロークルームで来客の身体検査の係をする。その後は巡回一時間となっている。

開始後は何かあったら空話具《くうわぐ》で呼ぶから、立哨《りっしょう》して（舞踏会見て）ていいよと言われているんだけど、ちょっと緩すぎませんか。や、まぁ見るけど。こんな王城の舞踏会が見られるのなんて最初で最後かもしれないもの。

シュカは強い香水の匂《にお》いが苦手なので、王宮口から入ってすぐの近衛詰所に置いてきた。この部屋の入り口から顔を出せば、見える場所だ。マクディ警備隊長が詰めているからいっしょにいると思う。

きらびやかなイブニングドレスの女性とその侍女たちが、女性用クロークルームへ次々と入ってきた。

二時間も前から来る人はそんなにいないでしょうと思ったら、案外いた。早めに来て、ウェイティングルームで軽食をつまみながら歓談するんですって。

広々としてソファなども置いてあるこのクロークルームは、本来は上着や手荷物を預かる場所で、そのための係の者もちゃんといる。だけど一番の役割は、危険なものが持ち込まれないように身体検査をすること。

入り口に魔道具探知のテープが張られているから、あとは手作業で金属探知をするのだ。アクセサリがジャラジャラしてるから、ごく近くでのみ作動する金属探知の短杖《ワンド》を体に沿ってかざすわけよ。

「失礼いたします」

笑顔で声をかけて、肩から腕へ短杖《ワンド》をかざしながら下げていく。長手袋があるから腕もしっかりやらないと。それを左右でやって、胸元・腰と降りて、足も左右ともかざす。これドレスのボリュームすごいけどちゃんと感知できるのかしら……。不安に思いながらも背中側も同じようにやっていく。

それにしても、まさか異世界でまでコレをやるとは思わなかった。

誘導のフォローに入ってくれていた護衛隊のお姉さんに「手際がいいわね」とほめられて、乾いた笑いが出たわ。

次から次へとこなし、入ってくる人影が途切れたころ、開始五分前を知らせるベルの音が聞こえた。

「ユウリ、ありがとう。あとは護衛隊が詰めているから、巡回に行っていいわよ」

護衛隊のお姉さんの笑顔に見送られて、ホールへ出た。

と、すぐ近くに立っていた招待客の男性が近づいて来る。

大きな体に夜空色のテールコートをかっちりと着こなし、暗い琥珀色《こはくいろ》の髪をうしろへ撫でつけて形のいい輪郭をさらけ出している。

鋭い雰囲気をまとった長身の胸元に、なぜかうちの神獣が抱っこされていた。

ハリウッド俳優のような顔の、キリリとした深い青色の目がふと緩んだ。

心臓を射抜かれるとか————！

あたしは思考停止したまま固まった。

「――――ユウリ」

えええええええ⁉

もうその場で顔を両手で覆ってしゃがみこみたかった。

見惚《みと》れてたなんて！！！！　よく知ってる人だってちゃんとわかってたのに！　見惚れて頭が動かなかったとか‼

「ユウリ、どうした？」

「ど、ど、どちらさまでしょうかっ⁉」

や！　レオさんだって、わかってるのに！　なんでどちらさま⁉

『クー！（れおしゃんだよ！）』

知ってる‼

混乱しきりのあたしに、レオナルド団長は困った顔を向けた。

「すまなかった。しばらく会わなかったから忘れられたんだな……」

「ち、ちが……そんなわけないじゃない⁉」

ハハハとレオナルド団長は笑った。

「ああ、敬語なしの方がいい。ずっとそれでいてくれるか」

「うっ……善処します……」

見慣れない姿に、まだドキドキしている。や、普段もかっこいいのよ。ただ髪を上げて雰囲気が違うから……。ああ、ホント心臓に悪いわ……。

「執務室の方にも来てくれたらしいな。連絡できず悪かった」

「いえ、大した用ではなかったので。レオさん忙しかったんですよね？　だいじょうぶですか？」

「ああ。だいじょうぶだ。――――会えなかったのが一番………」

伸ばされた手が頬《ほお》に触れそうになった時。

不意に声がかけられた。

「――ごきげんよう、メルリアード卿《きょう》。お久しぶりですわね」

あごを反らし気味に上から目線の美女は、口元を扇子で隠した。

さっき身体検査をした時に見かけたような気がする。

豪華な金髪、ツリ目に神秘的なアメジストの瞳《ひとみ》。絵に描いたような悪役令嬢そのものよ。前に王城に押しかけてきていたローゼリア嬢なんて目じゃない。迫力！　本物のご令嬢感！　ちょっとときめく！　だって、悪役令嬢モノの小説好きなんだもの！

それにしてもこっちの世界は美人が多すぎませんか。目鼻立ちくっきりで背もすらっと高くてうらやましい。

「バスクード伯爵令嬢、こんばんは。何かご用でしょうか」

うわ、なんと冷ややかな声……。男爵様、社交の場でそれでいいのですか……。

平民のあたしが心配になるくらいの塩対応。

だけど、相手の伯爵令嬢とやらも負けていない。

「用かとはご挨拶ですこと。パートナーも伴わず夜会に参加する卿に、一曲お付き合いしようかと思っただけですわ」

「私のことはお気遣いなく。ご令嬢がお誘いになれば、みなさんお喜びになられるでしょう」

えええ――――⁉　待って！　ご令嬢のそれってツンデレのツンじゃない⁉

ほら、レオさんがそんなこと言うから、傷ついた顔したわよ。

「――メルリアード卿、今宵《こよい》は涼風宴。年に二度しかない大舞踏会ですわ。その大事さをご存じでございましょう？　ですのに一曲も踊らないつもりですの？」

令嬢のもっともなセリフに、となりでレオナルド団長がため息をついたのがわかった。

「団長、わたくしは巡回に戻ります。――失礼いたしました」

伯爵令嬢に目礼をして、下がる。

「ユウリ……」

かけられた小さい声には、振り向かなかった。けれど、少し歩いてから振り返ると、大きな背中が美しいドレス姿をエスコートしているのが見えて、見なければよかったと後悔した。


舞踏会は見たかったけど、もうダンスを見る勇気もなく、ホール外を巡回していた。

「――そこの衛士《えいし》のあなた」

予感がして振り返ると、さきほどの伯爵令嬢がまっすぐに見ている。

あたしはにっこりと笑った。

「――はい。何かお困りですか？」

「……そこで笑えるんですのね。ねぇ、ちょっと付き合ってくださる？」

もしかしてこれって呼び出し？

「勤務中なので、私的なお付き合いはできかねますが」

「具合が悪くなった人に付き添うのなら構わないのではなくて？」

「……お付きの方はいらっしゃらないのですか？」

「ええ」

「狐《きつね》がいっしょでもよろしいでしょうか？」

『クー！』

「……仕方ないですわね。よろしくてよ」

あら、なんかちょっとうれしそう。

狐好きに悪い人はいないと判断して、あたしは空話具で来客対応の連絡をした。

休憩用の広間はステンドグラスのパーテーションで緩く区切ってあり、それぞれにテーブルと長椅子が用意されている。

伯爵令嬢は近づいて来たティー・レディに手際よくお茶を頼み、最奥のスペースに陣取った。

「あなたもかけたらいかが？」

「仕事中ですので」

「では、その……白狐《びゃっこ》様だけお預かりしますわよ？」

『クー！』

シュカは肩からさっさと降りて、豪華なドレスの膝《ひざ》の上に乗った。

……シュカめ、かわいがってくれる人なら誰《だれ》でもいいのか……。

ちょっと複雑な気持ちで眺めていると、令嬢はうれしそうに毛を撫ではじめた。

紅茶と軽食が運ばれてくると、再度椅子を勧められる。

紅茶のカップが二つある以上、いいわよね。

あたしは「失礼します」と向かいの長椅子へかけ、制帽のつばの影で目線を隠しながら、令嬢を観察した。

改めて見ても超美人。ちょっとキツめの顔立ちだけど。年は多分同じくらい。二十を過ぎたばかりには見えないし、けど三十はいってなさそう。貴族の結婚は早いって聞いているけど……伯爵令嬢ってことは結婚してないってことよね。

この距離で香水を感じられないのに好感を持った。

令嬢は紅茶を一口飲んでから、口を開いた。

「――あなた、レオナルド様とはどういうご関係でいらっしゃるのかしら」

「部下、ですね」

「とぼけるんですの？　城内で国王陛下の獅子《しし》と手を繋《つな》いでいた黒髪の衛士って、あなたのことでしょう？」

ぐふっ。

喉《のど》の奥の方で変な声が出た。そう言われるとすごい破壊力なんだけど！

「――そ、それでは、国王陛下の獅子と城内で手を繋いでいた黒髪の部下ということで」

「ちょっと！　部下はそんなことできるって言うんですの!?　うらやましいですわ！」

令嬢がなんかおかしなことを言いだした。

そこんとこ詳しく！　と、前のめりに目がギラギラしている。

「……昼食に同席したり、近衛団でお酒を飲むことはあります。職場が同じということは、そういうことです」

「……悔しい……！　城内ではそんなうらやましいことが起こっていたなんて！」

「――失礼ですが、もしかしてお嬢様はうちの団長のことがお好きなのでしょうか？」

赤く染まった顔が扇子に隠れた。

「ち、違いますわ！　あんな恐ろしい顔の男性好きなわけないでしょう！」

「そうですか。でしたら、わたくしと団長の関係は気になさることではございませんよね」

「えっと、ですから……あんな恐ろしい方となぜ親しくしているのか、どういうつもりなのか知りたかったというか、気になったというか……」

「それを話す必要を感じませんが――わたくしは、団長の顔を怖いと思ったことはございません。どちらかと言うと……素敵だと思っておりますわ」

「なんと……なんということですの……」

はらりと扇子が落ちる。

呆然《ぼうぜん》とした令嬢はわなわな震え、見開いた目をこちらへ向けた。

「……そう……ですわ……そうなんですのよ!! レオナルド様、素敵ですわよね!? 恐ろしいけど素敵なんですわ!!」

膝の上にいたシュカをギューギュー抱きしめるので、シュカは『クキュ――!』と鳴いた。そんな鳴き方するなら戻って来ればいいのにと思ったけど、どうやら楽しいらしい。……そう、スリルを楽しむスタイルなのね……。

「ああ、やっと話ができる方がいたわ! わたくしも本当は学生のころからそう思っていたんですの! ただ、周りの方々はみんな恐ろしい恐ろしいとおっしゃって、とても言い出せなかったのですわ」

ああ、学生の時はね……。女の子のグループだとそういうのあるよね……。

わからないでもないけど、あたしは絶対にしない。好きな人を悪く言うなんて、たとえ隠れてだってイヤだもの。

ヴィオレッタと呼んでちょうだいと伯爵令嬢は名乗った。

そして遠い目をして、思えばきっとわたくしと同じような人もいたのでしょうね……と続けた。

「あの方は学院でも目立って大きかったですし、目元も厳しかったので、本当に苦手な令嬢もいたとは思いますわ。たとえば最初の婚約者の方。『あんな火熊《レッドベアー》のような方は嫌だ』と、泣きわめいて大騒動の末の婚約破棄だったと、学院で語り継がれておりましたのよ。その方の現在の夫君は細くて吹けば飛ぶような方。元々そういう男性がお好きだったのでしょうね」

……聞くつもりなかったのに、レオさんの婚約破談話を聞いてしまったわ……。

「でも、二人目の方は……あの方は多分レオナルド様のことを嫌いではなかったと、今なら思うのですわ……」

「そう……ですか」

「――気になりませんの？」

気にならないわけじゃない。わけじゃないんだけど……本人がいないところで聞くのは違うと思うのよ。何より、気になっていることをこの令嬢に知られたくない。こちらの情報を渡したくない。

それに――そうね、ヴィオレッタ様ならいいかもしれない。

あたしは口元だけでにっこりと笑った。

「ヴィオレッタ様は気になりますか？　例えばレオナルド団長が、執務室で書類を前にむずかしい顔をしているところですとか、近衛団の青薔薇《ばら》ことキール護衛隊長と並び立って指導しているところですとか」

「――ふぁっ⁉」『グキュー！』

「上品な所作で食事をする姿ですとか、飲み会でさりげなく優雅にワインをサーブしてくださるところですとか」

「────うっ‼」『ムギュー‼』

「城内で襲ってきた不届きな暴漢を倒して、部下を守ってくださったり」

「────なんと………」『クゥー……』

「よくやったなとほんのり笑顔でほめてくださったり」

「そ、そんなの、死んでしまいますわ！」『クキュークキュー‼』

「────気になりますか？」

問いかけると、ヴィオレッタ様はブルブルと震えながら顔を赤くした。

「き、気にならないわけないじゃないの‼」

あたしはこの世の終わりを告げるように言った。

「そうですか、残念です。近衛《このえ》団でならすべて見られるのですが────」

「────くぅっ………‼」『グギュギュ────‼』

命の終わりのように鳴いたシュカが、やっとこっちに戻って来た。

揉《も》みくちゃにされて大騒ぎしていたくせに、どこか満足そうな顔をしているわよ。どうしようもない狐ね。

あたしはさらにさりげなくつぶやく。ちょっとだけ脚色して盛って。

「近衛団警備隊は、城の行儀見習いに上がるのとそんなに変わらないのですけど、男の人と知り合う機会が多すぎるのが困るんですよね……。たくましい近衛団の男性の他に、文官の方々からもたくさん声をかけられたりするので、ホントおすすめできないのですが……」

「………待っていればいつかチャンスがと思っていたけど……そうよ、このまま行き遅れと言われて家にいるよりは………」

ヴィオレッタ様は扇子をぎゅっと握りしめ、小さく独り言をもらした。

話を終えた時には下番《かばん》時刻をだいぶ過ぎていた。一応、空話具《くうわぐ》で帰隊の連絡をいれて、王宮口に付属している警備詰所へ向かった。

休憩用の広間を出ようとしたところで、入り口近くに立っていたレオナルド団長と目が合う。

「――――レオさん？」

「ああ、待ってたんだ。詰所まで送ろう」

ええ？　衛士を送るっておかしくないです？

「明日は休みか？」

「いえ、仕事ですけど」

「……下番時刻が遅いのに、明日も早いのか……。マクディに一言言ってやろう」

「あっ、違います！　来週誕生日があるので今週の休みを減らして四連休にしてもらったんです」

「――――誕生日？　ユウリのか？」

レオナルド団長は立ち止まってあたしの顔を覗《のぞ》き込んだ。

「はい。『宵闇《よいやみ》の調べ』で飲む予定なんですけど……あの、レオさんにもその話をしたかったんですけど……会えなくて……」

そう言うと、団長のこわばっていた顔が緩んでいった。

「本当にすまなかった。だがそうか、よかった。俺も誘ってもらえるっていうことだな？」

「……はい。よかったらですけど……忙しそうだし、無理なら……」

「大丈夫だ。たとえ忙しくてもユウリの誕生日なら予定を空ける。わかっていれば俺が………いや、なんでもない。――――明日の昼食をいっしょにどうだろうか。領の土産《みやげ》も渡したいんだが」

素敵な夜会服姿でふんわり微笑《ほほえ》まれて、またちょっとぽーっとしてしまった。

でもちゃんとうなずいたわよ。

久しぶりにいっしょにお昼を食べられると思えば、明日の午前中もがんばれるってものよね。


「――――美味《うま》い」

前の席に座るレオナルド団長は、不思議そうな顔を驚きに変えて言った。

昼休み。

昨夜の約束通りに外の休憩所へ行くとすでに団長が待っていて、テーブルには美味《おい》しそうな串焼《くしや》きとパンが並んでいた。『零れ灯亭《こぼびてい》』で買ってきてくれたみたい。

そんな中で豚肉のクノスカシュママメ炒《いた》めを出すのもどうかとは思ったんだけど、マメの量産体制を整えたいし食べてもらってお願いするしかないのよ！

最初は香りに不思議な顔をしていたけど、食べたらすっかりお気に召していただけた模様。

薄切りにしたパンにキャベツの千切りとマヨネーズ少々とのせてあげたら「毎日食べたい」だそうです。

フフフ……そうでしょう、そうでしょう。お醤油《しょうゆ》は美味しいのです！

「クセのある匂《にお》いだが、食欲がそそられる……。食べているともっと食べたくなる味だ。この粒がその豆なのか」

「はい。クノスカシュママメっていうらしいんです。あたしのいた国でよく使われていた調味料に似た香りとコクがあるんですよ」

「クノスカシュマメ――――領の自生植物リストにあったな」

「メルリアード男爵領でも採れるということですか？」

「ああ、そうだ。特定の魔獣が嫌がる植物で、王立研究所で研究を始めると聞いた。実物を見ていなかったのだが、なるほど……もしかしたらこの匂いのせいかもしれないな」

「魔獣も嫌がる匂いって……。あまりこの国の方には好まれないでしょうか……？」

『クークー（おいしーにおいなのー）』

「そんなことはないと思うがな。少なくとも俺はもうすっかり気に入っているぞ」

レオナルド団長はそう言うものの、他の多くの人がどう思うかはわからないよね……。

他の人に勧める時は慎重にしよう。

とりあえず、メルリアード男爵お墨付きのクノスカシュマメは、男爵領で栽培してもらえることになった。

山に自生しているものを少し採ってきて栽培と研究始めるって。

それに栽培が軌道に乗るまで好きに採って使っていいって！

うれし過ぎる‼

「これが好きなだけ食べられるならメルリアード男爵領に移住しようかな……」

あたしがぽそっと言うと、レオナルド団長はちょっと困った顔をした。

「――――移住、か」

「えっ、ダメでしたか？」

「いや！　そうではなく、その――――……。少し待ってくれ」

「？　はい」

「今、領の方は調整中でな……」

「調整中、ですか」

「ああ。調整中だ」

よくわからないけど、調整しているらしい。

あたしは「わかりました」と答え、団長が買って来てくれたパンに手を伸ばしたところで、空話具がリンと鳴った。

『ユウリ衛士《えいし》、ユウリ衛士！　応答できる⁉　こちらマクディ！　至急、警備室に来て！』

伸ばしていた手を空話具の方へ持っていくと、向かいで団長が目を見開いた。

「こちらユウリ。隊長、どうかしましたか？　休憩中なんですけど」

『後でちゃんと休憩あげるから、いいからー！　来て‼』

それにしてもマクディ隊長は空話具の応答がひどいわよね。

空話具の使用中は周りに声が聞こえないけど、警備隊の衛士たちはみんな聞こえているわけで。

あまりに仕事モードじゃなさ過ぎない？

ふぅとため息をつく。

「至急帰隊の件、了解」

あたしは横に置いておいた制帽を被《かぶ》った。

「――――レオさん、すみません。警備室に呼ばれました」

「そうか。ではここで待っているから早く片付けて戻ってくるといい」

シュカはどうする――――？　と言いかけて、口をつぐんだ。

団長様のお膝《ひざ》の上でまったりとごはんを食べさせてもらって、行く気配はみじんもない。

「いってきます……」

あたしはしぶしぶその場を後にした。

ああ、こんなことなら串焼きちょっとでも食べておけばよかった……。

◇◇◇

毎　日　食　べ　た　い　――――――。

（（（（とうとう言った――――――！！！！））））


解散の危機に瀕《ひん》していた『食堂で獅子《しし》の恋を無言（だったり違ったり）で応援する会』だったが、『食堂から休憩所へ場所を移し獅子の恋を無言（だったり違ったり）で応援する会』となり、ひっそりと人数を増やしつつ活動していた。

たまたま外の休憩所へ行ってみたところ、あの二人と一匹を見かけて外で食べる派に転向した者。近衛《このえ》団長が外で食事をしていると聞いて、外で食べる派に転向した者。白狐様《びやっこ》が外で休憩していると聞いて、外で食べる派に転向した者。最近食堂の人口密度が低いのはなぜだろうと理由を探っていくうちに、外の休憩所へたどり着いた者。などなどの青虎棟《せいことう》の文官たちが、新しくできた東屋《あずまや》を昼の居場所にしていた。

元々この場所は、国王陛下が住んでいる金竜宮《きんりゅうきゅう》で働く人たちを主に想定した休憩所だったのだ。

その金竜宮で働く人たちだって、国王陛下の獅子の優しげな笑顔など見せられたら、どういうことなのか気になって居座るに決まっている。

その数は増えていき、外の休憩所は連日満員御礼状態なのだった。

が、満員過ぎて、主役の二人と一匹が現れない日が出て来た。

――――自分たちがいなければ、あの方たちがここで昼食をとれる。が、そうなると自分たちは見られない――――。なんというジレンマ‼

黒髪の女性衛士が一旦《いったん》外に出て満員なのを見て、がっかりと戻っていく姿を見ると、心が痛んだ。

今日も半ば諦《あきら》めつつも惰性で外の休憩所に向かった会員たちは、納品口を出たところで驚き固まることになる。

――――団長様がいらっしゃいますよ――――⁉

そこそこの広さがある東屋の中でもひときわ目立つその立派なお体が、いそいそと昼食のセッティングをしておられます！　なんだかかわいらしいです――――！

休憩所の席もほとんど埋まったころに、待望のもう一人の主役が現れた。

((((黒髪のお嬢さんと白狐様がキタ――――‼))))

待ち合わせ昼食デートですね⁉　約束するほどの仲ということですね⁉

もうそれだけでパン三斤いけます‼

黒髪のお嬢さんが作ったらしき料理を、団長様が笑顔で受け取っている。

幸せな空気はその場を幸せにする。

ほんわりと浸っていると、会話が聞くとはなしに聞こえてきた。

「……――――美味《うま》い。初めて食べる味だ。ユウリの料理はどれも美味いな。毎日食べたい……」

言った、言いました‼

ああ、数か月前には「毎日食べたいくらい」って言っていたのに、とうとう言い切るくらいに近づいたのですね――――!!

答えを期待した周り全員が、顔を赤くして下を向いたまま、動きを止めた。

軽やかな声が、はきはきとそれに答えた。

「――そうなんですよ。毎日食べても飽きないいくらい、本当に美味しいんです！」

((((安　定　の　ス　ル　ー　！！！！))))

やっぱりそうなのですね！　ヤキモキさせるだけの簡単なお仕事というやつですね！　本当にごちそうさまでした――!!

団長が気の毒過ぎるような、でもなんとなくほっとする『食堂から休憩所へ場所を移し獅子の恋を無言（だったり違ったり）で応援する会』の会員たちなのだった。

◇◇◇

ノックをして中へ入れば、呼ばれた理由はすぐにわかる。

「――ユウリ衛士参りました」

敬礼すると、マクディ隊長は答礼もせず、かぶせ気味に言った。

「ユウリぃぃぃ……！　どういうことなんだよ、どうなって……」

「ごきげんよう、ユウリ様。昨夜以来ですわね」

ソファに座ってパサリと扇子を開いて、機嫌よさそうにオホホホホと笑うのはヴィオレッタ様。

昨日《きのう》の今日でもう来たとか、すごい行動力なんですけど。

マクディ隊長はその向かいに座って、(どういうことだよ⁉)と目で訴えかけている。

あたしはまじめな顔をしようと思いながらも、湧《わ》き上がる笑みを止められない。

「ヴィオレッタ様、こんにちは。本日はどうされたんですか」

「ユウリ様にお話を伺って興味が出てきたので、近衛団に入団の希望を伝えに来たのですわ。それなのにこちらの隊長が考え直すように勧めてくるのですわよ」

「それはそうだろ……ですよ。伯爵令嬢がいらっしゃる場所ではないと思うんですが……」

しどろもどろになるマクディ隊長が面白すぎるわ！

「マクディ隊長。伯爵令息がよくて伯爵令嬢がよくない理由はなんですか。働きたいという意思を尊重するべきではございませんか」

あたしがそう言うと、マクディ隊長は白目を剥《む》いた。

(ユウリ！　ニヤニヤしながらもっともらしいことを言わないで！)

(反論できるものならしてごらんなさい。フフフフ)

「いや、だけど、危険も多いし……武器！　武器など持ったことありませんよねぇ⁉　大変な職場なんですよ！」

「武器……乗馬をたしなみますので鞭《むち》でしたらいつも使っておりますが。あとは護身用の体術、短剣もある程度は使えますわよ」

おおぅ、すごいわ伯爵令嬢様。お嬢様って高スペックだわ。

「隊長、馬に乗れないあたしより優秀な気がします」

「………ユウリぃ………」

情けない声出してもダメです。次に女性が入ったら辞める約束ですからね？

「ところでユウリ様。白狐様はどうされましたの？　いつもいっしょにいるのではないんですの？」

「あ、今、レオナルド団長がごはんを食べさせてくれていて――……」

「な、なんですって⁉　その強面《こわもて》素敵男性によるモフモフごはんショーはどちらで見られますの⁉」

すごい勢いで詰め寄られたあたし、期待の眼差《まなざ》しを向けられてあっさりと外の東屋ですと答えてしまう。

そしてヴィオレッタ様を連れ、なぜかマクディ隊長もいっしょに納品口外へ向かうことになったのだった。


再度魔法鞄《かばん》預かり具から魔法鞄を取り出す。その後にヴィオレッタ様もちょっとぎこちない様子で取り出していた。

納品口の扉から外へ出ると、お昼休憩の時間も過ぎたからか休憩所はだいぶ空きができていた。が、レオナルド団長の横にはなぜかロックデール副団長が座っていて、シュカにごはんを食べさせている。

なんで副団長がいるんだろう？　と思っていると、ぐいっと腕を引っ張られた。

「ちょ、ちょっとユウリ様！　ロックデール様までいらっしゃるじゃありませんの⁉」

「い、いますね」

「いますね。じゃないですわよ‼　ロックデール様はレオナルド様ほど威圧感もなく気さくな性格で人気があるんですのよ⁉　夜会などには護衛でしかお出にならないし、なかなかお会いできない方ですのに……！　こ、心の準備が――ああっ、ロックデール様が白狐様にお肉を与えていますわ……‼　なにこの天国……」

ふらりとするヴィオレッタ様の体を支えた。

まぁ気持ちはわかるわ。大男とモフモフ………サイコーの組み合わせよね！

「ヴィオレッタ様、とりあえず掛けませんか？　マクディ隊長も……ってもう座ってるわね」

お調子者の警備隊長はさっさとテーブルへ行き、ロックデール副団長のとなりに座って串焼きに手を伸ばしている。

夜会の次の日は朝食が遅いから昼食はとらないというヴィオレッタ様を、ではお茶だけでもとテーブルへ誘った。

「――――お邪魔いたしますわ。ゴディアーニ様、パライズ様」

さっきとは全く違う態度で、きちんと挨拶《あいさつ》をしているのがすごい。それにちゃんと家名で呼んでいる。パライズ様なんて言ったことないわ。

昨夜はたしか「メルリアード卿《きょう》」って呼びかけていた。貴族として参加している会で会ったからってことね。で、今は近衛団の団長として扱っていると。すごい……。これがちゃんとしたお嬢様ってことなのね……。

やっぱりヴィオレッタ様、衛士に向いていると思うの。貴族としてのマナーがわかっていて公私をきちんと分けている。間違いなくあたしよりも向いているでしょ。

レオナルド団長はほとんどわからないくらいに驚いた顔をし、短く「ああ、構わないぞ」と言った。

ロックデール副団長も驚いた顔をしたものの「おお、ヴィオレッタ嬢か。久しぶりだな」なんて笑いかけるから、ヴィオレッタ様は真っ赤《まっか》になってしまったわよ。

魔法鞄からティーセットを出して、ハーブをブレンドしたお茶を淹《い》れた。いっしょにメルリアー

ド男爵領のバターたっぷりの焼き菓子も付ける。

いただきますわと言ってヴィオレッタ様はお茶に口を付け「美味しい……」と驚き、焼き菓子を口にして「こちらも美味しいわ……」とほんわり笑った。

本当は可愛《かわい》い方ね、ヴィオレッタ様。

人数も増えたことだしもう少し料理がいるかなと、パンとノスサバのトマト煮をテーブルに出す。

ポクラナッツ油でガーリックとノスサバ炒《いた》めて、白ワイン少々とトマトで煮込んだものなんだけど、メルリアード男爵領で水揚げされたノスサバが美味しいのよ。

ガーリックをたっぷり使っているから匂《にお》いが気になるところだけど、［消臭《デディオドラ》］の魔法があるからいいわよね。

真っ先に手を出したのはマクディ隊長だ。

「狐、食べる？」

『クー！（もちろん食べるの！）』

「そっかそっか、狐は美味しいのよくわかってるからなぁ。ほい」

と言ってシュカにあげつつ、自分の分をパンにたっぷりのせているわね。シュカの声は聞こえないはずなのに普通に話しかけるのよね。マクディ隊長って。

そのあとにうれしそうにレオナルド団長が取り、ロックデール副団長は遠慮しつつも取っていた。

あたしもやっと串焼《くしや》きを食べる。んー、鶏肉《とりにく》ウマ。香ばしい焼き目が絶妙よ。

「――――で、ヴィオレッタ様。いつからいらっしゃるんですか？」

となりに座り上品にお茶を飲むご令嬢に話しかけると、マクディ隊長が向こうの方で慌てている。

「ええ……わたくしはいつからでも来られますわ。明日からでも構わないくらいなのですけれども……家に居場所もないですし」

最後になんかボソッと言わなかった？

「――ん？　ユウリ、ちょっと待て？」

間に入ったのはロックデール副団長だった。

「なんか、今、ヴィオレッタ嬢が警備隊に入るように聞こえたんだが……気のせいか？」

「いいえ、気のせいではないで……」

「わぁぁぁ！　気のせいです！　伯爵令嬢が警備隊になんて入るわけないじゃないですか⁉」

慌てるマクディ隊長にロックデール副団長が言った。

「いや？　護衛隊には侯爵令嬢もいるし、ニーニャはマルーニャ辺境伯のとこの姪《めい》っ子《こ》だろ。別にやる気があれば、構わないと思うぞ」

「やる気ありますわ！　やる気しかありませんことよ！」

ヴィオレッタ様は立ち上がってこぶしを握った。

うん、いいと思うけどな。

お嬢様にだって選択肢がたくさんあっていいわよ。それぞれ向いた道があると思うし、はきはきとしてしっかり自分を持っているヴィオレッタ様は、きっと衛士《えいし》に向いてる。

「侍女ではない王城での仕事場所として、警備隊という道が確立されたらいいと思うんです。貴族の女性の中でも、やりたいと思う人向いている人がいると思うんですよね」

女性用のトイレやパウダールームの巡回、体調を崩した人の介抱など、女性衛士じゃなければダメな仕事がある。

だからヴィオレッタ様のような高位貴族の令嬢に入ってもらって、女の人が活躍できる仕事なのだと知ってもらえれば、この先女性の人手不足に困ることはなくなるんじゃないかな。

マクディ隊長は情けない顔でこっちを見ているものの反論はできず、レオナルド団長がふっと笑ってうなずいた。

「そうだな。とてもいいと思うぞ」

「ああ、いいな。――――よろしくな、ヴィオレッタ嬢……いや、ここは近衛団の慣習に添って敬称無しで『ヴィオレッタ』だな」


ロックデール副団長がそんなことを言って笑いかけるから、ヴィオレッタ様はまた顔を真っ赤にして、「は、はい！」とうつむいてしまった。

ここまで外堀を埋めておけば、マクディ隊長も逃げられないだろう。

――――よし、上手《うま》く片付いたわ。

これであたしの警備隊の役目は終わりということになるだろう。ちょっとさみしい気持ちもないわけじゃないけど。警備隊、結構楽しかったし。

だが、だが！　調合師《ミキサー》冒険者の道へいざ行かん――――!!

清々《すがすが》しく前途洋々な気分で、串焼きのピーマンにかぶりつく。ウマ！　このちょっとニガイのがいいのよね。交互に刺さっている豚バラ肉と合うわー。美味《おい》しいー。

ふと見上げると、向かいに座るレオナルド団長と目が合った。

団長は「うまいことやったな？」とでも言いたそうな目をして、楽しそうに笑ったのだった。

# 閑話四　伯爵令嬢の憂鬱《ゆううつ》

家に居場所はない。

バスクード伯爵家の長女であるヴィオレッタは、思わず出てしまったため息を扇子で隠した。

目の前では妹たちが醜い争いを繰り広げている。

王都にある伯爵家別邸のティールームでくつろいでいたところに、二人が突然入ってきたのだ。

「若いわたくしの方がいいに決まってますわ！」

「学院で首席だったわたくしの方が侯爵夫人に向いてます！」

どこぞの侯爵家跡取りへの声かけを、どちらがするかということで揉《も》めているらしい。

「お姉さまはどちらの方がいいと思われますの⁉」

「もちろんわたくしですよね⁉」

「……ふ、二人で声をかけたらいいのではないかしら？」

扇子の陰で引きつりながら答えたヴィオレッタだったが、妹たちは気に入らなかったらしい。

「まぁ！　お姉さまったら恥ずかしいですわ！　姉妹で同じ方にお声をかけるなんて‼」

「そうですわよ！　まるでわたくしたちが必死みたいではないですか！　はしたない！」

必死にしか見えなくてよ⁉

白目になって固まると、妹たちはそれぞれ扇子を開いた。

「こんなことだから、お姉さまはいつまでたってもお相手が見つからないのですわ」

「行き遅れだなんて、『北方の紫のバラ』も過去の栄光ですわね」

つんとあごを反らし「もうお姉さまはお茶を飲まれたでしょう、わたくしたち喉《のど》が渇いているのですわ」と追い出された。

一体なんだというのか。

ヴィオレッタはもう一度ため息をついた。


バスクード伯爵の長子である彼女は、本来なら伯爵を継ぐ立場にあった。

この国では女性が爵位を継ぐことはさほど珍しくない。男女関係なく第一子が優先される。

ヴィオレッタは王立オレオール研究院統治科を悪くない成績で卒業しているし、美しく社交の手腕もある。伯爵となるのになんの不足もないはずだった。

しかし、第一子であることよりも、結婚して後継ぎがいることはさらに優先される。

第二子であり長男であるヴィオレッタの二歳下の弟は、学院でさっさと相手を見つけ婚約し卒業と同時に結婚。当然のように伯爵領の領主邸に住み、さくっと後継ぎを作ったのだった。

その時点で、ヴィオレッタは自分が伯爵になることはないかもしれないと思った。

それなら弟夫婦にはきっちりと領を治めていただきたい。

弟の甘いやり方に活を入れ領経営手腕を叩《たた》き込《こ》み、嫁いできた義妹には自身も子も守れるようにと護身術を教え、立派な小うるさい小姑《こじゅうと》となった。

小姑に対して泣き言を言う息子夫婦かわいさに、父母はヴィオレッタを王都の別邸にやることに決めた。

ついでに結婚相手を探さなければならない妹たちも送り出した。

そして今に至る。

ヴィオレッタはお茶を飲んだら出かける予定だったので、仕方なくそのまま出ることにした。

今日は学生時代からの友人たちとのお茶会だった。

文官を経て同じく文官の夫と結婚した友人と、実家に出入りしていた商家へ嫁いだ友人。どちらも共に研究院統治科を卒業した仲だ。

「ヴィオレッタ様、お久しぶりですわね」

「ごきげんよう。お二方ともお変わりありませんこと?」

「ヴィオレッタ様は相変わらず光り輝いていますのね」

ひとしきり挨拶をしてお互いの近況報告などをした後、文官夫人がそういえばと話を始めた。

「北方の獅子《しし》様、とうとう結婚なさるようよ」

「——————えっ……?」

突然の話に驚くヴィオレッタに、商家の夫人もそうそうと話を続ける。

「その話聞いておりますわ。知り合いの宝石商が『揃《そろ》いの宝飾品を作られて、結婚間近のようですよ』って言ってらして」

「……もう縁談は受けないって聞いてましたのに……」

ヴィオレッタは呆然《ぼうぜん》としながらつぶやいた。

このレイザンブール王国では『道は自らの手で作れ。縁は自らの手で結べ』の風潮が強い。王子ですら恋愛結婚だ。

北方海を越えた北の大国ノスドラディアでは、貴族に政略結婚以外の選択肢はないというのに。

それでも政略結婚が全くないわけではなかった。

婚約破談後すぐにまた縁談が来るなんていうのは、強大な国軍北方師団の指揮権を持つ辺境伯、ゴディアーニ家だからだ。

北方に属する領であれば、いや、属する領でなくても、その縁が欲しくない者などいない。

三男であるレオナルドの縁談も二回とも相手方からの強い希望だったらしい。

その二回ともが破談になった時、辺境伯はもう一切の縁談を受けないことにしたという。

レオナルドが研究院を卒業間近の十七歳の時のことだった。

――もうあの方は結婚などされないのかと思ってましたわ……。

学院には十歳になる年から入学できる。そこで五年間学んで、さらに学びたい者は研究院へと進学する。

ヴィオレッタが学院に入った年、レオナルドは研究院へ進んだ。

本来であれば違う学科の研究院生を見かける機会はほとんどない。だが上級生である第二王子殿下の学院内護衛をレオナルドがしていたため、時々見かけることがあった。

華やかな取り巻きの中で、体も大きく厳しい顔をしたレオナルドは異彩を放っていた。

恐ろしいと多くの生徒たちに言われていたその顔を、ヴィオレッタは神殿にある彫像のようだと思っていた。

――厳しくそして美しい――。

女生徒たちにあんなに怖がられていた人だ。

待っていればいつか他に相手がいなくて、自分を選んでくれるのではないか。

そんなずるいことをぼんやり夢見て、何もしてこなかった罰なのだろう。

「――小柄で黒髪の女性衛士と仲良さそうに手を繋《つな》いでいたそうよ」

「……あの恐ろしい方が⁉」

「デレデレですって。優しげな笑顔を見せて、恐ろしさは全くないと夫が言ってたわ」

あの、獅子が、手を繋いで、デレデレ。

ヴィオレッタは倒れるかと思った。

ものすごく好きだったわけではない。薄ぼんやりと憧《あこが》れていただけだ。

それでも、大変な衝撃を受けた。

どこかで仲間だと思っていたのだ。あの方が結婚してないんだから大丈夫だと。勝手に安心していた。

でも、大丈夫ではないらしい。どうやらおいていかれるらしい。

せっかくの楽しいお茶会だというのに、その後の話はどうにも身が入らなかった。


何か落ち着かないまま、涼風宴の日を迎えた。

国王陛下主催の大きな舞踏会は、魔素大暴風前に行われた萌花宴《ほうか》から二年半ぶりになる。

妹たちと侍女と馬車に乗れば、四人乗りの車内はぎゅうぎゅうだ。この後に伯爵夫妻と弟夫妻もこの馬車を使うため、詰め込まれているのだ。

例の侯爵令息争いも決着は着いていないらしく、この狭い空間で舌戦が繰り広げられている。

ヴィオレッタの気分はただ下がりだ。

王城へ着き、せいせいしたとばかりに一人でさっさと入り口へ向かう。

案内状を見せクロークへ入り、はっと足を止めた。

この国では珍しい漆黒の髪の女性衛士がいた。

警備隊の男性衛士と揃いの白いフレアスカートの制服を着ている。近衛《このえ》団にふさわしく凛々《りり》しくもあり、女性らしい優雅さもあった。

「失礼します」

嫌味のない笑顔で声をかけられて、身体検査を受ける。

これ幸いとばかりにじろじろと見てやった。

この人が噂《うわさ》の女性衛士だろう。

口元に軽く笑みを浮かべながらきびきびと動いている。

向かい合って立つとたしかに小柄なのがわかる。そして黒髪黒目の本当に珍しい色合いだ。

どのような家柄なのだろうか。

そういえば、他国から来たゴディアーニ家の遠縁らしいと友人が言っていた。今の辺境伯の叔母《おば》もノスドラディアへ輿入《こしい》れしているし、その筋かもしれない。

彼女は手際よく終わらせると「ご協力ありがとうございました」とまた笑顔を向けた。

そんなに軽々しく笑いかけるなんてはしたない。と言いたいところだったが、軽々しく笑みを振りまいていた友人たちから結婚していったことを、ふと思い出した。

ようするに、女は愛想が大事なのかとヴィオレッタは苦々しく思う。が、よく思い返してみれば男も愛想がいい人ほどモテていたではないか。

レオナルドとロックデールの差がいい例だ。

笑顔はここぞという時に使う社交の道具と思っていたが、違うのかもしれない。安売りする方が、実は上手《うま》いやり方だったのでは————?

そこまで行きつき、家に来ていたマナー講師に文句を言ってやりたくなった。

なにが高位貴族の令嬢たる者、軽々しく笑みを見せてはなりません。よ！　嘘つき！　見せた方が良かったのではなくて⁉

ウェイティングルームで発泡酒のグラスを受け取り、一気に飲み干す。

わたくしだって、くだらないことで笑ってみたかったわよ！　あの方素敵ですわと、はしゃいでみたかった！

今さらだ。今さらもう若かったころは取り戻せない。学生時代は戻ってこないのだ。

もう一杯、さらにもう一杯と、グラスを傾ける手が止まらない。

大変気分が悪くむしゃくしゃしていたところで、見てしまった。

それはそれはもう愛《いと》しげに黒髪の衛士《えいし》に語りかけている、レオナルドを。

むしゃくしゃしてやった。後悔はして――――いる。

意地悪く二人を引き離してからヴィオレッタは、こんなことがしたかったわけじゃなかったと、肩を落とした。

「……メルリアード卿《きょう》……申し訳ございません。わたくし、具合が悪くて踊れそうもありませんわ。他の方を誘っていただけます？」

その「申し訳ございません」は、もちろん踊れないことに対してではなかった。が、ヴィオレッタは今さらそんな言い方しかできなかった。

顔を上げると、思いのほか優しい視線が向けられた。

「――大丈夫か？　治癒室まで送ろう」

「いえ、結構です」

エスコートされていた手を放し、ヴィオレッタは「ごきげんよう」と踵《きびす》を返した。

北方の獅子は変わった。

あんな親しげに優しい言葉をかけられたことなどない。もしかしたら本当は元々優しい人だったのかもしれない。けれども、それをたやすく見せることはなかったのに。

その後、偶然つかまえた黒髪の衛士と話をした。

レオナルドとどういう関係か問い詰めたところ部下だと言い張り、挙句に、「────そ、それでは、国王陛下の獅子と城内で手を繋いでいた黒髪の部下ということで」などとおかしなことを答えるものだから、ヴィオレッタの調子も狂った。

レオナルドのことを素敵だという相手のペースにすっかりと巻き込まれ、「レオナルド様、素敵ですわよね⁉　恐ろしいけど素敵なんですわ‼」と普段は口にしないようなことまで話していた。

まるで学生のころに戻ったようだった。

いや、過ごしてみたかった学生時代をやり直すかのようだった。

「────ヴィオレッタ様は気になりますか？　例えばレオナルド団長が、執務室で書類を前にむずかしい顔をしているところですとか、近衛団の青薔薇《ばら》ことキール護衛隊長と並び立って指導しているところですとか」

「────ふぁっ⁉」

間の抜けた声が漏れる。

────気にならないわけないわ⁉　キール・ミルガイア様と言ったら青の貴公子！　決して本音を見せない優美な笑顔で男女ともに魅了してらしたわ。

レオナルド様とお二人で並び立って指導されるというのですの？　柔と剛の出会い？　飴《あめ》と鞭《むち》が

一皿に？　なんということでしょう――――！

膝《ひざ》の上に乗せた白狐《びやっこ》の毛並みはふわふわだし、近衛団の話は聞けば聞くほど興味を引かれる。

なんだかんだと言いながらもどこか楽しそうにしている女性衛士に、ヴィオレッタはすっかり翻《ほん》弄《ろう》されてしまった。

跡取りをどうするか父親ははっきりと言わないが、どうせ弟が継ぐことになるのだろう。

結婚もいつかどこかから何かが転がり込んでくるのではと思っていたけど、そんなこともなかった。

――――この先このまま家にいても、何も変わらないのでは？　それならもう新しい世界へ飛び出してもいいのでは――――？

気づいてしまい、扇子を握りしめる。

「…………待っていればいつかチャンスがと思っていたけど……そうよ、このまま行き遅れと言われて家にいるよりは………」

突然示された未来の選択肢は、不透明だけれども明るくて。

帰りの馬車では妙にすっきりとしていて、往《い》き以上に険悪な妹たちの様子も気にならなかった。

その夜、ヴィオレッタは久しぶりに気持ちよく眠ったのだった。


そして次の日。

遅い朝食を食べた後にくつろいでいると、また優雅なティータイムを邪魔する者たちがやってきた。

「伯爵夫人には、わたくしの方が合いますわ！」

「わたくしが先に目を付けたのですわよ、お姉さま！　わたくしがお手紙を出しますわ！」

「何言ってるんですの⁉　あんな汚い字でお手紙なんて恥ずかしくないんですの⁉」

今度はどこぞの伯爵家の跡取りらしい。

また巻き込まれても嫌だからと、ヴィオレッタは椅子からそっと立ち上がった。

だが、妹たちは見逃さなかった。

「だいたいヴィオレッタお姉さまがいつまでも結婚されないからこんなことになるんですわ‼」

「そうですわよ！　あんな美人が行き遅れるなど、あの家には何か欠点があるに違いないって言われるんですからね⁉」

なんと――――！

どう考えても結婚できないのは自分たちのせいなのに、わたくしのせいにしていると⁉

ヴィオレッタはまた白目になって固まった。

「わたくしたち、恥ずかしい思いをしているんですのよ！」

「「お姉さまのせいですわぁ――――！！！」」

魔素大暴風のせいで大事な社交の機会を二年も潰《つぶ》されたのだ。焦っているのはわかるしかわいそうだとも思う。だから二人の八つ当たりも大目に見てきた。

――――もう我慢などしない。

ヴィオレッタは音も立てずに扇子を広げて顔を覆った。

「――――そのように大騒ぎしている者を妻に迎えたい方などいなくてよ？　見苦しい」

凛《りん》と響く声が二人を打つ。

突然の姉の言葉に呆然としている妹たちを、ヴィオレッタは横目で見た。

「わたくしは家を出て行くわ。わたくしがいなくなったら、あなたたちが結婚できないことをどなたのせいにするのかしら。見ものね？」

にっこりと盛大に笑う。もうマナーなんか知ったことではない。

ではごきげんようと言い捨て、控えていた執事に申し付けた。

「馬車を」

新しい選択肢はこの手にある。

これからは自分がしたいように生きるのだ。

ヴィオレッタは軽やかな足取りで、バスクード伯爵家から出て行くのだった。

# 第五章　申し子、誕生日に

言葉通り、ヴィオレッタ様……じゃなくて衛士になったので敬称なしね、ヴィオレッタは次の日に宿舎へと移ってきた。

あたしと同じ広くて不人気と噂《うわさ》のこの棟に入ったけど、きっとお嬢様にはたいした広さではないだろう。

貴族のご令嬢が一人で困ってないかとか、売店の場所を教えてあげないとなんて思って訪ねたら、ものすごーく晴れ晴れとのびのびした笑顔で迎えられたわよ。実家でどんだけ肩身が狭かったのかと涙を誘われたわ……。

そして新人衛士が研修から無事に配置されるころ、あたしは四連休――――ではなく、ほぼ退職となった。

だって元々、エヴァが入った時点で辞めるはずだったのよ。それをもう一人入るまで長くいたんだもの。ヴィオレッタが番に就くと同時に辞めてもいいわよね。いなくても女性優先番は全部埋まるし。

「ユウリぃぃぃ‼　俺を見捨てないで‼」

とマクディ警備隊長がすがりついてきたけど、大丈夫だって。もう新人や女性をいびるような衛士は残ってない。警備の人員の出入りが激しいのも落ち着くと思うわ。

そしてとうとう異世界スローライフが始まるのよー！　あたしは上機嫌でマクディ隊長に手を振って退出した。

最後の仕事でイベント警備だけは引き受けてあげたので、それまでに部屋を片付けて出て行く準備をしよう。終わったらすぐに出て行けるように。

衛士でもないのに、いつまでもここにはいられないと思うのよね。そう言ったなら、光の申し子なのだから気にするなと返されそうだけど。

レオナルド団長と離れて暮らすのは、不安がないこともない。でも、王城から出てもきっと会えるし、あたしはちゃんと自分の生きていく道を探さないとね。

そして休みに入り、まずは調合液《ポーション》を作りまくり、マヨネーズも作った。

しばらく宿屋暮らしになるかもしれないから、商品の作りおきを多くしておかないと。

ついでに自分用のケチャップとソースも作った。ソースって初めて作ったわ。

日本にいたころは、当然市販品を買って食べるものだと思っていたのだけど、ダーグルでダグって出てきたレシピを見ながら手に入るものだけで作ってみたら、これがなかなかよくできた。

トマト、タマネギ、セロリ、ニンジン、リンゴなどの野菜や果物と、ニンニク、クローブ、ローリエ、シナモン、ナツメグなどの香辛料、あとは塩、砂糖、ワインビネガーの調味料でコトコト長時間煮込んでできあがり。

これでしばらくは、どんな食生活でも乗り越えられそうな気がする。

あとは醤油《しょうゆ》風味のクノスカシュマメを少し手に入れておきたいところね。

そして誕生日。昼前にレオナルド団長が迎えにきた。

ランチは二人でと言われていたので、しっかりドレスを着た。水色のノースリーブのドレスにクリーム色の半そでボレロ。

昼用ってお店で説明してもらったやつだけど、ドレスに昼用とか夜用とか、わからないよね……。まぁとにかく、昼とカジュアルな夜の会にもオーケーと言われたドレスだから、そのまま夜の飲み会までだいじょうぶなはず。

レオさんとの関係がどういう状態なのかよくわからないままだけど、誕生日に二人でって言われたら「上司部下よりちょっと特別」だと思ってもいい……？　違っていたらあたしが勘違いで恥をかくだけだし、いいかな……？　ええ、もういいわよ。そう思っちゃうんだから！　自棄《やけ》とも言うわよ！

そして今日もレオナルド団長は片手にシュカを抱き、片手にあたしの手を繋《つな》ぎ、王城裏の敷地を横断したわ……。

途中すれ違った厩《きゅう》務《む》員《いん》のルディルが口を開けてこっちを見ていたけど……。あたしが引きつりながらも手を振ったのに、振り返してはもらえなかったわね……。びっくりさせてごめんね、ルディル。


王城前からの［転移《アリターン》］後、すぐに王都ではないのがわかった。

空気がカラッとして涼しい。少し高台の見晴らしがいい場所から、白い建物が建ち並ぶ賑《にぎ》やかな街並みが見えている。その向こうには海。

「――――ゴディアーニ辺境伯領……？」

「ああ、そうだ。すぐわかったな」

そう答えたレオナルド団長はうれしそう。

「秋が近いとはいえまだ暑いからな。涼しい所でのんびりするのも悪くないだろう？」

そう言うと手を取ってエスコートしてくれる。

アプローチの向こうにある一軒家風の建物は、レストランだった。一日に二組しかお客さんをとらないんですって。昼に一組、夜に一組。ということは、今、貸切状態ということ？　なんという贅沢《ぜいたく》！

メルリアード男爵領のさっぱりとした白ワインの食前酒から始まり、お料理はシンプルな北方の海の幸と山の幸。蒸したホタテやヒラメのバターソテー、デラーニ山脈の牛肉のローストビーフは赤ワインとバターのソースがかかっていた。北方は野菜も美味《おい》しいのよ。アスパラはホクホクで柔らかいし、カリフラワーとブロッコリーのスープも塩味だけなのに美味しい。

シュカの席もちゃんと用意されていた。でもレオナルド団長の膝から降りることはなかったわね。

赤ワインも飲み終わるころ、食後のお茶はこちらでどうぞ。と庭へ案内された。

青空の下、白い花が屋根を覆う東屋《あずまや》には、ティーセットと焼き菓子が準備されている。

「――――ステキですね……」

「気に入ってもらえたならよかった。実家の力を借りた甲斐《かい》があったな」

悪びれなく笑うので、あたしも笑ってしまった。

「ここは王都からの客も多いらしいぞ」

「きっとそうですよね。お料理もとても美味しかったし。――――ありがとうございます」

庭には花が咲き乱れている。夏は花が少ないと言われているけど、ここは国の最北端の領。可憐《かれん》な秋の花が満開だった。

「――――ゴディアーニ辺境伯領もいいですね」

食の素材は海のものも山のものも文句なしだし、領都は栄えていて住むところもたくさんありそうだ。王都より景色《けしき》がいいのもいいわ。

庭を眺めていたあたしに、レオナルド団長は青い箱を差し出した。

「前に注文していたイヤーカフだ。よかったら付けてみてくれ」

開くと銀色の小ぶりなイヤーカフが入っていた。薄紫色の楕円《だえん》ガラスがはまっている。縁には蔦《つた》のような繊細な細工がされており、高級そうな装飾品に仕上げられていた。

「……キレイですね。――どう、ですか……？」

「…………似合っている…………。今日の服とも合っているな。ユウリは涼しげな色がよく似合う」

レオさんが赤くなりながらそんなことを言うから、照れる……。

「うれしいです……。ありがとうございます。大事にしますね。レオさんのは、どんな感じですか？」

「俺のか？」

ジャケットの内ポケットからそのまま無造作に出て来た。

扱いが違い過ぎるわね。

あたしがいただいたものより大きく、装飾もはっきりしたものだった。茶と白のマーブルの魔ガラスと薄紫の魔ガラスが、きりっとした印象の鋭角三角形にカットされてバランスよく配置されていた。

――レオさんはつけないんですか？　とはおそろいを催促するようで聞けなかった。

「ユウリは、もう警備の仕事はないのか？」

「はい。最後に来月の式の警備に入って終わりです」

最後にこれだけお願い‼　と泣きつかれて引き受けたのよ。通常業務の他にイベントがあると人手が足りないのは知っているし。お世話になったから最後にそれくらいはいいわよね。

そして、王城を辞するつもりであることも告げた。

「なので――――その次の日に王城を出ようかと思っています」

「――――そう、か。そうなのか…………」

レオナルド団長はそう言うと、片手で口元を覆った。

「――――では、その――――いっしょに、デライト領へ行かないか？」

「デライト領……あっ！　美味しい白ワインの‼」

きりっとした酸味の爽《さわ》やかな辛口白を思い出した。

シュカと出会った日だったっけ。レオさんがいっしょにごはん食べる時に持ってきてくれたんだったわね。

いただいたあの白ワイン、ホントに好みの味だった。

レオナルド団長はからりと笑った。

「覚えていたか」

もちろん覚えていますとも。美味しいもののデータは大事ですから！

「はい。だって美味しかったし。行きます！　ぜひ！　楽しみ‼」

特に予定があるわけじゃないし、ちょっとデライト領に遊びに行くのもいい。

最近は涼しい風が吹く時があって、秋の気配を感じることもある。もしかしてこっちの世界でもブドウの時期ってことなのでは？

ブドウ棚が広がる風景を思い浮かべ、もしかしたらヨーロッパの垣根栽培かもと思ったら心が躍った。どんな景色が広がっているんだろう――――？

すでに心がブドウ産地に飛んでいるあたしに、レオナルド団長は困ったように笑ったのだった。

夜は『宵闇《よいやみ》の調べ』で飲み会。

ミューゼリアさんとフユトの他に、ミライヤとペリウッド様も来てくれた。って、え、ペリウッド様？　たかが平民の誕生日に、貴族様来ちゃいます？

ちょっと恐縮したけど、そんなのいらなかったわ。

飲んで歌って踊って挙句に今日は俺のおごりだーって店内中を歓喜に沸かせ。ホントに弾《はじ》けちゃってますね!?

まぁ、楽しそうで何よりですと笑うあたしのとなりで、レオさんは頭を抱えていたけどね。

◇◇◇

次の日、『銀の鍋《なべ》』の扉を開けると、いつもと変わらず明るいミライヤの声に出迎えられた。

「あ、ユウリ、いらっしゃいー」

昨夜、そうとう酔っぱらっていたわりには、元気そう。

シュカはさっさと肩から降りて、ベビーピンク髪の店主の方へ飛び跳ねていった。

「こんにちは、ミライヤ。昨夜は来てくれてありがとう」

「いえいえー。こちらこそお招きいただきありがとうなのですよ。楽しい酒場でしたねぇ。なのに大変なゲストを連れていってしまったことを深くお詫《わ》びします……」

ミライヤはドライオレンジをシュカにあげながら、頭を下げた。

「あはは。ペリウッド様、おもしろかったわよね。っていうか、ミライヤが気にすることじゃない気もするし？　というか、気にするような関係だったりするの？」

なんて、いつものお返しで聞いてみる。

あたしのニヤニヤ笑いをちっとも気にせず、ミライヤは肩をすくめた。

「誕生日会って口を滑らせたことへのお詫びですよぅ。関係というなら配達人と店主の関係ですね」

「そうなの？」

「ええ。親ほど年の離れた友人というところです」

きっぱりと言い切られる。

まぁ確かに、悪ふざけをする友人同士にしか見えないんだけど。

「なので、ユウリ。出会いの場を強く求めますっ！　我に出会いを！　若くて優しくてかっこいい男性を！」

ああっ、ミライヤが我とか言い出したわよ！

服選びのお礼もあるし、なんとかしないと。

「うっ、早急に対処させていただきます……」

ミライヤはシュカを撫《な》でながら、むふふーと笑った。

「で、今日はどうしたんです？　材料ですか？」

「そうそう。ライシナモンまだ置いてる？」

「ありますよぅ。でも残り三本です」

「そうなのね。全部買ってもだいじょうぶ？」

「もちろん。大人気の白狐《びゃっこ》印黄色になるなら喜んで売ります！」

包んでもらいながら、これがなくなったらどうしようかと考える。しばらくは黄色の販売を止めるしかないか。

調合師《ミキサー》はわりと素材の入手状況によって左右される職だということもわかってきた。薬草がないとまったく仕事にならない。

「今、大量に作ってるから、すぐ使い切っちゃうかもしれないのよね」

「あ、ちょっとだけお待たせしちゃうかもしれませんが、来月ライ山地に買い付けに行きますから、多分手に入ると思います。今は式典の準備でお城のお客さん多いからお店閉められないんですよ」

「それならだいじょうぶ。やっぱりお城が忙しいとここも忙しいのね」

式典。あたしの衛士《えいし》としての最後の仕事となる、叙爵式のことだ。

収穫や祭りに忙しい秋本番の前に行われるのだという。やっぱりこの国は合理的ね。

ものすごく格式の高い大事な式典らしいので、今から結構緊張していたりするのよ。帰ったらまた式典の流れについておさらいしないと。

ミライヤと近々飲み会開催の約束をして、『銀の鍋』を後にした。

◇◇◇

数日後、あたしはまた『銀の鍋』へとやってきていた。

「――ミライヤ、この間言っていた飲み会だけど、親睦《しんぼく》会という名目でやるわよー」

扉を開けざまにそう言うと、ベビーピンクの髪の店主は慌てた。

「あっ、ユウリ、ちょっ待っ……」

「――――親睦会ですか？」

棚の向こうから顔を出したのは、ペリウッド様。レオナルド団長のお兄様こと、ゴディアーニ辺境伯次男様ではないですか。

ゴディアーニ家の中で、甥《おい》っ子《こ》くんたちよりも線が細く威圧感が少ないその方は、にこやかに近づいてきた。

……こ、これはやってしまったかしら……。

『クー！（たのしいおにいしゃん！）』

シュカはさっとペリウッド様に抱っこされに行った。

この間の『宵闇の調べ』ではずいぶん盛り上がっていたものね……神獣たちとペリウッド様。四十路《よそじ》間近の方を「おにいさん」でいいのか考えるところだけど、おじさんと教える勇気はないわね……。レオナルド団長のお兄さんだから、お兄さんって呼んでもいいのよね？

「こ、こんにちは。ペリウッド様。先日はお祝いをありがとうございました」

「こちらこそお招きいただきありがとうございました。楽しい夜でしたね」

ペリウッド様はニコニコと胸元のシュカを撫でた。

白狐印の調合液《ポーション》の作り手を公開していないので口には出せないけど、いつも配達ありがとうございます！

感謝の気持ちでいっぱいなんだけど、笑顔が引きつってしまうわよ……。

「で？　親睦会というのは？」

うっ……。

ミライヤの方を見ると、チベットスナギツネのような目で首を振った。

「あーっと……近衛《このえ》団の方で親睦会をするので、その話を……」

「近衛団で親睦会というものをするのですか。城内で？　あ、それではミライヤ嬢は行けませんよね」

「はい、城内で。ミライヤは……うちにお泊まりなんです……」

「それは楽しそうですね！　城外の人が泊まれるなんて知りませんでしたよ」

……団長、教えてないんだ……。

「……許可証があれば大丈夫です……」

「そうなんですね。許可証というものがあれば、レオのところに泊まってもいいということですね」

え⁉

いや、それはレオナルド団長が困らない⁉

「あ、あの！　宿もあるんですよ！」

視界の端の方でミライヤがおでこを押さえたのが見えた。

ペリウッド様がキラキラした目で見ている。

レオナルド団長に似た顔でそんな期待の目で見られたら、誘わないわけにはいかなかった。

「…………よ、よろしければ、いらっしゃいますか…………？」

「ぜひ！」

遠慮を一切しないスタイルですね！　潔いです！

宿泊許可証を発行するには身分証明具が必要で、本人か家族が出向くことで発行される。

正面玄関口の受付へ行っていただくのですけどと説明をすると、ミライヤが力なく「ワタシも行くからだいじょうぶですよぉ」と笑った。

なんでこうなったのかな……。解せぬ……。

◇◇◇

親睦会のメンバーはあたしとミライヤとペリウッド様の他は、エヴァとヴィオレッタ、エクレールとマクディ警備隊長とロックデール副団長という派手過ぎる顔ぶれだった。

レオナルド団長はもちろん誘ったんだけど、ペリウッド様が気兼ねしないようにと断られてしまった。

そしてエヴァとヴィオレッタの歓迎会も兼ねているのに、リリーには高位貴族は無理ですと震えながら断られ、ニーニャは夜番のシフトから変更できず。

若い独身の男性衛士たちにはヴィオレッタ様と同席は無理です！　と泣いて断られ。っていうか、衛士の中では敬称なしのはずなのに、ヴィオレッタ様って呼ばれているのね……。

そういうわけで、相手が高位貴族でも気後れしないエクレールと、面白そうならなんでもいいマクディ隊長が参加。

ロックデール副団長は、レオナルド団長の頼みで参加してくださるそうだ。ペリウッド様のお守《も》り役ってこと？　でもよかった。ロックデール副団長ならいろいろと安心。

◇◇◇

親睦会は『零《こぼ》れ灯《び》亭』の広い個室にて、マクディ隊長の挨拶《あいさつ》から始まった。

新人の歓迎と『銀の鍋』スタッフの親睦を深める会って、趣旨に無理があり過ぎるのにテキトーにまとめて盛り上げちゃうのがマクディ隊長のすごいところよ。

そして自己紹介的なものが新人さんには振られたりする。

ヴィオレッタは社交界に時々出るペリウッド様と、護衛で夜会などに参加しているロックデール副団長とは面識がある。

マクディ隊長も王城で行われる夜会などの警備で面識があるはずらしいんだけど、

「警備は置物扱いだからいちいち見ませんわ」

だって。

そうなのよ……。警備って風景扱いされること多いわよね……。

エクレールは同じ王立学院に通っていたから面識があるらしい。エクレールが三歳年下ね。ちなみにヴィオレッタはあたしと同じ年だった。

そしてエヴァとは何年も前にお茶会で会ったことがあるとも言った。

言いづらそうに口をつぐんだヴィオレッタに、エヴァが軽く笑った。

「――――夫が亡くなるまでは子爵夫人だったんです」

……なんと、エヴァって未亡人だったんだ……。

病弱な旦那《だんな》様だったから、夜会への参加もほとんどしなかったとか。

「――――息子がまだ三歳だったものだから、跡を継げなかったんですよ。夫の弟が子爵を継いだので私たちが住むところがなくなってしまって。実家にも戻れず王城の下働きに就職したんです」

なんと！　お子さんまでいるのね！

みんなめっちゃ同情している。マクディ隊長までしんみりしている。ペリウッド様の膝《ひざ》に乗っていたシュカがエヴァの膝に乗って『クー……』と鳴いた。

「エヴァ、お子さんはどうしてるの……？」

「去年まではいっしょに宿舎に住んでいたんだけど、十歳になるから領立学園の寮に入ったわ。時々帰ってきてるのよ」

膝の上のシュカを撫でながら、優しいお母さんの顔でエヴァは笑った。

あたしが就いていた多忙な朝八番、今はエヴァが就いている。

警備の仕事には全く関わってなかった新人がそこに入れるのは、人生経験で得た対応力のおかげなんだろうなと思う。

「――――で、謎多きユウリの話が聞きたいわね？」

場の雰囲気を変えるように、そう切り返された。

「えっ、あたし？」

「そうそう、ワタシも気になってました！ ユウリ、自分がいたところの話とかしないんですもん。団長さんと遠縁とか聞きましたけど、他の国から来たんですよねぇ？」

女子たちの視線が向けられる。

うっ……。どうしよう……。

ここにいる男性のみなさんはあたしが申し子だって知ってるから、全員目を逸《そ》らしたわね……。

「――――う、うん。遠い異国からね………あっ、ワイン空ですね！ 追加をいただいてきます！」

都合が悪い時は逃げるに限る！

ワインと料理を取りに、部屋からそそくさと逃げだした。

宴もたけなわとなると、さりげなくグループに分かれていたりするわけで。

隅の方ではペリウッド様とエヴァが語っている。年齢的に一番近いから、話しやすいのかな。

エヴァはレオナルド団長が苦手みたいだけど、ペリウッド様くらいの大きさなら大丈夫なのかもしれない。ロックデール副団長と同じくらいだし。

中央ではエクレールとマクディ隊長を、ミライヤとヴィオレッタががっちりと挟み込んでいる。

シュカはマクディ隊長が「ひぇっ！」となる度に胸元でギューギューされている。……うん、うちの狐《きつね》は一番スリルを味わえるところを選んでるわね。

ミライヤは念願の同年代男子のところでいいと思うんだけど、ヴィオレッタ！　ロックデール副団長ノーガードだけど⁉

テーブルの下で膝を揺さぶったけど、（ムリ！　ステキ過ぎて見られない！　近寄れない！）と顔をそむけたままサインを送ってくる始末。

なので、あたしとロックデール副団長は、重い赤ワインをちびちびやりながらお料理をいただいておりましたよ。

王城牛のワイン煮込み美味《おい》しいわ。スネ肉かな。じっくり煮込んであり、ほろっと柔らかい。これで香辛料使ってないのよ。塩とハチミツと香味野菜しか使ってないとかすごいわ。

金竜宮《きんりゅうきゅう》では使わない部位を、こっちで料理にして出してるって聞いてる。

陛下が召し上がる牛だものね。そりゃ美味しいわよね。

「――――で、ユウリ。せっかくの機会だしな、なんか聞きたいことでもあるか？　レオの昔話でも聞くか？」

ロックデール副団長のお誘いはなかなか魅力的なんだけど。

「そうですね、聞きたい気もするんですけど、勝手に聞くのも気が引けて……。いつかレオさん本人から聞きます」

「そうか。…………レオをよろしくな」

「えっ、よろしくってその、まだ、なんにもないですよ……？」

そう答えると、ロックデール副団長はクックッと笑った。

昔話より、こっちの世界の恋愛のお作法とかそういうのを聞かないとならない気がするの。

そしてエクレールが弱った顔をしながらこっちに交ざりたそうにしていたのは、気づかないふりをしたわよ。ゴメン。

◇◇◇

親睦会はなかなか盛り上がった。ミライヤもヴィオレッタも大変楽しそうだったし。（若干二名の犠牲はあったかもしれない）

ロックデール副団長からは、「作法とかあんまりむずかしく考えるな。気持ちのままにいけばいいんだ」とか、微妙に参考にならないアドバイスをいただきました！　励ましは大変うれしいんですけど、もうちょっとこう具体的な話が聞きたかった！

でも最後に、お世話になった男性衛士たちとも飲めたのはよかったな。いい思い出になりそう。

その後は、調合液《ポーション》を作り部屋の荷物を片付け、女性衛士たちとそれぞれお茶したりレオさんと食事をしたりして過ごした。式典の段取りのおさらいもしっかりやった。

近衛の仕事がないのに忙しく、あっという間に叙爵式の日がやってきた。

夕方に式典で、その後に晩餐会《ばんさん》があるんだけど、開場から晩餐会が始まるまでの警備に入ることになっている。っていうことで、まずはまたボディチェックのお仕事。シュカは詰所に預けてある。女性用のクロークは香水の匂《にお》いがきついからね。

舞踏会の時とは違って、落ち着いた色のドレスの人が多い。若い女性が少ないからかな。

この国は女性も爵位を持てるので、ここにいる人たちのほとんどが爵位を持った方の奥様か本人ということになる。

おめでたい式ということでみなさん表情が晴れやかだ。あ、ごくまれに緊張からかこわばっている人もいるけど。

入場する人がいなくなりボディチェックが終了した後は、大広間会場後方の持ち場へ就いた。

ファンファーレが鳴り響き、叙爵式が始まった。

まずは国王陛下夫妻が入場する。先導するのは近衛団正装に身を包んだロックデール副団長で、陛下のうしろに就いているのはキール護衛隊長だった。

――――そうか、レオナルド団長は貴族だから列席してるってことね。この間の正装かっこよかったわよね……。

思い出してほうっとしていると、本日主役の爵位を授与される人たちが入場してきた。

パートナーを伴った人たちが前方の席へと進んでいく。中には一人の人もいる。

あれ……？　レオナルド団長……？

遠目にもわかるあの大きな体はレオナルド団長、その人だ。今日は黒の正装を着ていらっしゃる。

え？　入場してきたってことは叙爵されるってこと――――？

爵位が読み上げられ、一人一人前へ出て陛下から何かを受け取っている。

「デライト子爵————レオナルド・ゴディアーニ様」

デライト子爵————…………。

誕生日の時の言葉がよみがえった。

『————では、その————いっしょに、デライト領へ行かないか？』

デライト領って！　デライト子爵領⁉

まさか、いっしょにデライト領へって————⁉

ここでいろんなことが繋《つな》がった。

エクレールが副団長候補に出世したこと。ロックデール副団長が、ここ最近ずっと昼間の団長ポストに就いていたこと。メルリアード男爵領に移住する話をした時に、調整中だと言われたこと。

————レオナルド団長は退団して、デライト子爵になるんだ————。

デライト領に誘われたあの時。「行きますー！　ぜひ！　楽しみ‼」とかるーく答えたあたしを、レオナルド団長が困ったような顔で見たことを鮮明に思い出した。

ああああああ！！！！

あの言葉は、もしかして『いっしょにデライト領に住まないか？』ってことでは————⁉

呆然《ぼうぜん》とするあたしの視線の先には、貴族の装いで陛下の下へ進むレオナルド元近衛《このえ》団長の姿があったのだった。


その後、どうやって戻ってきたのか覚えていない。シュカもちゃんと連れ帰っているのが不思議なんだけど。

　あわあわしたりぽーっとしたりして眠れないかもと思ったけど、いつの間にか寝ていて、朝だった。

　今日は王城を去る日。

　しばらくしたらレオナルド団長……じゃなくて、元団長のレオさんが迎えに来る。

　部屋はもう全部片付けてあって、いつでも出ていける状態になっていた。

　どうしよう、謝るべき……？　勘違いしててあんなかるーく答えてしまいましたって？

　でも、答え自体は変わらない。

　デライト領はすごく興味あるし、レオさんといっしょにっていうのも、その、やぶさかではないし……。

　でもホントにそういう意味だったのかは、自信がなくなってくる。

　とりあえず、お茶を一杯飲んで落ち着こう。

「シュカ、レオさんのとこ行く？　デライト領に住む？」

『クー！　クークー？（うん！　レオしゃんといっしょにすむんでしょ？）』

　そうか……。シュカもそういう意味だと思っていたんだ……。

　恥ずかしい。気づかなかった自分がとても恥ずかしいわよ。

　や、でも、移住先にデライト領を勧めてくれているだけかも…………。

　リン。

　玄関のベルが鳴り、ビクッと心臓が跳ねた。

　扉の先に見える姿にドキドキしながらもゆっくり扉を開けた。

「おはよう、ユウリ」

開けたはいいけど、その笑顔直視できないわよ……。

「おはようございます……」

レオさんはいっしょに出てきたシュカをひょいと抱き上げた。

「もう出られるのか？」

「……あっ、今お茶を飲んでて……。片付けたら行けます」

「そうか。焦らなくていいぞ」

中に入ってもらうとレオさんは部屋を見回した。

「──もう、すっかり片付いているんだな」

さほど荷物のない部屋だったけど、今は元々置いてあった家具の他は何もない。

「はい……昨日《きのう》の式以外に仕事がなかったので……。あ、レオさん、デライト子爵になられたんですよね。おめでとうございます」

「ああ、ありがとう。隠していたわけではないんだが、式で発表されるまで言ってはいけないことになっていてな」

レオさんは困った顔でそう言った。

メルリアード男爵領がどうなるのか聞くと、しばらくはどちらの領も治めるらしい。

実はデライト領って、メルリアード領のとなりなんだとか。北にゴディアーニ領があり、その南西にメルリアード、南東にデライト領という位置関係。血筋が絶えて領主不在のデライト子爵領を頼めないかと、前から打診されていたという話だった。

「──あの、レオさん、すみません……」

そう切り出すと、レオさんは固まった。

「いえ、違うんです！　違わないけど、違うというか、その、事情も知らずに軽く『行きます！』とか言ってしまって」

「……いや、それは構わない。とりあえず来てくれるならそれでいいんだ」

「そう、なんですか？」

ちょっと遊びに行くって感じでよかったのかな？

「ああ。来てくれたら、ユウリがずっといたくなるように努力するからな。ユウリが楽しいように、喜んでくれるように、住んでいたくなる努力を続けていけばいいだけのことだ。だからユウリは――気軽に来てくれ」

――いや！　全然気軽にじゃないじゃない!!

目の前の深い青の瞳《ひとみ》がじっと見つめている。

レオさんの根っこの部分に初めて触れたような気がした。

無償の愛とも言えるようなものを差し出されて、あたしは泣きそうになる。

受け取るだけじゃなく、あたしからも返せることがあるかな。

「――努力なんてしなくても、ずっと住みますよ？」

「――そうか」

初めて会った時から変わらない、いやそれよりももっと優しい笑顔だった。

そしてレオさんは片手にシュカを抱き、片手にあたしの手を繋ぐ。

レオさんの気持ちを知ったからなのか、自分の気持ちを言ったからか、こうして歩くのがそんなに抵抗なくなっていた。不思議。

宿舎を後にして、門へと向かう。

短い間だったけど、いろいろあったな。たくさんの人に会ったし、異世界のお城の警備なんてすごいことに関わることができた。

最初は槍《やり》で脅されてどうなることかと思ったけど、このレイザンブール城に落ちてきてよかった。

宿舎棟の終わりにあるのが『零《こぼ》れ灯《び》亭』で、その角を曲がると東門が見えてくる。――――はずだったが、曲がった途端にわっという歓声に包まれた。

通路の両脇には大勢の人たちが並んでいる。歩みを進めると、白い花びらが次々と頭上から降りかけられた。

「「団長‼　お疲れさまでしたー‼」」

近衛団の衛士《えいし》たちが寄って来て声をかける。

その向こうでルディルがいっしょうけんめい花を空に放っているのが見えた。ルディルがいなかったらこっちに来てまたすぐに死んでいたかもしれない。助けてくれてありがとう。

「ユウリ遊びに来いよ！」

そう言って手を振るのはニーニャ。そのとなりには制服姿のリリーとエヴァもいて手を振っている。ニーニャは上番前だけど、あとの二人はこの時間だけ持ち場を替わってもらっているのだろう。

「ユウリ‼　裏切ったわねぇ⁉」

……ヴィオレッタ、それ人聞きが悪いんですけど。笑っているけど目が笑ってないわよ……。

「「「お幸せに――――‼」」」

ばらばらと寄ってきて声をかけてくれる方々は、ああ、出入り管理の時や食堂で見かけたことのある文官さんたちだ。

王城裁縫師《ロイヤルテイラー》のみなさんもいる。

最後に会えてうれしいけど、なかなか東門へたどり着けない。

「――――もう、待てないな」

同じように思ってたらしいレオさんがぽつりとこぼした。

そして抱いていたシュカを肩に乗せ、あたしの背中と膝裏《ひざうら》へ腕を回した。と、ふわりと空へ浮き上がる。


――――お姫様抱っこされているんですけど――――!?


「「「「キャ――――!!」」」」

一斉に悲鳴のような歓声があがる。あたしも内心で同じ悲鳴をあげた。

「さ、行くぞ」

獅子《しし》様は満足そうにあたしの顔を覗《のぞ》き込み、早足で歩き出した。

もうもうもうもう！　結局、東門という場所は、恥ずかしくて赤面しながら通るのがお約束なのね!?

人波はぱっくりと左右に分かれた。

笑みを浮かべ無敵モードのレオさんの足を止めようという猛者《もさ》はさすがに現れず、あたしたちは大勢の笑顔に見送られ王城を後にしたのだった。

◇◇◇

レオさんに手をしっかりと繋がれて［転移《アリターン》］で着いた場所は、小高い丘の上にあるステキな洋館の前だった。

三階建ての白い外壁の上に紺色の屋根がのっている。窓を縁取る木枠が焦げ茶色でいいアクセントになっていた。

「ここがデライト子爵領の前領主邸だ」

ゴディアーニ辺境伯領主邸よりは小さいけれども、日本でなら十分豪邸だ。

そして丘を下った先には海が広がっている。

レオさんは少し困った顔で、でも繋いでいた手を放さずに言った。

「――――とりあえずここに住むということでかまわないだろうか？　いや、その、どうしてもというわけではないんだ。嫌ならば森の中の小さな家と、大きな農園を擁するワイナリーも用意してあるからそちらに住んでくれても構わない。ただ、できれば護衛がいっしょに住めるところの方が助かるんだが…………」

森の中の小さい家？　農園を擁するワイナリー？　用意してある……⁇

なんかおかしな言葉を聞いた気はするけど、それはとりあえずおいといて、となりに立つ人を見上げた。

「領主邸ということはレオさんのおうちですよね？　お邪魔してもいいんですか？」

「ここは前領主邸で領主邸はまた別になるんだ。アルバートの一家も住むし、他にも住み込みの者もいてな、領の体制が整うまでは寮的な役割の建物だと思ってくれればいい。男爵領でお世話になっている白狐《びゃっこ》印の調合師《ミキサー》として招きたいと思っているんだがどうだろう」

領主邸は別ってことは、レオさんは別のところに住むのか。

期待してたわけじゃないけど――いっしょに住むのかなって思ってた……。ずっととなりに住んでいたし。なんかさみしいような気がする……。

「……こちらにお世話になります。あの、いろいろとありがとうございます」

『クー！（おせわになるの！）』

シュカはレオさんの腕からひょいとあたしの肩に乗った。

レオさんは苦笑してつぶやいた。

「シュカが守っているし、申し子は本当ならば好きなように暮らしている方がいいんだろうが心配でな……難しいものだ」

王都と公爵領、辺境伯領の領都には町全体に魔物や魔獣が入れない結界が敷いてあると聞いている。

そういえば一番最初にルディルが、王都の外では飛竜のフンに気を付けろって言ってたわ。

ということは、この領では油断できないってことだ。

レオさんの心配もわかる。なんだかんだ言ってもこっちに来てからまだ半年も経《た》たない異世界人だもの、知らないことまだまだあると思うし。

だからありがたくお言葉に甘える。

「景色《けしき》もキレイですね。こんなステキなところに住めるなんてうれしいです」

「――そうか。そう言ってもらえるならよかった。ここにはしばらく人は住んでいなかったんだ」

「そうなんですか？　とてもきれいで、手入れされていたように見えますけど」

「ああ、管理はされていたからさほどひどくは傷んでなかった。最近少し手を入れて住めるようにしたんだ」

ああ、きっとそういうことをしていて忙しかったのね。

「さぁ、中を案内しよう」

「はい。お邪魔します」

繋《つな》いだままの手を引かれ、新たな住む場所へと向かった。


中にはアルバート補佐と奥さんのマリーさん、その息子のミルバートくんが待っていた。

「しゅか！」

『クー！』

真っ先に走ってきた三歳児に向かって、シュカもぴょーんと跳ねていった。

「レオナルド様、ユウリ様、おかえりなさいませ」

「戻った」

「こんにちは。アルバートさん、マリーさん。よろしくお願いします」

玄関ホールは広く、手前部分だけ吹き抜けになっており、優雅に曲線を描いて二階へ繋がる階段があった。ホールは一階の奥まで続き、突き当たりは裏側の庭に面しているようだった。

そのまま二階へと案内され、一番奥の部屋へ通された。

「ここがユウリの部屋だ」

「――――ひっろ！」

また！　またすごい広い部屋!!

手前側の部屋には応接セットがあり、奥の部屋にはミニキッチンとダイニングテーブル、窓際にはソファが置いてある。

メゾネットタイプらしく壁側にある螺旋《らせん》階段を上っていくと、ベッドルームやお風呂《ふろ》や衣裳《いしょう》部屋などがあった。

「……レオさん、これ、ゲストルームじゃないですよね？」

「ユウリにずっといてもらえるよう、全力で用意した」

えええ!?　豪華すぎるんですけど！

レオさんいい顔で笑ってますけど、ただの調合師《ミキサー》が住む部屋じゃないと思うの！

ここ多分領主とその奥様の部屋でしょ！

口を開こうとした時にノックの音がして扉が開いた。

「失礼します。ユウリ様、お茶をお持ちしました」

「あっ、マリーさん！　ありがとうございます」

レオさんと応接セットのソファに座ると、ローテーブルにお茶と焼き菓子が置かれる。これはメルリアード男爵領のバターたっぷりのおいしいやつ！

「マリーさんたちもここに住んでるんですよね？　こんな広い部屋ですか？」

「はい。ここと似た作りの部屋ですよ」

「そうなんですね……？」

ここのお邸《やしき》はそういう作りなのかな……？　他の部屋もそうなら、ありがたく使わせていただくけど。

「でも――私たちの部屋には護衛の部屋はありませんけどね」

護衛の部屋！

そうだった。さっきレオさんが、護衛もいっしょに住めるところだと助かるって言っていた。

はっと気づく。

そういえばその横の壁に付いている扉の向こうは見ていなかった。

「……レオさん、その扉は？」

「……護衛の部屋だな」

「開けて見てもいいですか？」

「…………いいが、その…………」

立ち上がって壁まで行き扉を開けた。

その向こうの部屋は、同じような応接セットがあり大きな執務机がドンと鎮座している。そして残念なことに立派な執務机の上は雪崩《なだれ》寸前の書類の山だった。

「……ここ、執務室じゃないですか」

「――護衛の部屋で合ってるぞ」

どう見ても執務室です。レオさんの部屋です。

やっぱりここでもとなりの部屋なんだ。

違うところに住むのさみしいなんて思っていたのに！

ソファまで戻って、顔を逸《そ》らして座っているレオさんの向かいに座る。

マリーさんはフフフと笑って、またのちほど参ります～と出ていった。

若干気まずい沈黙が落ちる。

困っているようなレオさんは目を合わせずに口を開いた。

「……その、なんだ、結婚前の令嬢が未婚の領主の邸に住むのは気になるかもしれないと聞いてな……」

「あっ、それで領主邸は別って言ったんですね」

「それもある。別なら別でもいいんだが……ユウリの護衛も置かなければならないのに、俺以上の護衛がいなかったんだ」

「…………」

そりゃそうでしょう……。

国王陛下の護衛以上の護衛がいるわけないわよ。

「――あたしは同じお邸に住んでても気にしないですよ？　堂々と住んでほしいんですけど」

そう言うと、目を逸らしていたレオさんが目を見開いてこっちを見た。

「いいのか――？　その、正式に申」

トントントントン。

「れおるろしゃま！　しゅかきまった！」

『クー！』

かわいい声に立ち上がって扉を開けると、シュカを抱えたミルバートくんがいた。

「小さい補佐さん、シュカを連れてきてくれたの？」

「あい！」

まだ自分が抱っこされるような年なのに、シュカを抱っこして得意そうにしている。かわいい。

頭を撫《な》でてからシュカを受け取った。

「どうもありがとう。小さい補佐さんは有能ですね」

「ゆうのー……？」

「お仕事が上手ってこと」

「あい！　ミルゆうのー！」

背中からレオさんの笑い声が聞こえた。

パタパタと歩いていくうしろ姿に「階段気をつけてねー」と声をかけると、「だいじょうぶですよー」とアルバート補佐の声が遠くから聞こえた。

マリーさんは昼食の支度をしてるのかな。お茶を飲んだら手伝いに行こう。

子爵領はメルリアード男爵領のとなり。デラーニ山脈を挟んだ北側がゴディアーニ辺境伯領だ。

特産品ってどうなんだろう。もしかしてこっち側でもデラーニ山脈の牛が食べられたりする……？

魔素を含んだ風味のよい肉を思い出して、あたしは思わずニンマリしたのだった。


食事はなんとシェフが作るので手伝いは不要とのことだった。

シェフ！　こちらのお邸には料理長ともう一人料理人がいるんですよ！　すごい貴族っぽい！

その他にハウスキーパーが二名、庭師と馬丁の人たちもいた。

魔法もあってか、こんな少ない人数で回るらしい。

挨拶《あいさつ》しているうちにお昼になり、食堂へ行くと大きな部屋の大きなテーブルに三人分だけナフキンがセッティングされていた。

……この三人って……。

案内されるがままに座ると、向かいにはレオさん、となりにはシュカだった。

ええ……？　この広いテーブルに二人と一匹で食事……？

ちらりとレオさんを見ると、困った顔をしていた。

「……なんか落ち着かないです……」

って言うか、なんで三人なの。

前に男爵領で食べた時はアルバート補佐一家もいっしょに食べたのに。こんな広いテーブルならみんなで食べたらいいと思うのよ！

「……なんで三人なんですか……？」

グラスにワインを注《つ》ぎに来たアルバート補佐に言ってみる。

銀縁眼鏡《めがね》のきりっと鋭い顔がにっこりとした。

「それはレオナルド様は領主ですし、ユウリ様と白狐様は大事なお客様ですから」

普通の扱いでいいんですけどと言ったのに、アルバート補佐は聞こえないフリしてレオさんの方へ行ってしまった。

そして厨房《ちゆうぼう》から料理長様が捧《ささ》げ持《も》ってきたのは、三段のティースタンドだった！

あたしが男爵領のお店で出したいって言ってたヤツ！

「ユウリが言っていたのはこんな感じでいいのか？」

「はい！　こういうのです！」

外側にフレームがあって同じ大きさのプレートが三枚あるタイプだ。

真ん中に芯《しん》があるだけのタイプも取りやすそうでいいんだけど、フレームがあるタイプはいかにもな感じで豪華で心が躍るわよね。

そっと目の前に置かれたのを見て、目を疑った。シュカのしっぽがファサファサと揺れている。

牛ステーキがのってる……。

ティースタンドの一番上のプレートへ誇らしげにのっているのは、切り口がピンク色の牛肉。付け合わせにニンジンとクレソンに似た緑のものとトウモロコシに似たボール状のもの。カラフルで見た目が美しく、まさに映《ば》えな一皿。

二段目には細切りにしたイカが大きなレタスの上にのっている。香りからするとバターレモンソースっぽい？　これにはトマトの花飾りが添えられている。

三段目には小ぶりのパンが数種類。

うん、ある意味合ってる。

説明はしてなかったのに下から食べるって感覚的にわかったんだ。

とにかく豪華で美しいティースタンドに仕上がっていた。

北方の大地が育んだ牛肉が一番上に君臨し、それを取り巻く色とりどりの野菜は草原と花、そしてイカ泳ぐ海が広がり、パンが大地として支える。

ティースタンドは丸ごと北方の幸を詰め込んだスモールワールド――――。

あっ……あまりに壮大で意識が遠くへいっていたわ……。

「料理長に男爵領の販売所の食事を任せる予定なんだ。まぁだからこれは試作みたいなもんだな」

「このプレートはユウリ様がご考案されたと聞いておりますべよ。ご意見お聞かせくださいね」

なるほど、そういう趣旨の昼食。

さっき紹介された料理長はポップさん。ふっくらお腹《なか》を白い料理服に包み、いかにも美味《おい》しい料理作りそうな風貌《ふうぼう》よ。北方の人だけど王城勤めの経験があるんだって。

ちなみに様はいらないってみんなに言ってるんだけど、頑《かたく》なに拒否されてます。それならあたしも様付けて呼びますって言うと、領主様ですらさん付けなのに様なんてとんでもないと言われました。

そうかもしれないけど、なんか納得いかない。

シュカがとても待ちきれない様子だったので、お皿にちぎったパンとイカをのせてあげる。一応、シュカにも下からね。

――それにしても、どうしたものかな。

サンドイッチ、スコーン、ケーキとのせるものだけど、せっかく違う世界なわけだしもっと自由でいいとも思うのよ。

ワインのお供にできるおつまみプレートも希望だし。

でも、いくら合うっていってもステーキは違う気がするわよね……。

とりあえず出されていた白ワインに口をつけた。

あ……マーダル種辛口の白――!!

やっぱりデライト領のが好き！　酸味がしっかりとあってすっきり。おかわりってもらえるのかな……ちらりとレオさんを見ると、こっちを見て笑っていた。

「――ユウリは本当にここのワインが好きなんだな」

「はい……。美味しいです」

顔に出てたかな……。ちょっと恥ずかしい……。

その美味しい白ワインといっしょにいただくのはスノイカ。スコウグオレンジとバターのソースがかかり、トマトが添えられている。

口に入れると広がる豊かで爽《さわ》やかな香り。え！　何これ、ウマ！　こちらの世界では初めて食べる洗練された味じゃない？

あたしでは思いつかない組み合わせだ。料理長、さすが元金竜宮《きんりゅうきゅう》の料理人だなぁ……。

白ワインの後は赤ワインが供された。それを飲んでからいただくステーキもやっぱり美味しい！　牛は絶妙な火加減で火は通っているけど中はピンクで柔らかく、噛《か》むと爽やかな香草のような香りが広がった。

「この赤ワインは男爵領のですか？」

「正解です、ユウリ様」

「デールなんかは、牛肉には南の方の重いカリコリン種がいいって言うんだがな。俺はこっちの方が邪魔をしない気がして好きだ」

果実感があって、重すぎず軽くない。

「あたしもこっちの方がなじみます」

いくらでも飲めそうなキケンさはあるけど。

食物は産地が同じところのものが相性がいいって聞いたことがある。それでこんなに合うのかもしれない。

デラーニ山脈の牛は赤ワインと合わせて出したいところだけど、やっぱり三段のティースタンドにステーキは違うわよね。ステーキ美味しいけど！

ケーキとか焼き菓子のティースタンドと対になる感じで、ワインに合う軽食。ローストビーフのサンドイッチとかソーセージとか……？

あたしは高級赤身肉を噛《か》みしめながら、むうと考え込んだ。

食後のお茶を飲みながらの話し合いは、お料理の話からワインの話へと変わった。

「――販売所でもワインを扱う予定だが、何種類くらい用意するか」

「そうですね。ワインを売りにするなら多めに用意してもいいですよね。飲みくらべとか楽しそうですし」

「――飲みくらべ……それはおもしろそうだべさ」

ポップさんがメモしている。

こちらではそういうのはやらないのかしら。

「小さいボトルが三本セットとかでかわいい袋に入ってたら、お土産《みやげ》で欲しくなりますよね。あ、でもお土産にするには重いか……」

「そのくらいの大きさなら、ご令嬢方の小さい魔法鞄《かばん》でも入ると思うぞ」

「とてもいいですね、女性に人気が出そうです。ユウリ様はお金の匂《にお》いがしま――いえ、なんでもありません」

アルバート補佐までメモしだしたわ。

「ではユウリ、午後から醸造所かガラス工房へ行くか」

「レオナルド様、何を言ってるんですか。書類を片付けないと外へ出しませんよ」

補佐にビシッと言われ、獅子《しし》様はしょんぼりとした。

またしかられたワンコみたいになってる。やっぱりちょっとかわいい。

あたしは笑って言った。

「レオさん。あたしが見てもだいじょうぶなら、書類お手伝いしますよ」

「――――天使がいる……」

「――――絶対逃がせません……」

なんだろう、レオさんとアルバート補佐がこぶしを握ってなんかつぶやいてるわ。

「早く終わらせて出かけましょうね？」

メニューを考えて販売所の名前も決めないとよね。内装とかはどうなってるんだろう。あと、販売用に調合液《ポーション》も作らないと。

そうよ、異世界生活って、こういう充実スローライフを求めていたのよ。

警備とかそういうことじゃないの。

やっと念願の異世界スローライフが始まる――――――！


――――なんてうまい話はなかった。

ある意味自業自得な話がこの後襲ってくるなんて、思ってもみなかったわよ。

世の中そんな簡単にはいかないものよね…………………。

◇◇◇

書類仕事の手伝いをしたり、調合液《ポーション》を作ったりしながら数日が過ぎた。

調合液《ポーション》は薬草を採りに行けないので、魔法ギルドから買って来てもらっていた。そういう方法があるって知らなかったんだけど、状態がいつも均一に揃《そろ》っているので使い勝手も悪くない。

でも自分で採取したものから作る方が調合液《ポーション》の質はよかった。

なので書類の山が一段落したら、どこかで採取させてもらえませんか？　と領主様にお願いしたところ、案内してくれるって。

子爵領は何かおもしろい薬草とかあるかな。楽しみ。ワインと軽食も持って行こう。

そのためにも仕事をさっさと片付けないと！

手にしていた領内の水揚げ量をまとめた書類を計算済みの箱へ入れる。

控えめなノックの音がして、執務室へ入って来たのはアルバート補佐だった。

「レオナルド様、メッサ様がいらっしゃっておりますが」

「マクディか。応接間か？」

「先触れもなかったので玄関でお待ちいただいております」

ああ、マクディ警備隊長！　そういえばメッサさんだったっけ。

城を出てから一週間経《た》ってないけど、ずいぶん会ってなかった感じがする。

『クー（マクしゃん？）』

レオさんの膝《ひざ》の上で寝ていたシュカがひょこっと首を上げた。

「――――何かあったんでしょうか」

あたしとレオさんの間に緊張感が走る。

「そうだな……何かあったら訪ねてくるように言っておいたから、そうかもしれない。――――とりあえず会おう。応接間に通してくれ」

「承知いたしました」

アルバート補佐が引き返していく。

レオさんはやりかけの書類をささっと終わらせて立ち上がった。

「ユウリはどうする？　久しぶりにマクディの顔でも見にいくか？」

「同席してもいいんですか？」

「聞かせられない話なら、改めて席を外せばいい」

「それじゃ、お邪魔します」

応接間は一階の玄関近くにある。

開いたままの扉から入ると、ソファに座っていた制服姿のマクディ隊長が勢いよく立ち上がった。

「――――狐！」

『クー！（マクしゃん！）』

シュカがレオさんの腕の中からぴょーんと飛び出して、マクディ隊長に受け止められている。

「……マクディ、久しぶりだな」

「……マクディ隊長、シュカに会いに来たんですか……？」

「お邪魔してまーす。狐とはこの前の飲み会で友情を深めたもんなぁ？」

『クー！（ゆうじょうなの！）』

そうですか。

先日、合コン……じゃなくて、エヴァとヴィオレッタの歓迎会と『銀の鍋《なべ》』の親睦《しんぼく》会を兼ねた飲み会があった。

その時たしかにミライヤとヴィオレッタに挟まれて、エクレールとマクディ隊長とそれに抱っこされたシュカはぎゅうぎゅうとひっついてた記憶はある。

酔っぱらったあの二人に勢いで来られたら、震えながら身を寄せ合うしかないわよね……。エクレールなんてミライヤに二の腕ベチベチ叩《たた》かれてたし。

そういえば、レオナルド団長が退団したからエクレールは副団長になったはず。エクレール副団長。あの几帳面《きちょうめん》で正義感あふれる性格なら遅かれ早かれだったのかなと思う。

「で、どうしたんだ？」

聞かれてマクディ隊長はがっくりと肩を落としてため息をついた。

「えーとですね……奪われまして、大変困ってるんですよね……」

「奪われた？　何をだ」

「エヴァ衛士《えいし》をペリウッド・ゴディアーニ様に奪われました」

…………………ああっ‼　この間の飲み会‼

やたらペリウッド様がエヴァに構ってると思ったら‼

「えっ、もうエヴァいないの⁉」

「今日は上番している。だけど、書状が届いてさ……」

胸元から出された白い封筒。差出人は、ゴディアーニ辺境伯となっていた。

受け取ったレオさんが開いて、難しい顔をしている。

「――――婚約……にて……退団を…………早急に…………」

「これ、お願いって書いてはありますけどね？　もう家同士の話はまとまってうちの嫁だから連れていくよと、ほとんど通告なんですよねぇ？」

そうなんだ……。辺境伯ずいぶん強引な手に出たんだ……。

前にお会いした時にやり手な感じはあったわ。

「……兄も長く独り身だったから、父が舞い上がってしまったんだろうな……」

「で、戻って来てほしいなぁと思ってぇ、来たんですけどぉ」

どこの女子だというような口調で、マクディ隊長がチラッチラッとこちらを見ている。

えええええ……。

やっと楽しいスローライフが始まると思ったのに、社畜ライフアゲイン――――。

「だめだ。ユウリは行かせない」

「レオナルド様、横暴ー！　ゴディアーニ家のせいで困ってるのにー！」

「それなら余計に、家の者ではないユウリに迷惑をかけるわけにはいかないだろう」

「でももう明日にでも迎えが来そうな勢いなんすよ⁉　勤務に穴が空いちゃう！」

「それでは俺が行こう。俺が出入り口に立つ」

「「「はぁ⁉」」」

お茶を持って入ってきたアルバート補佐と三人でハモった。

何を言い出しますか⁉　デライト子爵様⁉

レオさんが納品口の出入り管理なんてしていたら、入ってくる人に困惑しかないわよ。

「ダメです、あたしが行きます」

「やりたくもなかった衛士の仕事をさせてしまったんだ。もう十分なんだぞ」

「レオさんを立たせるわけにはいきません。元はと言えば、あたしがペリウッド様を飲み会にお誘いしてしまったのが原因ですし」

「だがユウリ……」

レオさんがあたしの気持ちをわかってくれて、自分が衛士になるとまで言ってくれた。

その気持ちだけで十分。

「だいじょうぶです、レオさん。――――でもマクディ隊長、ずっとはやりませんからね？」

「では、ユウリが戻ってくるってことで‼　城に戻ります‼」

さっきとはうってかわって笑顔のマクディ隊長が退出しようとしたところを、太い腕が捉《つか》まえた。

「マクディ、まだだぞ。仕方ない、条件付きだ。まず期間は一か月までだ」

「え――――っ？　短っ‼」

「一か月あればシフトの組み直しはできるし、新人の募集もできるな？」

「…………ハイ…………」

「あとはここからの通いで、八時からの番のみ。残業なし。金竜口ではなく、納品口から上下番《じょうかばん》させてやってくれ」

東門から金竜口まで回るとなると、裏庭をぐるっと迂回《うかい》しないとならない。納品口から入れるならずいぶん近くなる。それなら楽でいいかも……。

「了解っす！　ユウリが来てくれるならそのくらいは全然構わないし。制服は裁縫部屋に保存してあるから……勤務後に届けに来ますー」

マクディ隊長は元気よくゴキゲンで帰っていった。

並び立って見送った後、レオさんは心配そうにあたしを見た。

「――――ユウリ、本当にすまない。うちのことでまた衛士をやらせてしまって」

「一か月だって思えばがんばれます。でもその間、書類仕事が大変になっちゃいますね」

「――――その間ユウリががんばってるんだ。俺もやらないとな」

そう言って、片付けがちょっと苦手な獅子様は、眉《まゆ》を下げて笑ったのだった。

◇◇◇

早朝、トレーニングをしに庭へ。

エントランスの方ではなく、奥庭というか部屋から眺められるメインの庭。庭っていっても、今は雑草もなければ他もなんにもない。

がらんとした空間を北方の涼しい風が抜けていく。

腰のホルスターから特殊警戒棒に似た短杖《ワンド》を抜き、振り下ろした。

伸縮式のそれは杖《つえ》先が伸び、鍔《つば》が出現し、白いモヤモヤをまとっている。

『クークー‼（早く早く！）』

付いてきていたシュカがピョンピョンと飛び跳ねて白いモヤにかみつき根こそぎ奪っていった。

すぐにまたモヤモヤしてくるからいいんだけど。

ハグハグと夢中で食べているシュカを横目で見ながら、丸裸にされた棒を構えて打ち込んでいく。

慣れた動きをしていると、考えてしまう。

――――あたし、レオさんにずっといますよって言ったわよね…………？

ずっといたくなるように努力するとか、なんか顔が赤くなるようなこと言われたから、そんなことしなくてもそばにいるって言ったつもりだったんだけど……。

もしかして、ただここの領民としているって意味だと思われてたりして。

なんというか依然、お付き合いしているとか恋人とか、そんな気がしない。って言っても恋人なんていたことないけど！

レオさんはとなりの執務室に住んでいる。

廊下から入ってすぐに広い執務室になっており、その奥の庭が見える部屋が寝室。それだけ。お風呂《ふろ》も他の人も使っている共同のを使っているらしい。

あたしの豪華な部屋と全然違うんですけど！　領主様を差し置いてあんな立派な部屋に住んでいるのってどうなの。

レオさんの考えることはわからない。いや、異世界のことはわからないというべきか。いやもしかしたら、貴族のことがわからないって話なのかもしれない。

誰かに話を聞いてみよ――――。

「――朝からがんばってるな」

ひゃっ！　って口から出そうだった！

考えごとしながら打ち込んでたから気づかなかったみたい。

振り向くと、動きやすそうな服装のレオさんがこちらへ歩いてきていた。

「お、おはようございますっ」

「おはよう。こっちの朝は涼しいな」

「そうですね。気持ちよくて練習も快適です」

そうか。とレオさんが笑った。

「練習人形をここに設置してもいいな」

え⁉　貴族のお邸の庭にあの藁人形《わらにんぎょう》⁉

なんてこと言うんですか！

「そ、それは景観を損ねませんか？」

「そうか？　何もないし、せっかくなら役に立つものがあった方が――」

レオさんに任せていたら、ステキな洋館が合宿所にされてしまう！

庭師を泣かせてはいけないわよ。

「これからステキなお庭になっていくんじゃないでしょうか！」

「それなら――ユウリさえよかったら俺が相手をしよう」

「ええ!?」

「……無理にとは言わないが……」

「あ、いえ！　うれしいです！　こんな早い時間からいいんですか？」

「ああ。俺も体を動かさないとな」

腰の魔法鞄《かばん》から短杖《ワンド》が出された。木製で、あたしのより少し太めでしっかりしている。

レオさんも短杖《ワンド》なんて使うんだ。いつも長い剣を腰に下げてたから、不思議な感じ。

「どこからでも打ち込んできていいぞ」

レオさんは軽い感じに杖を前方に構えた。

あたし、実は人に打ち込んだことがない。日本ではただただすぶり練習するばかりだったし、実際に犯罪者に遭遇するという場に居合わせたこともなかった。

なのでつい加減して踏み込むと、レオさんは受けながら笑った。

「さっき打ち込んでいたくらいのならだいじょうぶだ」

「……はい」

と言われても、一人でやっていた時のように勢いよくは打ち込めなくて苦笑されてしまった。

「では、ここに打てるか？」

「はい」

　胸くらいの高さの杖先に打ち込む。

「──そうだ。そのまま十回打ち込んで。──次はここだ」

次々と変わっていく場所へ打ち込んでいく。すると、打つのが苦手な場所があるのがわかった。

普段、下段打ちと中段打ちばっかりやっているからだわ。さすが元近衛《このえ》団の団長、教えるのが上手《うま》い。

息が上がってきたところで終了。ちょっと長くやり過ぎたかも……！

「──────レオさん、ありがとうございました！」

「ああ。俺も楽しかった──」

「また機会があればよろしくお願いします！」

ピッとお辞儀をして、シュカを拾い上げる。

急いでシャワー浴びて朝食食べないと！

慌ただしくてすみませんー！　と言い残して、あたしは部屋へと走った。


「転移《アリターン》」をして顔を上げると、道の向こうには『銀の鍋』が見える。右を向けば大きな堀とその向こうに城。見慣れた王城前の公園にいた。

昨夜マクディ隊長が届けてくれた制服を着て、肩にシュカを乗せ、数日ぶりに城壁を眺める。

背の高い城壁の手前は幅の広い堀が長く続き、改めて見てもレイザンブール城は大きく立派だった。

橋を渡ると東門には元同僚の衛士たちが立っている。

「おはようございますー」

「おはよう、ユウリ。せっかく花束退団だったのに、残念だな」

優しいおじいちゃん衛士のリアデクが、そう言って苦笑した。

花束退団って円満退社みたいなものかな。

あーねぇ？　とあいまいに笑って中へ入る。

会う人会う人みんなそんな感じのこと言うんだけど、一か月限定のヘルプだってマクディ隊長言ってないのかしら。

「おはようございまーす」

納品口から入ると、金竜宮《きんりゅうきゅう》用の入り口にリリーが立っていた。

「あ、ユウリ衛士とシュカ！　おかえりなさい～！」

『クークー！（ただいまなの！）』

「ただいまー……って、戻ってきたわけじゃないわよ。一か月限定で手伝いに来ただけなのに、みんなそんな対応よね」

「え⁉　そうなんですか？　隊長が『ユウリが戻ってくるー！』って喜んでたから、てっきり――」

「――てっきり…………？」

「元団長に三度目の婚約破棄を突き付けて、近衛団に出戻ってきたと思ってました～」

ひぃぃぃぃぃ‼　みんなそう思って、ああいう対応だったわけ⁉

「そういう噂《うわさ》ですよぅ？　まぁそうだろうって、みんな納得してます」

「納得って⁉」

「元団長がラブラブとかなんかの間違いだったって。ヴィオレッタ衛士が、おかえりなさい会を盛大にやってあげようって張り切ってますよ～」

……………どこからツッコんだらいいのか。

出戻ってきてないし、婚約破棄もしてないし、まず第一に婚約なんてしてない。

それどころかお付き合いしてるかどうかもわからないんですけど、どうしたらいいんですか⁉

っていうか、おもしろおかしくそういうこと言ってるだけでしょ！　ら、ラブラブとかそんなことないわけだしね？

仕事前だけで、こんなよ。休憩を回しにきたマクディ隊長に文句を言ったけど、あっ、ごめーん。てへ。みたいな返事だった。許すまじ、マク。

青虎棟《せいことう》の出入り監視の仕事中は、みなさん温かいお言葉をかけてくれた。一か月だけなんですけどって一人一人に説明できなくて、辛《つら》い……。

「――――おや、お嬢さん戻ってきたの？　やっぱりうちの嫁に来ない？」

長官……。

ニコニコと声をかけてくれるのは国土事象局の長官様。うしろに長官補佐が控えている。

「いえ、戻ってきたとかいうわけではなく――――」

「あー、レオナルド君のとこはデライト領だったっけ。――――ちょっと大変だからよかったかな――――……」

「長官！　早く通ってください！　うしろつかえてますからね⁉　――おはようございます、お嬢さん。再会を祝して今度お茶でも――――」

「お前も早く来るんだ！　バカモン！」

長官補佐が引っ張られ連れていかれる。

お約束な感じのやりとりだったわね。けど、長官がなんか言っていた……?

その後も次々と入ってくる人たちに「戻ってきたんですね」「おかえりなさい」と声をかけられ続け、そういうわけじゃないんですと答え続けたわ。

ホント、マクディ隊長許すまじ！


納品口から正面口の受付に移っても、似たような状況だった。

シュカはチヤホヤされて撫《な》でられて抱っこされて、『クゥー（おしろ好きー）』なんてゴキゲンだったけど。

お昼の休憩がそろそろというころに、耳元の空話具《くうわぐ》が鳴った。

『ユウリ衛士《えいし》、応答できますか。こちら〔納品青《のうひんせい》〕。ユウリ衛士に来客です』

「こちらユウリ。来客の件了解。交代後すぐ向かいます」

〔納品青〕は納品口の青虎棟側、ようするに朝イチで立っていた場所だ。交代して休憩に入り納品口に行くと、待っていたのはエヴァだった。

『零《こぼ》れ灯《び》亭』で買ってきたからいっしょに食べましょうと誘われて、外の休憩所へ。金竜宮側に立っていたヴィオレッタが何か言いたそうな顔をしてたけど、手を振って外に出た。

エヴァが手際よく昼食を広げていく。

黒パンの他に、薄くスライスされたローストチキンとオムレツと夏野菜のサラダ。城の裏庭で育てられた鶏《とり》は肉も卵も美味《おい》しいのよ。

シュカ用の果実水まで用意してくれていた。半分払うって言ったんだけど受け取ってもらえなかった。

「ユウリー、ごめんなさいね。退団したばかりなのにまた呼び戻すようなことになって」

エヴァはそう言ってきれいな眉を下げた。

「ううん。エヴァが悪いわけじゃないし、気にしないでよ。でもびっくりした。エヴァとペリウッド様が結婚なんて」

「そうよね。私もびっくりしているもの。みんなで食事をした時に、話が合う感じはしたのよ。優しいし。その後、毎日のように会いに来てくれて」

「えっ、毎日⁉　何それ！　ペリウッド様ってそんな情熱的だったんだ⁉　って通行許可証は？　なんて言って出してもらってたの？」

「始めのうちは面会でって正面口で受付してたのだけど、そのうち謁見《えっけん》で金竜宮へ来たついでって言うようになったわ」

「陛下に謁見ってこと？」

「調合液《ポーション》の献上品があるとか」

‼

白狐《びゃっこ》印と陛下をダシにして、会いに来てたのか‼

「先日の調和日に子どもとも会ったのよ。ペリウッド様ったら息子に『将来、ゴディアーニ辺境伯領で働きませんか』ですって」

お母さんと結婚したいと思ってるとか、そういう言葉を想像していたわ……。

「――――結構ペリウッド様が強引に見えるんだけど、エヴァはよかったの……？」

「そうねぇ……前の結婚も向こうから声をかけられて、何回か会って悪くないと思ったら話がまとまったのよね。ペリウッド様もそんな感じで、なんとなくほだされちゃったというか………」

エヴァって案外流されるタイプなのかしら。でも、頬《ほお》をほんのり赤く染めて笑う姿はキレイで、幸せそうだからいいのかなと思った。

もしかしたらこの国での結婚って、みんなこういう感じなのかも。長い時間かけてお付き合いしたりはしないのかもしれない。

とにかく二人とも幸せっぽくてよかった。

最終的に衛士の仕事を引き受けたのだって、エヴァとペリウッド様に幸せになってほしかったからっていうのが大きい。

だからまぁ一か月くらいは、いいわよ。

「でもまさかこんな早く話が進むとは思わなくて。ユウリには悪いことをしたわ」

「だいじょうぶよ。衛士の仕事キライじゃないしね。で、いつから辺境伯領に？」

「もう仕事もないし、明日にでも迎えに来るって言われてるの。行く前にユウリに会えてよかったわ」

近々お茶会をすることを約束する。

貴重な恋愛話を聞けそうだから、ぜひにぜひに！

実は、周りにあんまりそういう恋愛や結婚話しそうな人いないのよね。類友…………？

納品口に戻るとニヤニヤしたヴィオレッタに声をかけられた。

「ユウリ、復帰祝いに飲みに行きますわよね？」

「ええ？　あたしこっちに住んでないから、夜はちょっと無理かも」

「……宿舎に戻ってきてませんの？」

「一か月だけの臨時だもの、レオさんとこから通いよ」

そう答えると、チベットスナギツネが一匹できあがった。

ええ……？　ホントにこんな早くに近衛団に戻ってきたと思われてるの？

「そうそう、さっきエヴァと会う約束したの。今度、いっしょにお茶会しない？」

「…………モテ女たちの集いになど誰《だれ》が……いえ、ここはあえて参加してモテを学ぶべき……？

――ええ！　ぜひ行きたいわ！　参加させてくださる？」

ん……？　なんかゴニョゴニョ言ってたような……？

「……うん、ぜひ。じゃ、エヴァとも話して予定合わせようか」

「ええ。楽しみにしていましてよ」

その美貌《びぼう》で笑顔を見せられるとなかなかの威力よ。

制帽が目元を少し隠しているけど、ヴィオレッタの美しさは全然隠れていない。スカートタイプの白い制服もきりっと似合い、姿勢よく凛《りん》とした立ち姿は目を奪われる。

これで恋人がいないとか、高嶺《たかね》の花《はな》が過ぎるのかしらね……。

◇◇◇

「――――そんな感じで、みんな普通におかえりって迎えてくれたんですよ」

相変わらず広い食堂で二人きりの食事だ。アルバート補佐が控えてくれているけど、なんというか落ち着かないし慣れない。ごはんはとても美味しいんだけど。

「そ、そうか」

レオさんは微妙な顔であいづちを打った。

リリーが婚約破棄とか言ってたけど、そもそも婚約という事実がないんだもの。

あれはきっと、他に仕事がなくて戻って来たんだなって、かわいそうだと思われたのよ。だから笑い話にして迎えてあげようと思ったんだと思うな。

でも、みんなに驚かれなかったっていうことは、戻って来てもおかしくないと思われてたってことじゃない？　たしかに、この国に慣れてないかもしれないけど……。

「意外ではなかったってことですよねぇ……？　すぐ戻ると思われてたなんて心外です。あたし、ちゃんとこちらでも暮らしていけると思うんですけど」

「……多分、そういう意味ではないな……」

「そういう意味ではない、ですか？」

「ああ。多分、ユウリのせいではないと思うぞ……？」

「そうですか……？　花束退団だったのに残念だねって何人にも言われたんですけど、円満退団ってことですよね？　もう、ちゃんと花束退団したし、戻らないのに」

ガチャン‼

フォークをお皿に取り落としたレオさんが、赤くなって慌てている。

「す、すまない。失礼した」

フォーク落としたくらい全然気にしないです。

にっこりと笑いかけると、レオさんは片手で口を覆って横を向いてしまったのだった。

# 閑話五　辺境伯家に吹く新しい風

これは、しまったな――――。

北の辺境伯領主、サリュード・ゴディアーニは目を泳がせ指先で顎《あご》を撫でた。

もう少し落ち着いて行動しなさいという亡き母の声が聞こえた気がした。


ゴディアーニ辺境伯家には息子が三人おり、長男は結婚して子どももいるものの下の二人は三十代で独身だった。

末の息子は最近叙爵され、領地でいろいろと奮闘していると聞くので、まぁそちらはいいだろう。

だが二番目の息子は、学生のころから持ちかけられる縁談に興味を全く示さなかった。

領主の跡は継げないが、領の仕事でも国軍の方の仕事でも就ける職はたくさんあり、生涯暮らすのに困らない。

そんな立場に縁談が持ちかけられることは度々あったが、本人は放っておいてほしいという姿勢を貫いていた。

異性に興味がないのかもしれない、そういう生き方もいいだろうと、辺境伯は次男の好きにさせていた。

しかし、ここにきて、結婚したい女性がいると言うのだ。

聞けば亡くなった先代のスリンド子爵の元夫人で、十歳になる息子がいるらしい。

スリンド子爵といえば、代替わりが多いことで名を知られている。領主の血筋が短命だと言われているが、現子爵も病弱でほとんど社交界に顔を出さないところを見ると本当らしい。

その息子とやらはだいじょうぶなのだろうかと、辺境伯は純粋に心配になった。

病弱な子であれば治療費もかかるだろう。気丈にも実家に頼らず女手一つで育てるのは大変なことだ。

そこまで想像すると居ても立ってもいられずに、相手の女性エヴァ・リルデラの実家であるミルータス男爵家へ出向いた。

ちょっと挨拶《あいさつ》にという軽い気持ちで行ったのだが、家は大変な状況だった。

「先触れはいただいていたのですが、あいにくこんな状況で……。ゴディアーニ卿《きょう》がいらしたというのに、なんのおもてなしもできないありさ――――」

「うわ――――ん‼　兄様が、ぶった――――――！！！」

「お客様が来てるのに騒ぐから‼」

「お兄様もうるさいの‼」

「おなかすいたよ――――――！！！」

辺境伯と同年代くらいのミルータス男爵は、人の好《よ》さそうな笑みで「みんなちょっと静かにねぇ。おじいちゃんちょっとお話してるからね」と言った。だが、子どもたちに聞こえている様子は全くなかった。

ゴディアーニ辺境伯は、従者に持たせていた手土産《てみやげ》（本来であれば出迎えた使用人に渡すはずだった）をその場で開けて、子どもたちへ差し出した。

「ほら、こちらに菓子があるぞ」

怖がられる容姿であることは承知しているが、しゃがんで笑顔を見せればかなりましだということとも学習している。

子どもたちは一瞬しーんとなって辺境伯を見ていたが、怖いもの知らずの一番小さい子が手を出したことでわっと寄って来た。

「ありがとう、おじ様！」

「ありがとうございます！」

「ありがと……おじい様？」

「違う違う。おじ様かお兄様って言っておけって母様が言ってただろう？」

「おじ様！」

それぞれお礼を言うと、テーブルでもくもくと食べだした。

食べている間は静かなものだ。

「お気遣いいただきありがとうございます……息子たちは仕事に行っておりまして、その間こちらで見ているものですから、毎日大騒ぎでして」

「……これはなかなか大変ですな」

「ええ。でももう学園の寮に入った子たちの方が多いですからね。だいぶ楽になりました」

ハハハと男爵は笑った。

確か子どもが三男五女だと聞いている。それは孫たちも多いだろう。

これでは実家にもいられなかっただろうなと、幼子一人連れて働きに出たエヴァの状況がわかったような気がした。

王城は住む場所もあるし、働いている間子どもを見てくれる場所もある。だから子どもを育てながら働いている女性は多いと聞く。

ゴディアーニ家でも、規模は小さいが使用人たちの子どもを見る専任の者もおり、親が心配なく働けるようになっていた。そうやって代々の働き手も育ててきたのだ。

家の中をこっそりと見回せば手入れが行き届いていないようで、辺境伯は心を決めた。

「――――うちは人手が足りてなくて困っておりましてねぇ。もし働いてくれる方がいれば受け入れたいのですが、どうでしょう？　この度、次男が結婚したいと言うもので、新しい館《やかた》で働ける人も探しておりましてね」

「息子さんがご結婚されるのですか。それはおめでたいことでございます。お話も大変ありがたいのですが、なぜそんな親切にしていただけるのか心当たりがなく……」

辺境伯は「あっ」と片手で口元を覆った。

「……すっかり話すのが遅くなりましたが、ミルータス卿。その結婚を望んでいる相手が、お宅のご令嬢エヴァ嬢だという話をしに来たのですよ」

「ええ⁉　うちのエヴァですか⁉」

「え――――‼　エヴァおば様結婚するの――――⁉」

「お菓子のおじ様と⁉」

「けっこん！　けっこん！」

子どもというのは、案外大人の話を聞いているものだ。

正しく聞いているかはその子によるが。

また騒ぎだした子どもたちに、辺境伯は思わず笑みを漏らした。

ここにいるのは元気で素直な子どもたちと、人の良さそうな領主。きっとまだ見ぬご令嬢もいい人だろう。

あっという間に話が進み、軽い挨拶のつもりがすっかり結婚するという話でまとまってしまった。

こんな風に、ペリウッド・ゴディアーニとエヴァ・リルデラの結婚は、本人たちの知らないところで思いもしない早さで決まったのだった。


その数日後。

辺境伯と長男が話をしていた談話室へ、複雑な顔をした次男がやってきた。

結婚話もまとまり幸せいっぱいのはずなのに、なぜその表情なのか。

「父上……。いい話と悪い話があります。どちらから聞きますか」

「……では、いい話から聞こう」

「エヴァの退団が決まりました。明日からでもこちらへ来られそうです」

「おお、そうか。それは楽しみだな。新しい館は注文してあるからもう少し待ってくれ」

「本当に楽しみだね。アマリーヌも義弟嫁《いもうと》ができるのがうれしいみたいで、いっしょにドレスを選びたいって言っていたよ」

笑顔を見せる父と兄に、ペリウッドは困った顔を向ける。

「あー……それはありがたいことですが——悪い方の話も聞いてください。エヴァの抜けた穴を埋めるのに………ユウリ嬢が駆り出されました。近衛《このえ》団に戻ってくるそうです……」

部屋に沈黙が落ちた。

ユウリ嬢。光の申し子。レオナルドの思い人。

別居していた長男の嫁アマリーヌをこちらへ戻すきっかけをくれ、ペリウッドとエヴァも出会わせてくれた。

その恩人である令嬢は、惜しまれる中やっと退団できたと聞いていたのに――――。

「父上……私は恐ろしくてレオのもとへは行けません……」

次男の言葉にゴディアーニ辺境伯は、自分がお詫《わ》びに行くべきだろうなと遠い目をした。

だが、こんなにも良くしてくれた光の申し子に、一体どんなお詫びをすればいいのか。

それは全く思いつかなかった。

# 第六章　獅子《しし》子爵、登城する

一生、俺に守らせてほしい。そんな誓いのような気持ちだった。

「――来てくれたら、ユウリがずっといたくなるように努力するからな。ユウリが楽しいように、喜んでくれるように、住んでいたくなる努力を続けていけばいいだけのことだ。だからユウリは――気軽に来てくれ」

そう放った言葉に、ユウリは泣きそうにも見える顔で言った。

「――努力なんてしなくても、ずっと住みますよ？」

胸を掴《つか》まれるとはこういうことか――。

その場では頷《うなず》くのが精一杯だった。

しかし、手を取り歩いていると、受け入れられたと段々と舞い上がってしまい、抱き上げて城から連れ出してしまったのだが――。

冷静になると、領に領民としてずっと住みますという意味にも思える。

何せ光の申し子だ。こちらの国での常識は時々通じない。

それでもいっしょに住むことに抵抗がないようだし、ふとした瞬間に純粋な好意は感じるような気がした。

結婚を申し込んでもいいのだろうか。そう思っていたところを、兄に先を越されてしまった。というよりは父にか。

迅速さと行動力は大事なことだと、痛感せざるを得ない。

近衛団に一時的に戻ることになったユウリは、仕方なくという口ぶりではあったが行ったら行ったで楽しそうな様子だった。

「花束退団したし、戻らないのに」などと意味を知らずに言って、悶《もだ》えそうになった。かわいいが過ぎるだろう。

テーブルのそばで控えていたアルバートがなんとも言えない顔をしていた。

花束退団といえば結婚によって退団することだが――――意味を教えたらユウリはどんな顔をするのだろうな。

「今日は俺も登城するから、いっしょに行こう」

朝食を食べている時にそう言うと、ユウリはほんのり笑顔で「はい」と言った。

花束退団だと思われたユウリが、また警備をすることになったことを意外でもなく受け入れられたというのは、俺のせいなのだろう。

婚約破棄を二度経験しているという噂《うわさ》は上流社会では広く知られている。

そんな男とは上手《うま》くいかなくて当然だと思われているのかもしれない。

いっしょにいるところを見せておけば、誤解も解けるだろう。

用事もあることだし、ちょうどいいタイミングだった。


一週間ぶりの登城、門や庭に立つ衛士《えいし》の間に緊張感が走るのがわかる。

「レオさんはどこに行くんですか？　副団長……じゃなくてロックデール団長に用事ですか？」

「近衛にも挨拶には行くが、主に領税管理局だな」

「税ですか……。領主のお仕事の大事な部分ですよよね。お疲れさまです」

一瞬微妙な顔をしたということは、元いた国でも税があり払っていたのだろうな。

「ああ、ありがとう。また後ほどな」

「はい」

納品口から入っていくユウリとシュカを見送り、入城の手続きをするため正面玄関へとまわった。

正面玄関に着くころには入り口が開く八時になっており、入るとニヤニヤしたマクディと緊張した面持ちのリリーが受付に立っていた。

「おはようございますー」

「お、お疲れさまです！」

「おはよう――――今日は一般来城者だ。そんなに固くならなくていいぞ」

カウンターで名前と入城目的を書き、身分証明具を登録する。発行された来城者用の通行証を証明具の水晶部分に被《かぶ》せた。

用事があるのは領税管理局と国土事象局だが、どちらにしても長官が来るのはもう少し後だ。

待つ間に納品口でユウリといれば、誤解も多少は解けるだろう。

青虎棟《せいことう》の一階廊下を抜けて納品口から外に出ると、入り口の方はそこそこ列ができていた。

ほとんどの局が九時始業のため、下位文官は八時の開錠から始業までの間に来る。

やはり俺の姿を見て驚く顔をする者が多かった。

『クー！』

先に気づいたのはシュカで、すぐさま腹の辺りに飛び込んできた。

「――――レオさん？」

「ああ。様子を見にきた。どうだ？　異常はないか？」

「はい。異常ありません」

綺麗《きれい》な敬礼をするユウリに答礼をした。もう近衛ではないのだからしなくてもいいものだがな。

シュカを抱えたまま、ユウリの邪魔にならないように少し離れた壁側に立つ。護衛の仕事のようだ。

しばらくユウリの仕事ぶりを眺めていると、国土事象局長官が外から入ってきた。

「――――あれ？　レオナルド君じゃないか。夫人を連れ戻しに来たの？」

いきなりの攻撃。

「長官。連れ戻すも何も、人手が足りないから一か月手伝いに来ているだけですよ」

「そうなの？　残念だなぁ。うちの息子の嫁に欲しかったのに」

にこにことそんなことを言って本気か冗談かわからない。人の良さそうな笑みを浮かべているが、なかなか食えないお人だからな。

そのうしろに控えている多分長官補佐は、はっきりと肩を落としていた。

「――――で、ここで夫人の護衛をしてたの？」

「長官が来るのを待っていたのですよ」

「あー、そうかそうか。魔脈のその後の話かな。とりあえず部屋へ行こうか」

三人でユウリが立つ入り口から中へ入る。

「ではな、ユウリ。無理するんじゃないぞ」

通り際にシュカを返し、俺は若干の未練を残して納品口を後にした。

「領地の方でその後変わったことはないかい？」

青虎棟の二階にある国土事象局長官執務室へ通された。近衛団執務室とほとんど同じ作りだ。ソファへ掛けると、レイドン・ドゥリッツ国土事象局長官が向かいのソファに座る。

「一部地域で魔獣が活発化しているという報告がありました」

聞かれるがままに答えると、ドゥリッツ長官は顎《あご》に手をあてた。

「――――やはりそうか。地下の魔脈が洞窟《どうくつ》で活性化して魔素が漏れているんだろうね。どの辺だい？」

「デライト側の海の方です」

「それならまだいいか。デラーニ山脈の方だったら元々魔素が濃いから、面倒なことになっただろうね」

濃い魔素は力の強い魔獣や魔物を呼びやすい。それに魔素大暴風の発生源にもなりかねない。海の近くの方がまだましな状況だ。

「こちらからも近々また調査に向かうよ」

「忙しいところ申し訳ございません。よろしくお願いします」

「いやいや、こんなことを言ったらあれだけどさ。山系の魔脈と海系の魔脈が合流するかもしれないなんて、珍しい事象だからね。興味深いよー。研究者がよろこぶよー」

「――――そうですか」

手をわずらわせるわけではないのならよかったが、領主としては心配になる話だ。

「夫人はこの話をもう知ってるの？」

長官がふとそんなことを聞いた。

夫人ではないと言うべきかもしれないが、ユウリを狙《ねら》っているように見えるのであえてそこは否定しなかった。

「いえ……」

「そう。女の人はいやがる人も多いからね。王都の別邸に別居している家もあるし、出て行っちゃった家もあるしね。早めに伝えた方がいいかもしれないよ」

「多分問題ないと思いますが……」

多分問題ないどころではなく歓迎しそうなのだが。

「そうなのかい？　女の人は魔物とか魔獣とか嫌いでしょう」

「彼女は赤鹿《レッドディアー》くらいなら自分で仕留められますし、神獣もついてますから」

「あー、ますますいいなぁ……。嫁とは言わないからうちの部署に欲しいくらいだよ。明るく気持ちいい対応だし、仕事はがんばるし、魔物に対して忌避感もないなんて――光の申し子だって噂を差し引いても、欲しい人材だなぁ」

ドゥリッツ長官は小声でそんなことを言って、ニコリと笑みを浮かべた。

俺は飲みかけていたお茶を慌てて飲み込んだ。――やはり食えないお人だ。


昼食に誘われて応じると、長官は夫人もいっしょにと受付で立哨《りっしょう》していたユウリに声をかけてしまった。

ユウリはこちらをチラッと見て応じる。すると長官と長官補佐の笑顔が倍になった。

これでユウリが夫人ではないとわかったらどういう態度になるのか、想像すると怖い。

青虎棟の食堂『白髭亭《しろひげ》』は受付のすぐ近くにある。中は広く主に文官たちが食事をしている。近《こ の》衛《え》団もここで食事をする者が多い。

ユウリがこの国に来た当初はよく来たなと思い出していると、となりを歩くユウリも同じことを思っていたのか俺を見上げて言った。

「ちょっとなつかしいですね」

「そうだな」

「いつもごちそうになってしまって、その節はありがとうございました」

「俺もユウリの美味《うま》い食事をいただいたから、ありがとうございますだな」

二人で笑っていると、そばにいた長官補佐が真顔になるのが見えた。

仕切られた長官専用のスペースには給仕がおり、食事の準備をしてくれる。

出される食事は同じだが、食器はきちんとしたものが使われている。貴族の来客にも対応できるようにとのことらしい。

軽く自己紹介などを交えながら、会食が始まった。

長官が夫人と呼ぶのをユウリは「――夫人ではないのですが……」と控えめに訂正したが、長官は「ああ、まだ婚約者なんだ。でもすぐでしょう？」と流した。

ユウリは困った顔をしてこちらを見たものの、それ以上の否定はしなかった。

ユウリを狙っていそうな人たちが前にいて、できれば本当に夫人になってもらえないかと思っているから否定しなかったんだが――俺が否定してやるべきだっただろうか……。

彼女は場を読み過ぎるところがあると思う。時々、それが切ない。

今まできっとそんな風に暮らしてきたのだろう。我慢しなくてもいいと、無条件で優しくしたくなる。

が、今は手元のシュカを撫《な》でた。

「――――でね、デライト領の魔脈が活性化しているようなんだよね」

どういうわけだか、長官は魔脈の話をユウリに振っている。

食事の時にふさわしい話題ではないが、もしかすると本当にユウリが気にしないのか試したいのかもしれない。

そこで「魔物なんて嫌」と口から出たら、嫁においでという話をするためかとは疑い過ぎか。

「魔脈――ですか。勉強不足で申し訳ないのですが、どういったものですか？」

「ああ、いや、普通の女性は知らないことも多いから気にしないでね。魔脈っていうのはね、地下を通る魔素の通り道ってところかな。地質や隙間《すきま》によって魔素が通りやすい場所があるんだよ」

「それが活性化するとどうなるんですか」

「魔獣や魔物がね、活性化する」

ユウリが目を丸くしている。

「強くなってしまったりですか……？」

「そうだねぇ、活発になったり繁殖行動が増えたりだね」

なるほどと頷くユウリに、ドゥリッツ長官は首を傾《かし》げた。

「そういうの嫌じゃない？」

「嫌というか……増え過ぎたら困ると思いますけど、魔獣たちも好きで活発になるわけではないですしね。仕方がないのではないでしょうか」

「そうだよねぇ。――――やっぱり、夫人いいなぁ。息子の嫁は諦《あきら》めるから、うちの職員にならない？　なんなら長官補佐でも」

「俺降格!?　長官ひどい!!」

「ハハハ。そんなのレオナルド君が許すわけないじゃない。ねぇ？」

ねぇ？　と振られて「ええ」と苦笑するしかない。

長官は「────ああ、でも……」と続け、眉《まゆ》を寄せて気の毒そうな顔をした。

「ダンジョンができるかもしれないって聞いたら、さすがに夫人でもちょっと嫌だよね？」

これは、やはり亀裂を入れようとしてるな………。

ユウリははっきりと表情と目の色を変えた。

「ダンジョン⁉　ダンジョンですか⁉」

────長官の思惑とは反対の方向に。

「レオさん！　ダンジョンできるんですか⁉　入ってもいいですか⁉　赤鹿《レッドディアー》の話を聞いてから、いつかレオさんとダンジョンに行きたいって思ってたんです。うれしい……。で、いつできるんですか？」

なんて可愛《かわい》いことを言ってキラキラと輝く目で見上げてくるから、

「いつになるかはまだわからないんだ。だが、できたらユウリが好きなだけ行こう」

と答えた。

だから問題ないと思いますがと言ったのに。

向かいに座る長官と補佐が、真顔で俺たちを見ていた。

◇◇◇

王城から帰宅したあたしは、いろいろと想像してはにやついていた。一度は行ってみたいと思っていたダンジョンが子爵領にできるかもしれないとか！　楽しみじゃない！

階層ごとにいろんな地形になってるとか、モンスターがポップアップして、倒されるとドロップ品を残して消えるとか、不思議過ぎるよね、ダンジョンって。いろんなタイプのダンジョンを小説やゲームで見たけど、この世界のダンジョンはどんな感じなんだろう。

「ユウリ様、ご機嫌でございますね」

厨房《ちゅうぼう》でメニューの打ち合わせの途中、ポップ料理長にそんなことを言われるくらいにはニマニマとしていたらしい。

その足元でシュカもゴキゲンでフサフサすりすりしていた。

ここにいると味見させてもらえることに気づいたらしくて、レオさんのとこやミルバートくんのところにも行かずにくっついている。

「フフフ……ご機嫌ってほどでもないですよ？」

シュカにソーセージを一本あげる。料理長特製の豚肉と猪《いのしし》肉のブレンドのやつ。

日中は近衛団の仕事に付き合わせているからね、お礼。

「ご機嫌なのはいいことださー。いいアイデアが出るかもしれませんよ」

試作の三段プレートを前に、あたしは首をひねった。

お酒と甘味。お酒とおつまみ。

おつまみといえば、赤鹿《レッドディアー》美味《おい》しかったわ。こうジューシーで香草のような香りで……。

もしダンジョンができるなら、獲《と》れるのかな――……。

「――あっ！　魔獣肉。魔獣肉のおつまみとワイン！　キレイな景色《けしき》見ながら珍しい魔獣肉を食べる‼　どう⁉」

『クー！　クー‼（まじゅうにく！　食べるの‼）』

「ま、待つべさ、ユウリ様！　食べに来るのは貴族のお嬢様やご婦人でございますよ⁉　魔獣肉なんて出してはだめだべさ⁉」

「……え、そうなの？　赤鹿《レッドディアー》、ご令嬢は食べないですか？」

「赤鹿《レッドディアー》はぎりぎり食べなくはないですかね。一角兎《ホーンラビット》もだいぶ知られて食べられております。が、そこまでです。いくら美味しくても巨大蛇《ジャイアントスネーク》なぞは絶対に出してはだめだべよ！」

「……巨大蛇《ジャイアントスネーク》……美味しいんだ……？」

ポップさんはさっと目を逸《そ》らした。

「あ、脂身はほんのりと甘く、身はぷりっと……」

「脂身はほんのり甘く身はぷりっと」

『クークークークック』

マジか。

料理長をもそう言わす魅惑の魔獣肉…………。うわぁ食べたい‼

「とにかく、あの美しいお店で美しい女性たちに出すには適しませんよ。もっと品のある料理を……」

「品よく盛りつけたらいいんじゃない？　花びらみたいに巨大蛇《ジャイアントスネーク》の身を」

「だめだべよ――！　魔獣から離れるべさ‼」

どうしてもダメらしい。残念……。

「そういうわけで、今日の試作品は普通の肉と普通の魚なんです」

「どういうわけかはわからないが、普通の肉と魚で構わないぞ？」

相変わらず大きな食堂に二人と一匹だけ座っている。

試作会も兼ねてるから、アルバート補佐もポップ料理長もメモ片手に控えているのよ。もういっそのこと円卓にでもしてみんなで食べながらの会議にでもすればいいわよね。

今回は白ワイン用で三段プレートを仕立ててある。

一番下の段はサラダのカップと、薄くスライスしたパンの上にノスサーモンの切り身をバラの花のようにのせたオープンサンド。サーモンはマリネでアクセントにマヨネーズ。パンが湿っぽくならないように、バターは厚めに塗ってある。

白ワインビネガーを使ったマリネ液はコショウ入りで、お酒がすすむ味のはず。

ポップさんも初めは「コショウって何ですか。調合液《ポーション》の材料!? そったらもん美味しいんだべか!?」って感じだったんだけど、使い始めたらすっかりハマっているもよう。

二段目の料理長自家製ソーセージにもコショウがふんだんに使われていた。

同じ段にはあとオープンオムレツがのっている。

一番上にはデザートで、飾り切りされたスコウグオレンジと焼き菓子。

なかなか女性向けになったのではないかと思う。

「見た目がかわいらしいな」

レオさんがそう言ってほめてくれた。

それはまぁ、ステーキよりはカラフルよね……。

「味もいい……。ノスサーモンを加熱せずに食べるのは初めてだ」

上品にナイフとフォークで切り分けたオープンサンドを、味わっている。

「ちゃんと魔法で処理して安全にしてるので、生でもだいじょうぶだと思います」

「生臭いのかと思っていたが――サーモンの味がよくわかるな。美味《うま》い」

ポップさんが横でうんうんとうなずいた。

「私も最初は驚きましたが、とろりとして美味なものでございますね」

日本だとそろそろ秋鮭《あきざけ》がお店に並ぶころ。このあたりのノスサーモン漁もこれから最盛期だと聞いている。

生で食べるのもあまりいやではないみたいだし、この国の人たちの舌にも合ってよかった。

ソーセージとオムレツも多少の課題は残ったものの、味は問題なさそうだ。

デザートの方も何か目先が変わったものをのせたいところだし、食べたいものはあるんだけど――。あたし、お菓子はあまり作らなかったのよね……。スマホでダーグル先生に相談かな。

そして今回の三段プレートのただ一つの難点は、男の人には量が少ないってことだ。レオさんはノスサーモンとパンをおかわりしていた。

メインターゲットは女性だけど、付き添いで来る男の人もいるだろうし、追加で頼める一品料理もあった方がいいかもしれない。

「レオさん、試食会をお店の方でしてみたらどうだろうって料理長と話してたんです。開店前に使ってもいいですか?」

「もちろんだ。好きに使っていいぞ」

やっぱり実際のターゲット層に近い人たちの意見も欲しいもの。

おあつらえ向きにお茶会の約束もしているし。

親交も深められ、美味しいものも食べられ、こちらは貴重な意見がもらえる。一石三鳥ってやつじゃない？

いいタイミングだったなと同僚と元同僚の顔を思い浮かべ、にんまりした。

◇◇◇

あたしが昼休みに入る時間に、納品口金竜宮《きんりゅうきゅう》側の立哨《りっしょう》は昼五番が入る。夕方の下城する人が多い時に正面玄関口に入る番だ。

その女性衛士《えいし》優先番の昼五番に入っているのは、ヴィオレッタ。上番したばかりの彼女に眠そうな雰囲気はなく、すっきりとした佇《たたず》まいだった。

「ヴィオレッター。これ、お茶会の場所」

記憶石《アンカーストーン》を放ると、ヴィオレッタは両手で受け止めた。

「――――まぁ、行儀が悪いこと。ユウリ、そんなことで子爵夫人がつとまりますの？」

お小言言うわりには、華麗に受け止めていたけど。

「夫人じゃないけど、ガサツなのは反省するわ」

「場所はどちら？　――――ん？　販売所……？」

記憶石《アンカーストーン》には位置だけじゃなく、場所の名称も刻まれている。触れると場所が浮かび上がるのよ。

「メルリアード男爵領で今度開くお店なの。開店前に試食会のご招待なんだけど、いい？」

「あら、楽しそうですわね」

予想外にうれしそうでほっとする。

エヴァの方は、アルバート補佐がゴディアーニ家へ行くついでに持っていってくれることになっていた。

「じゃぁ、闇曜日にね」

「ええ。昼過ぎに向かいますわね」

納品口の扉を開けると、少しだけ涼しくなった風が舞いこむ。

『クー（きもちいいのー）』

「ホント、秋の気配ね」

肩の上で気持ちよさそうに目をつぶるシュカを撫《な》でた。

◇◇◇

そしてお茶会当日。

テーブルへ三段のティースタンドが運ばれてくると、場は一気に華やいだ。

今日は、あたしもドレスを着ている。ヴィオレッタもエヴァもそれぞれ昼のお茶会用のドレス姿。

店内に三人だけのお客だけれども、なかなか華やかだった。

大きな窓には自慢の北方海が広がり、テーブルには花もあしらわれて。

シュカは従者用の控室でレオさん（護衛と言い張ってる）と試食会（多分、好きなものを好きなだけ出してもらってる）なので、この場は女子だけなのよ。

料理長がワゴンで運んできたティースタンドが、それぞれの前へ置かれた。

「なんですの、これ……！」

「すごいわ。白鳥宮みたいね」

金竜宮の奥にある白鳥宮は、側室の方が住まわれる優美な塔。今は誰《だれ》も住んでいなくて客室として使われることがあるらしい。

あ、いいかも。建物の名称をメニュー名にしようかな。今日出したのは赤ワインに合わせたもので、色味も赤っぽいから『暁の塔』とか『茜《あかね》の城』とか。

とにかく驚かせることには成功ね。

一番下の段は小さめのパンをくり抜いて、スノイカとボゴラガイのトマト煮を詰めたものと、小さいサラダカップがのっている。

魚介の煮込みは北方だと定番料理らしいんだけど、オリジナルレシピはシンプルなのよ。素材の味がいいからか、この国の料理は味付けが基本的に塩だけだったりする。

「パンに入ってますのね？　おもしろいですわ」

「中に入っているの、北方の『煮込み』っていう料理よね？」

「そうそう。この辺りの地元料理ね」

「……美味しい……。これ、何か味が複雑ですわね……。うちも北方ですから煮込みは食べますけど、こんな味は初めてですわ」

ヴィオレッタは真剣な顔で味わっている。

「――赤鹿《レッドディアー》とかデラーニ牛の香りに似ている気が……」

正解は調合用のドライローリエ。あとは刻んだタマネギとニンニクとセロリを炒《いた》めて煮込んであるから、ちょっとだけ味が複雑なのよね。

「野菜と香りのあるものをいっしょに煮込んでいるの。ヴィオレッタは赤鹿《レッドディアー》よく食べるの？」

「よくは食べられなくてよ。希少なものだもの、時々いただくくらいですわ」

「ユウリ、赤鹿《レッドディアー》はお高いのよ。あまり獲《と》れないし。私は二度しか食べたことがないわ」

「そうなのね。実は、その二段目のスライスしたパンの上が赤鹿《レッドディアー》よ」

え⁉

二人が赤鹿《レッドディアー》を凝視した。

「……そんなに見なくても、逃げないけど……？」

「高級食材をこんな気軽な雰囲気のお店で出すつもりですの⁉」

「一皿にちょっとしか使わないし、赤鹿《レッドディアー》大きいから一頭で何人分にもなるわよ」

「そういうことじゃなくてよ⁉　いくら美味しくても魔獣。危険な場所まで行って獲って処理して採算取れないでしょう」

「んー、この辺りは山にいるの。増えたらちょっと減らさないといけないらしくて。これは、あたしが獲ったものだし」

「ユウリが狩ったと言うの⁉」

あら、ヴィオレッタ。お嬢様言葉が剥《は》げててよ。

エヴァは「ユウリ、やるわねー」と笑っている。

「まぁまぁ、とりあえずどうぞ。味付けの感想聞きたいし」

「いただくわよ。わたくし、赤鹿《レッドディアー》好物なんですわ――――ん⁉」

「――美味しい！　この甘味と塩味のソース何？　粒が入っているわね。香ばしくてコクがあるわ」

ふふふ。ほんの少しだけのせてあるタレは、刻んだ塩炒《しおいた》めクノスカシュママメにハチミツを混ぜたもの。ようするに醤油《しょうゆ》とハチミツね。つくだ煮に似た味で、不思議と赤ワインとの相性もいい。

「ええ……。これは、クセになるわ……。これはどこで売ってますの？　もしかして自家製？」

「自家製よ。でも、売れそうなら販売しようかと思ってるの」

「ぜひ、売るべきね。わたくしが箱で買うわ」

それは早急に販売しないと。クノスカシュママメが好評でうれしい。これが日本の味よと声を大にして言いたい。

そしてデザートはグルベリーと焼き菓子。焼き菓子の上にクルミのキャラメリゼをのせてある。

今日の料理はあたしが考案したメニューもあるけど、作ったのは料理長たちだった。

本業の人が作るお料理は大変美味しい。整ってるというか。んー、ワインがすすむー。

「どれもとっても美味しいわ、ユウリ。すぐに開店できそう」

「そうね。変わった味でしたけど、美味でしたわ。後を引くというか。ただ、ここだけでは少し手狭ではなくて？　向こう側の……販売所でしたっけ？　あちらも食事できる場所にしたらいかが？」

あー……。そのあたりはレオさんやアルバート補佐と相談かな。

お客さんを見込めると思ってもらえたのはうれしい。

お茶を飲みながら魔獣肉についても聞いてみたけど、興味はあるって。

巨大蛇《ジャイアントスネーク》は――二人とも食べたことがあるって‼　学生時代に屋台の串焼《くしや》きを食べていたんですって‼　山の引き締まった鹿とか猪とかを食べているから美味しいんですって‼

何それ、楽しそう美味しそう！　あたしも食べたい‼

もう！　話が違う！　ポップ料理長、ご令嬢やご夫人に夢を見過ぎだと思うわよ⁉

◇◇◇

魔獣肉魔獣肉ダンジョンダンジョンって騒いでいるけど、だいたい、ダンジョンってなんなのか。

小説やゲームには出てきていたけど実際に日本にはなく、この国にはあると聞いて行ってみたかった場所。実際はどんな感じなんだろう。

会食の時に熱心に話を聞いたせいか、国土事象局長官が好きなように調べていいよと資料室の入室許可をくれた。

なので、下番《かばん》後に少しだけ読みに来たわけよ。資料室は巡回時に見回る部屋の一つだけど本のタイトルを見ることはないから、どういった本があるのかは知らなかったのよね。

調べてわかったのは、洞窟《どうくつ》がダンジョンになるらしいってこと。

日本にもあるような風穴とか鍾乳洞《しょうにゅうどう》とかの洞窟に魔素が溜《た》まって、魔獣や魔物のすみかとなりダンジョンになると。

まぁ、確かに、洞窟にはコウモリだのネズミだのがいる。で、あれらが魔素を取り込んでいって魔獣になるということだから、ダンジョンってそんなに不思議なことでもないのかも？

デラーニ山脈からデライト領の海の方へ延びているのは山系魔脈っていわれているタイプ。魔素と山の気（土の気や風の気が混ざった気らしい）を含む魔脈なのだとか。

その魔脈が干渉しているのがデラーニ南三号という風穴らしい。メルリアード領にも近い場所。

溶岩流でできた風穴で、風が抜けるからか魔素は溜まりづらく、横穴ができると魔素が溜まるかもしれない。と、長いこと様子見されている記録が残っている。

もう一つのデライト領の海岸近くへ延びている魔脈は、海系魔脈で海の気（水の気や風の気や土の気が混ざっている）を含んだ魔脈らしい。

こちらは海の侵食によってできたノスライズ海洞という洞窟に干渉している。

レオさんの話によると、魔獣の動きが活発なのはこちらの海洞付近なのだそうだ。

海面より上の入り口が小さく、そちらからの調査が望めないと書いてあった。地上側の出口は見つかっていない。

中で魔素が溜まっているらしく、地上に漏れ出ている分で魔獣が活発になっているのだろうとのことだった。

あたしは読んでいた本を棚に戻し、椅子で丸まって寝ていたシュカを抱き上げた。

『クー……（ごはん……？）』

「まだお城よ。もう帰るからあとちょっとでごはん」

（『わかったのー……』）

まっすぐ帰っていればそろそろごはんの時間だったから、お腹《なか》もすくか。

近衛団《このえ》に戻ってからはおやつの時間もないもの。かくいうあたしもお腹はすいている。

それにレオさんがいない近衛団は、なんか物足りないというか味気ない。

――早く帰ろっと。

また寝てしまったシュカを抱えて、早足で納品口へ向かった。

［転移《アリターン》］で前庭に着くと、アプローチの横に明かりが灯《とも》った。

通路に沿って魔ランプの道ができ、玄関の横のライトが光る。

アプローチを歩いているうちに玄関の扉が開いて、レオさんが途中まで迎えに来てくれた。

「おかえり、ユウリ」

差し出された手に指を伸ばそうとしてシュカを片手に抱え直す。するとシュカはもそっと起きて、差し出されていたレオさんの手の方へ移っていった。

ええ……？　その手、シュカがのっちゃう……？

困惑している間にレオさんはシュカを片手で抱えて、空いてる手をもう一度差し出した。

「――ただいま戻りました……」

そう答えて、手をのせた。

「今日は魔脈について調べてきたのか？」

「はい。いろいろと不思議なので。資料を読んでて思ったんですけど、洞窟からダンジョンに育つなら、その前にダンジョンにしないこともできるんですか？」

「――そうだな、やろうと思えばできるかもしれないな。だが、ダンジョンは資源という面もあるから、その場の事情によるだろう」

ダンジョンは資源‼

そうか、そういう一面もあるのね。

「デライト領にできたら資源ですか？」

「今できているらしき場所なら資源と呼べるかもしれない。だがどんな魔物が出てくるか、できて入ってみるまでわからないからな。――来週、国土事象局が調査に来るんだが、ユウリの都合が合うなら同行するか？」

「はい、ぜひ！」

「ではそのように手配しよう。さぁ中へ入ろう。今日も料理長が腕をふるっているらしいぞ」

三段プレートの夜ごはんが今日も待っているらしい。お店のためだし美味《おい》しいからいいんだけど、ちょっと飽きてきたのも本音だったりする……。

「……レオさん、あの、休みの日は自分で料理してもいいですか？」

「もちろん、構わないが——食材はどうする？　料理長に頼んでおくか？」

「あっ……たいしたものは作らないので、厨房《ちゅうぼう》で余っている食材を分けてもらえるとうれしいんですけど。もしかして使う分だけ注文して余ったりはしないですか？」

「いや、多めに注文するから大丈夫なはずだ。なんなら俺が買って来ても——その、もしよかったら、俺もユウリの料理が……」

獅子《しし》様はこちらを見ないまま小さい声でそんなことを言った。暗くてよく見えないけど、もしかしたら顔も赤いのかもしれない。

——ああ、もう！

この大きな人は時々とてもかわいい。

「何になるかわからないですけど、レオさんがいっしょに食べてくれたらうれしいです」

見上げれば極上の笑顔。

繋《つな》がっている指先への力が、ちょっとだけ強くなったような気がした。

◇◇◇

今日から三日ほど国土事象局の人たちが調査に来るということで、前領主邸は朝から準備で大騒ぎだった。

「……こんな時にお手伝いもできず、仕事に行かないとならないのが申し訳ないんですが……」

今日はあいにく仕事で登城しないとならないのよ。

せめて朝食は自分でと思って、今朝《けさ》はリビングの奥のミニキッチンでレオさんと（そのひざに乗るシュカと）向かいあっているところ。

このキッチンはミニとはいうもののひととおりちゃんと揃《そろ》っている。小さめのダイニングテーブルもあるから、二人で食べるならちょうどいい大きさだった。いつもは調合液《ポーション》を作るのに使っているんだけどね。

レオさんはいつもよりご機嫌な感じで、鶏肉《とりにく》がごろりと入ったスープを飲んでいる。

これは皮目からじっくり焼いてカリッとさせた鶏のもも肉を使ったおかずスープ。

出た鶏の脂と大きめ角切り野菜でスープを作って、最後に鶏肉をスープボウルに入れるから、ジューシーなお肉のままなのよ。ニンジンとかジャガイモとか根菜が多くて秋冬っぽい感じ。

朝の訓練で体が温まったとはいえ外はちょっと寒いくらいだったから、スープを飲むとほっとするわ。

「ああ、気にするな。実家からも手伝いが来るし、次兄も来ると言っていた。ユウリも本当ならこっちにいたいだろうが、すまないな」

逆に謝られてしまった……。

でも明日はあたしも休みで同行させてもらえるから、いいの。

「ああ、片付けはやっておくぞ。支度で忙しいだろう？　シュカもまだ食べているしな」

『クー（おいもおいしいの）』

「えっ⁉　でも……」

領主様に片付けなんてやらせていいもの⁉

レオさんはキリリと整った顔に、苦笑を浮かべた。

「宿舎暮らし歴は長いからな？　そのくらいは普通にできる。美味《うま》い朝食のお礼にそのくらいはやらせてくれないか」

「助かります……あの、ありがとうございます」

スマートに助けてくれたりと、レオさんステキが過ぎるわよね……。

あたしはお言葉に甘えて、支度をしに上階へと向かったのだった。


午前中はいつも通りに忙しく働き。昼休みは、定位置になっている外の休憩所でランチ。

今日は料理長お手製のパンと魚介のマリネのサラダ。コショウが効いてて大変美味しい。料理長、もうすっかりコショウマスターよ。

「――――あぁあ、本当なら今ごろ子爵領で楽しくスローライフしていたはずだったのに。今日だっていっしょに調査に行けたのになぁ」

フォークでタマネギをすくってそんなことをぼやくと、目の前の上司はわざとらしく耳をふさいだ。

「なんにも聞こえませーん。なぁ、狐《きつね》？　なんにも聞こえないよなー？」

『クークゥ（聞こえるの。マクしゃんお耳悪いの）』

ほら、シュカだってマクディ隊長が悪いって言ってるわよ。

っていうか、なんで当然のようにシュカを抱っこしてあたしのお弁当を食べてるのかしら。

「オムレツウマー。ケチャップサイコー！」

『クークー！（ユウリのふわふわたまごが一番なの！）』

料理をほめられるのはうれしいからいいんだけど。なんか解せぬ。

この場所がすっかり定位置になってるものだから、あたしに用がある人はお昼過ぎにここへ来るのよ。

昨日《きのう》はルーパリニーニャが来てた。夜番とはなかなか会えないからうれしかったわ。

でもいつもは主にマクディ隊長が来るわね。なんだかんだ言いながら、あたしのおべんとうを食べて行くのよ。

「――ユウリがいなくなったら朝八番が空いちゃうんだよなぁ。困った困った」

「……いい考えがあります。隊長が八番兼任すればいいんです。朝の青虎棟《せいことう》側がどんなに忙しくても、マクディ隊長なら問題ないですよね？　空話具《くうわぐ》あるし、立哨《りっしょう》しながら報告聞けばいいし」

「立哨してたら報告書いつ書けばいいの⁉」

「昼休みに」

「鬼！　ここに鬼がいる‼」

フフフ。このくらいのいじわるは言ってもいいと思うのよ。

「――でも、どうなんですか？　リリーは笑顔も増えたし文官さんたちにも慣れたように見えますけど、まだダメって言ってました？　あと、ヴィオレッタは？」

「ヴィオレッタには朝早いのは苦手だって言われた。夜会明けは起きるのが遅いし、お昼からの仕事にしてって」

ええっ！　休みの日に夜会に出てるってこと？　近衛と社交のどっちもこなすとかさすがヴィオ

レッタ。そしてナチュラルに希望を通す手腕は見習いたいところよ。

「リリーは最初から聞いてなかったなぁ。そうだな、後で聞いてみる。最近しっかりしてきたし、いいかもしれない」

リリーとは上番する時にちょっと話をするけど、最近あんまり具合悪そうな姿は見ていない。

「無理はしてほしくないから、男性衛士《えいし》を入れることも視野に入れた方がいいかもしれないですね」

「んー、そうだな。リリーがそっちに入ったら入ったで、金竜宮《きんりゅうきゅう》側の朝五番が空くもんなぁ……」

「…………いい考えがあります、隊長。隊長が朝六時に出て五番に──────」

「聞こえない！　なぁんにも聞こえないから‼　じゃ、ユウリ！　ごちそうさま！」

シュカをさっと椅子に降ろすと、マクディ隊長は風のように去っていった。

午後の仕事は巡回がメインで、あと納品口金竜宮側〔納品金《のうひんきん》〕の立哨。やっと下番時刻《かばん》になり、いつもよりいそいそと下城した。

『クー！（なんかにぎやか！）』

シュカに言われるまでもなく、［転移《アリターン》］で戻れば外からでも賑《にぎ》やかなのがわかる。調査に来る人は三人って聞いてるけど、ゴディアーニ家のお手伝いの人が多いのかもしれない。

──────あれ？　そういえば、領主邸は別にあるって言ってたわよね。どうしてここでおもてなししてるんだろう。っていうか、レオさんもずーっとここにいるような気がするんだけど、領主邸ってどうなってるの……？

『クークー！（ユウリ、早く帰るの！）』

「そうね。なんかお手伝いすることあるかな」

急いで帰ったものの、料理も客室の支度もすることは全くなくて。

マリーさんにドレスを着せられ髪をアップにされて、お客様の相手をお願いしますね。と談話室に放り込まれてしまった……。

――――ど、どうすればいいのっ⁉

こんばんは？　おじゃまします⁉　ええええ⁉　貴族の社交とかわからないんですけどっ⁉

心の準備のできていないあたしより先に、シュカがピョーンと飛び出していった。

『クー！』

「ああ、シュカ。戻ったのか。ユウリもおかえり」

「た、ただいま戻りました……」

こちらを見たレオさんが声をかけてくれたので、ほっとして応接セットのところへ行く。

ローテーブルを囲んで男の人が三人ソファへ掛けていた。

あれ、一人見たことある人もいる。茶色の髪を撫《な》でつけた眼鏡《めがね》のお兄さん。

「――――王城の文官の方……ですよね？」

「あ、そうそう！　衛士のお嬢さんだよね？　長官のお気に入りの！」

長官のお気に入りかどうかは知らないけど、衛士の人です。

「制服じゃないとずいぶん雰囲気変わるね。どっちもお美しい」

「えっ……あの……」

「そうだな」

って、なんなの⁉　これが社交なの？　社交辞令の社交ってこと？

っていうか、レオさん！　どさくさに紛れて「そうだな」って！　そうだなって‼　何言ってるんですか！　顔が熱くなるんですけど……！

さりげなく促されて我が領主様のとなりに座り、話に入った。

他のお二人は国土事象局の現地調査部の方たちなのだそうだ。

ベテランさんっぽい銀髪のおじ様と、金髪に眠そうな目をした若いお兄さん。

顔見知りの人がいたから、そこからはあんまり緊張しないで話ができた。軽く紹介したりされたり。みなさんあんまり貴族って感じじゃない。現場の人という感じで、なんとなく衛士のみんなに似た雰囲気だ。

今日は、下調べで魔獣や魔物の様子を見に行ったのだそうだ。街道沿いの魔獣を何体か狩ってきたとか。だから明日はそんなに危なくはないだろうと言われた。

現地調査部の人たちもあたしが衛士って聞いたせいか、気軽に話しかけてくれる。シュカも可愛《かわい》がってもらっているし、明日の調査は同行させてもらっても大丈夫かなとほっとした。


次の日はキレイな青空が広がっていた。

動きやすい服装ってことでパンツスタイルの乗馬服なんだけど、馬に乗れないのにこんなちゃんとした服を用意してもらって、なんか申し訳ない。

調査へは四人乗りの馬車二台で向かうらしい。一台には国土事象局の人たち、もう一台にはレオさんとアルバート補佐とあたしが乗る。

馬車に乗るのは久しぶり。一番最初にレオさんと街に行った時以来だ。

「うれしそうだな」

向かいでほんのり目尻《めじり》を下げるレオさんの膝《ひざ》の上にはシュカがいる。

「はい。車窓の景色《けしき》が流れていくのが好きで」

「そうか。そういえば街へ行った時も、熱心に窓を覗《のぞ》いていたな」

子どもっぽいかなとは思うんだけど、外を見るのは止《や》められないのよね。

デライト子爵領ののどかな風景の向こうに海が見えている。

そういえば、ここ整備された街道っぽいのに、家が全然ない。今さらながら子爵領で他の家を見てないことに気づく。ワイナリーがあるって言ってたから、どこかには家が建っているんだと思うんだけど――――。

「――――この道はどこからどこまで繋がっている道なんですか？」

「この道は『北街道』という国の北側を通る街道だ。起点はゴディアーニ領の領都ノスチール。メルリアード領で『西街道』と分岐して、ずっと海沿いを通って東端のメディンシア辺境伯領へ通じる道なんだ」

東へ向かう道なので、ゴディアーニ領から南東側のデライト領へ抜ける方が本当は近い。だけど山地で道を通せなかったため、一旦《いったん》西側のメルリアード領へ出てから東へと向かう道になっているらしい。

北街道は国の四つの主要街道の中で唯一王都を通らない街道なのだそうだ。そして一番距離も長い。

最東端のメディンシア辺境伯領都で『東街道』と繋がり、東街道は山地をよけながら南西の王都へと繋がっているという話だった。

王都からぐるりと繋がっているのね。道がずっと続いているってなんかロマンを感じる。［転移《アリターン》］でさっと移動してしまえばいいと思っちゃうけど、魔法スキルが低い人たちは多いって聞くし馬車や馬や徒歩の人たちには生活に密着したものなのよね。

「……馬に、乗れるようになりたいな……」

思わず口からこぼれた言葉に、レオさんはうなずいた。

「ああ。きっと乗れるようになる。小さい馬を厩舎《きゅうしゃ》に用意してあるからな。時間がある時に見てみるといい」

そういえば、男爵領に練習しに来てもいいって言われていたっけ。

ちゃんと覚えていてくれてうれしい。

あちらには行けなかったけど、ここでならすぐに乗れるしがんばってみたい。


そうこうしているうちに、目的の場所へ着いた。前領主邸からそんなに遠くはない、街道からは少し離れた場所で馬車から降りた。

一足先に着いた国土事象局の人たちは何か道具の準備をしている。

シャベルみたいなものを持ってたり、機能性能計量晶に似た銀の箱を肩から斜めにかけて、手には誘導棒みたいなものを持ってたり。

眠そうな目の金髪の若いお兄さん、テリオス調査員がこっちを見てふわーっと笑った。

「気になりますかー？」

なんというか、イケメンの寝起き感……。

「はい。その道具は何をされるものなんですか？」

「これは、魔素の濃度を測るものなんですよー。機能性能計量晶を改良したものです。これでだいたいの魔脈の流れとか、ダンジョンのでき具合を調べる感じですねー」

ダンジョンのでき具合って！　今まさに作られているライブ感に、心が騒ぐわね。

レオさんは魔道具を見て感心している。

「魔道具の進化はすごいものだな。俺が子どものころは鳥を使っていたものだが」

「そうですそうです、昔は魔小夜鳥《まさよちょう》っていう魔素に敏感な魔獣をかごに入れて、その反応で魔素の濃度を推測したらしいですよ」

似たような話を聞いたことがあるような気がする。カナリヤだっけ……。

「なんでも、毛がぶわっとなるらしいですよー。ぶわっと」

ぶわっと……？

ふと肩を見ると、シュカの毛がぶわっとなっていた。

!?

テリオス調査員もシュカを見て、眠そうだった目を見開いた。

(「――――シュカ？」)

(『魔の気……。このへん強いの』)

魔の気？

時々吹いてくる海風が涼しいくらいで、魔も気もよくわからない。でも、神獣にはわかるってことか。

(「何か危なかったりする？」)

(『まだだいじょうぶなの……』)

まだとか怖いな……。

ちらっとレオさんの方を見ると、さすが獅子《しし》様ほとんど表情を変えずに目配せをした。

「あの……ユウリ嬢？　シュカ……シュカ様、なんかぶわっとなってませんか……？」

「……き、気のせいじゃないですか……？　うちの狐は魔獣じゃないですし……」

「そうですか……？　昨日《きのう》触った時より、ぶわっとしている気がするんですけどねぇ……」

うーんと首をかしげながら、テリオス調査員は仕事へと戻っていった。

あたしはレオさんの袖《そで》を引いて、小声で告げた。

「……このあたりは魔の気が強いって、シュカが……」

レオさんは目を見開いてあたしとシュカを交互に見た。

「――シュカは……小さくても話ができるのか？」

うなずくと、そうかと小さい声が答えた。

「それは他の人に知られないようにしないとな……。それで、どこが強いというのもわかるのか？」

『クー（わかるの）』

「わかるみたいです」

「そうか。では、今日は危険な時だけ教えてほしい。――詳しい調査は、今度二人でもう一度来よう」

「はい」

少し離れた場所で国土事象局の人たちが作業を始めた。少しずつ場所を移動しながら調べるらしい。根気がいる大変な仕事よね。

シュカならすぐわかるのにと思うと、黙っているのが申し訳ない気持ちでいっぱいです……。

『クークー（このへん、葉っぱも魔の気がいっぱいなの）』

！

それは聞き捨てならないわよ！

（「薬草って生えてる？」）

（『うん。サラサラする葉っぱいっぱいあるよ』）

ブルムね。どの調合液《ポーション》でも使うという基材になる葉で、いくらあってもいい薬草なのよ。これといった特徴がない葉で見分けづらいんだけど、神獣が言うなら間違いないのだろう。

今、調合液《ポーション》に使っている薬草は、王城の畑の薬草を買い取らせてもらった物。だけど、そろそろちゃんと自分で、薬草の入手もしたいと思っていたところだった。

「レオさん、この辺りに薬草が多いみたいなんですけど、少しいただけませんか？」

「そうか。この辺りはダンジョンができるかもしれないから、開発予定地としているんだ。いずれ草はなくなる。今のうちに好きなだけ採っておくといい」

「そうなんですか？　それならよかった、ありがとうございます。――――もしかして、それで家が建ってないんですか？」

「ああ、そうだ。ここ数十年間は建築不可地区に指定されていたんだ。主要街道沿いだし、昔は家も建っていたみたいなんだがな」

ということは、前領主邸が最前線ってことか。あんな優美な建物なのに、本質は砦《とりで》だなんてすごいわ。

シュカに教わりながら採集しているうちに、なんとなく見分けられるようになってくる。

レオさんや、アルバート補佐も、興味あるみたいで手伝ってくれた。

「これは、［創風刃《マエアカッター》］でいっきに刈れないものか」

「レオナルド様、それでは違うのも混ざってしまいますよ」

「そうだな……何かいい方法はないものか……」

レオさんの大きい体で、しゃがみこんで草をむしっているのはなんかかわいい。けど、長身だと大変よね。

あっ、餅《もち》は餅屋《もちや》よ。調合液《ポーション》の師匠ことミライヤに聞いてみたらいいかも！

「ちょっと聞いてきますね」

「――ん？」

「えっ？」

「［位置記憶《リコーディネイラマーク》］」

手にしている記憶石《アンカーストーン》にこの場所を記憶して。

「［転移《アリターン》］」

素早く『銀の鍋《なべ》』の前へと［転移《アリターン》］した。

そしてミライヤに聞き、また［転移《アリターン》］で戻って来ると、レオさんも補佐もほとんど変わらないかっこうで採集していた。

「――戻りました」

「おかえ………」

「お邪魔しますぅ。薬草摘み放題と聞いて来ましたー！」

ミライヤの挨拶《あいさつ》に、二人が目を点にしている。

あたしとしては、とにかく無事に二人と一匹で［転移《アリターン》］できたことにほっとしているわよ。

「――ミライヤ様、お店の方はどうされたのですか」

「もちろん閉めてきましたよ、アルバートさん！　午後から開ける予定ですぅ。調合屋は薬草あってこそですからね！　まずは薬草。なにはともあれ薬草です！」

「そ、そうか。好きなだけ持っていってくれ」

「はいっ！　ありがとうございます、団長さん……じゃなくてデライト子爵」

話もそこそこに薬草を採りだしたミライヤ。速い。すごく速い。見分けるのも速いし、抜くのも速い。

なんか速く採取できる方法ない？　って聞きに行ったんだけど、そんなものはないです！　手で丁寧に素早く採るのみ！　って言われたわ。やっぱり経験以外に上達方法はないってことよねぇ。

「群生地から採集する場合、普通は根は残すんですけどぉ」

「そうよね。葉だけ摘んでるわ」

「開発するなら残さなくていいってことですもんね。根ごといっちゃってください」

「……なるほどね」

「その方が速いし、根も調合に使えますからね」

根元を引っ張ると、思いのほかするりと抜ける。

「――――これは、楽しいな……」

「ええ。クセになりそうです」

レオさんとアルバート補佐も楽しいらしく作業が速くなっていた。

「ユウリ、それ、その裏が白い葉も採ってください！　ムグモっていって良い効能が多い薬草です！」

「はい！　師匠！」

『クー！（覚えたの！）』

ビシバシと指示が飛ぶ鬼師匠の下、薬草採集が進んだ。

昼頃には何種類もの薬草の山ができあがり、あたしとミライヤはホクホクしていた。

「ええ～？　ワタシが半分ももらっていいんですかぁ⁉」

「もっと持ってってもいいくらいよぉ。ミライヤの方がたくさん採ってたもの」

「でも、子爵の領地で採集させてもらったわけですしぃ」

いやいやでもでも――と言いながらもいい感じに二人で分けていると、レオさんが見ながら笑っている。

「――ユウリには薬草園でもいいのかもしれないな」

「薬草園、いいですね。素敵です」

あたしの何にいいのかはわからないけど、薬草園がいいのは間違いない。

「では、父に用意してもらうように言っておこう」

「ん？　父に用意してもらうって……なんの話ですか？」

「ああ、次兄の結婚の件でユウリに迷惑をかけたから、お詫《わ》びに何かしたいと言っていてな」

「デラーニ山脈に山一つ分の薬草園を作ってもらったらいいんじゃないかと思ったんだが」

聞いてない、聞いてないのですけど⁉

「いらないですっ‼」

山一つって‼　コワイ‼

「ユウリー、辺境伯くらいの方には遠慮する方が失礼ですよぅ？　いっそ、広大な温室も付けてもらっちゃいましょうよ」

「ええええ⁉　何言ってるのよ‼　そんなの管理できないわよ⁉」

「管理する人も付けてくれるに決まってるじゃないですかー。辺境伯様ですよ？」

って言われても！　日本の感覚じゃわからないわよ！

ダメです！　無理です！　とやっとのことでお断りさせてもらった。

「むー、ユウリが薬草園のオーナーになったら、ちょっと分けてもらおうと思ったのにぃ」

「そうだな。うちの領にとっても、調合液《ポーション》にしてもらえれば儲《もう》かるなと思ったんだがな」

ミライヤもレオさんもそんなこと言って、ちゃっかりしてるわよね。

アルバート補佐が用意してくれた大きな魔テントは、屋根だけになっていて日差しを遮ってくれている。風景は見えつつも日焼けは気にしなくてよくて、いい感じ。

支柱とか張る紐《ひも》とかが見当たらなくてどうやって立ってる（浮いてる）のか不思議なんだけど、レオさんが言うには確か風の魔法陣が書いてあるはずだという話だった。

ミライヤは「テントはこういうものなんです。展開したらパッです」と言って平然としているので、魔法が当たり前の人にとってはこういう感覚なのかもしれない。

昼食の準備が済むと国土事象局の人たちも集まってきて、魔テントについてもうちょっと詳しい話が聞けた。

テリオス調査員が、テントの上面と下面に書いた魔法陣で浮かせるタイプですね～と、テントの布にうっすらと浮きあがる魔法陣を見ながら言った。

下から風で浮かせる魔法と上から風で押さえる魔法の二つと、周りの風をカットする魔法が書かれているのだそうだ。

「――――でも、なかなか古いタイプの魔法陣ですよ～。今は土系の魔法で下に引くのが多いし、風だけじゃなく内部の温度も調節できるんですけどね。書き方ももっと効率的ですし。一体どこの蔵から持ってきたんですか～？」

　あっ……なんかわかった気がする……。

「辺境伯領主邸の地下に眠っていたものを拝借してきました。昔の遊猟会で使っていたものでしょう。このテーブルと椅子もそうです。眠らせておくなんてもったいない話ですよ。まだまだ使えるのだから使わないと」

　アルバート補佐がなんでもない風に言った。

　その通りですごい正論なんだけど――――それ本家のものですよね……？　もうホント、みんなちゃっかりさんよね……。

# エピローグ　申し子、調合師《ミキサー》たちの秘密の会合

ミライヤを［転移《アリターン》］で店まで送って行き、あたしも他の人たちより一足先に前領主邸へ戻ることにした。明日も仕事だし、その前に薬草の処理をしたいし。

レオさんが「護衛だからいっしょに戻るぞ」っていい笑顔していたけど、現地に残るアルバート補佐に「残っている仕事を片付けるんですよね？　素晴らしい心がけです。ユウリ様も見直しますね」って釘《くぎ》を刺されてちょっとしょんぼりしてたわ。

あたしの名前出さないでいただきたいのですが……。別にあの、レオさんが仕事してなくてもキライにならないですよ……？

せめてお茶の時に、領主様の好きなものを出してあげようと思うのだった。


そんな経緯があり、護衛で領主のレオさんはとなりの部屋でお仕事をしている。

あたしも採りたて新鮮薬草を処理してしまおう。

ダイニングテーブルに種類ごとに分けてのせて［清浄《アクリーン》］［乾燥《アドライ》］とかけていくと、椅子に座っていたシュカが『（いつもより魔がこいの！）』と喜んでいた。

今回はフレッシュで使ってもいいかなとも思ったんだけど、結局ドライにした。なんとなくドライの方がぎゅっと濃くなるような気がするのよ。

使う分だけ残してあとは魔法鞄《かばん》へ。

――あっ！　どうせ魔法鞄に入れるなら種類別に分けてくれるんだから、分けずにまとめて

洗って乾燥しちゃえばよかったんだ。

魔法鞄さんが便利すぎて、なかなか慣れないよね……。

大鍋《おおなべ》を用意して［創水《マワター》］の魔法で出したきれいな水を入れていく。ブルムの葉はさっき採ってきたもので、アバーブの葉と薄切りにしたレイジエの根は魔法鞄から出したもの。

それらをキッチンに用意されていたスケールできっちり量ってから、鍋へ入れる。このスケール何気に0・01まで量れるモードがあって高性能なの。

今回は薬草が少し特殊だから、とりあえず普通の『森のしずく』を作ることにした。

コトコトと煮込んで魔力を込めて（いまだによくわかってなくて、なんとなく力を入れてレードル握りしめているだけだけど）濾《こ》し器付きの調合液《ポーション》サーバーへ移していく。

ここへ来てから道具はすごくいいものに変わった。時短できるおかげで、衛士《えいし》をしながら調合師《ミキサー》の仕事もできている。道具ってホント大事ね。「うちの領の大事な調合師《ミキサー》だから」って用意してくれたレオさんに感謝。

「［性能開示《オープンプロパティ》］」

魔量回復　性能：8
疲労回復　性能：3
特効：美味

サーバーから少量出して機能性能計量品へかざすと、驚きの結果というかまぁそうなるでしょうねという数値が出た。

魔力を回復するための調合液《ポーション》が回復薬だもの。魔素を多く含んだ薬草なら回復力も上がるのはうなずける。

この性能は魔素とか魔量とか、シュカが言うところの魔の気に左右されるということね。

魔量が多いあたしが作れば性能は上がるし、魔素をたっぷり含んだ薬草で作ればやっぱり上がる。単純なことだった。

こうも性能が違うと、これまでと同じ名前では売れないわよね。『森のしずくプレミアム』とでも名前を付けたいところだけど————。

あたしは数瞬考えて『豊穣《ほうじょう》森のしずく』という名を付け、ちょっとだけ豪華な封をしたのだった。

次の日。

地獄の忙しさの朝の納品口に立っているとミライヤが訪ねてきた。

来るんじゃないかと思ってたんだ。もし来なかったら帰りに店に寄ろうと思っていたからちょうどよかった。で、お昼をいっしょに食べる約束をした。

今日も休みだったらよかったんだけど。一日中、調合液《ポーション》作りまくってミライヤともいろいろ話ができたのに。ままならないものよ。

「————ユウリはもうアレやりました？」

昼休みに外の休憩所に現れたミライヤは、となりに座るやいなや口を開いた。

なるべく人がいないところを選んで座ったけど、いないわけじゃないからひそひそと。

「————もちろん。すごかったわよ。ミライヤも？」

「ええ……。もう、すっごかったです……」

うっとりとした調合師《ミキサー》が二人、大変いかがわしい雰囲気の会話を繰り広げているけど、仕方がないことだ。

予想通り、ミライヤの方も性能がよかったみたい。

膝《ひざ》の上に乗っているお手柄の神獣は、聞いてもいないようで卵焼きに夢中になっている。

本日の卵焼きはマヨネーズを少量入れたので、ちょっとだけ柔らかふんわり。

あたしが持ってきた卵焼きと根菜多めポトフに、ミライヤが持ってきた木の実入りのパンとエビのサラダ（しっかりとマヨネーズがかかっている）を分け合うように広げれば、秋の味覚が楽しいテーブルのできあがり。

「――――で、アレなんですけど、ダンジョンができるような場所の薬草は、あんな感じなんですかねぇ」

「そうよね……地中に魔素が溜《た》まっているってことでしょ。それを含んだ植物ってことよね」

シュカ曰《いわ》く魔の気を含んだ葉って話だから本当に魔素が多いんだろうけど、そこは言えないから遠回しにね。

「ということはですよ？　あちこちのダンジョンの付近の薬草もああなりそうじゃないですか？」

「――――たしかに。そういう可能性はあるわよね」

「でも、そういう話は聞いたことがないんですよねぇ……」

え、そうなの？

素材の産地にもこだわるミライヤが言うならそうなのかもしれない。

同じ素材でもいくつかの産地のものを揃えている『銀の鍋《なべ》』の品揃えはすごいのよ。

「でも、気にしてなかっただけで、実際は差があるのかもしれませんね。ちょっと調べてみないと」

「研究熱心ね。あたしが手伝えることある？」

「ええ、そのうち出てくると思います。とりあえず、乱獲や違法採取の心配がありますのでここだけの話にしておいた方がいいと思います」

「わかった。レオさんにも伝えておくから」

「はい。ワタシの方も、この情報の扱いを師匠と相談してきますねぇ」

しばらくの間は仕事帰りに『銀の鍋』に寄ることにして、あたしたちはテーブルを彩るステキランチへと集中した。

◇◇◇

国土事象局の三日間にわたって行われた調査は終わって、前領主邸はのんびりとした雰囲気に戻った。

ただ、魔素の数値が高いらしく、また一週間後に調査が来ることになったのだそうだ。

あの効果がやたら高い薬草とも関係があるのだろう。

そういう魔素と植物の研究とかってどこの機関でやっているんだろう。

ミライヤが師匠に話を聞いてくるって言ってたから、調合師《ミキサー》の人が研究しているのかな。

国土事象局は、その地域の魔素や事象についてを調べる部署みたいだから、管轄が少し違うのかもしれない。

来週もお供させてもらうことになっているし、その辺を聞いてみようかな。

ミライヤと調合液《ポーション》の話をしたせいか、すっかり調合の気分になったので夕食の時間まで新しい調合液《ポーション》を作ってみることにした。

まだ使ったことがないムグモの葉を取り出すと、シュカが鼻をふんふんとさせている。

『クー、ククー（この葉っぱ、緑のおもちのにおいなの）』

「緑のおもち……ああ、草餅《くさもち》ね！」

草餅ってよもぎの葉よね。よもぎの葉をちゃんと見たことがないからこの葉がそうなのかわからないけど、香りはたしかに似ている気がする。

そういえば前の職場のお姉さんたちの間で、よもぎ茶が流行《はや》ったことがあったっけ。「アンチエイジング、アンチエイジング」と呪文《じゅもん》を唱えながら飲んでいたわね。

あたしもいただいたけど、草餅みたいないい香りで、ちょっと苦いけどほんのり甘さもあって美《お》味《い》しかった。

もしこれがよもぎなら、アンチエイジング効果があるのかも。

スマホでダグってみると、出てきたよもぎの画像は乾燥させる前の葉に似ていた。よく見ると葉の形がちょっと違ったけれども、裏が白いところなんかも似ている。

ついでによもぎの効能を調べてみると、体を温める作用や血行がよくなる作用、鎮痛作用や抗酸化効果による老化予防と盛りだくさんだった。

よもぎっていろんな効用があるのね。草餅に入って美味しいだけじゃないんだ。

ムグモの鑑定をしてみると、役に立つような立たないような微妙な情報が半透明の画面に表示されている。

■ムグモ／食用可（要加熱）／体の調子を整える：超大

でも、ミライヤの言うとおり、すごく効きそうな気配はある。

とりあえず、回復薬作ってみようかな。

『森のしずく』のレシピで普通に作る途中に、ムグモの葉を少量まぜてみる。立ち上る香りは、うん、ちょっと甘いし、緑のさわやかな感じ。

『クー（いいにおいなのー）』

「ホントね。おいしそう」

ああ、草餅とか草団子が食べたいなぁ……。

和菓子への郷愁にかられながら、ぐーるぐーると鍋をかき混ぜて魔力を入れていく。魔力以外に募る思いも混ざっているかもしれない。

でき上がった液をサーバーに入れて、注ぎ口から水晶のレードルに少量入れる。そして機能性能計量晶へかざすと、ヤバイ代物ができていた……。

魔量回復　性能：8
疲労回復　性能：8
特効：美味　体を温める（中）　鎮痛（中）　安眠（中）　美肌（小）　老化予防（小）

こんな疲労回復の数値って見たことないんだけど!?

それにこの特効の多さ！　性能が壊れてる‼　大変なものを作りだしてしてしまったかもしれないわ

……。

シュカも味見がしたいと言うので、お皿と小さいグラスへ注ぐ。

大きな期待を込めて、ほんのり緑色の液体をくいっと飲んだ。

「────うぐふっ‼」

『────ウギュッ‼』

マズっ！！！！！！！

暴力的に衝撃的にエグニガマズイんだけど！！！！！！！

口いっぱいに広がる苦味と青臭さがのどから鼻に抜けて得も言われぬ味わいよ‼

特効美味の意味は⁉　っていうか、その特効が付いて、この味ってこと⁉

シュカがケフッケフッとむせている。

「ごめん、シュカ！　お水、お水」

お皿に［清浄《アクリーン》］の魔法をかけて、［創水《マワター》］で水を出す。

勢いよく水を飲むシュカの背中を撫《な》でているうちに、体が温かくなってきたのがわかった。

あれ……右の肩のコリも軽くなった……？

『クー！（ポカポカしてきたの！）』

そう言うシュカの毛もなんだかふわっとしている。美肌……美毛効果？

「効き目はちゃんとあるのね……。しかも即効性が高いし。でもこの味は調合液《ポーション》としてダメな気がする……」

『クー……』

なまじ性能がいいだけに、悔しいなぁ。

もう一度ダグってみると、よもぎは食用にするのなら春先の若い芽が適しているらしい。塩水で茹でてアク抜きして使うといいみたい。

このムグモという植物もそうやって使えばよかったのかもしれない。

育ったものは、お風呂《ふろ》などに入れるのがよいとも書いてあった。

――お風呂！　それやってみよう！

ありがたいことに、あたしの部屋にはお風呂がついているから試せる。

近衛《このえ》の宿舎のシャワーでも十分だったんだけどね。日本人の血がやっぱり浴槽に浸《つ》かりたいと騒ぐのよ。

そして夕食後のバスタイム。

小瓶一つ分をお湯に混ぜて、シュカといっしょに入ってみた。

すると、一日分の警備の疲れがすっきりと取れ、手足の先までポカポカ温かが長続きし、お肌もツルツル神獣の毛もツヤツヤの素晴らしい入浴剤だったのでございました――――！

# 特別編　申し子、みんなでピクニック

メルリアード男爵領で採り放題を約束されているクノスカシュマメだけど、ここデライト子爵領にも群生しているという話だった。

それはまぁとなりの領だし、気候などが近ければ同じ植物も生えているだろう。

こちらでも好きに採っていいと寛大な領主様が許可をくれたので、さっそく採りに行くことに。ついでに近くに薬草があればなお良しだよね。

「俺も行こう。山の方を見たいと思っていたんだ」

そうレオさんが言うと、いつもは書類書類仕事仕事と言っているアルバート補佐までうなずいている。

「ええ、魔獣研究所の方で研究対象になると聞いているので、こちらでも調査が必要でしょう」

そういえば、前に特定の魔獣が嫌がる匂《にお》いだとかって聞いている。

匂いが強いのはたしかなのよ。だから獣も魔獣も苦手かもしれない。（神獣は好きらしいけど）

魔獣すら嫌がる匂いでも、古来なんでも食べてみる日本人としては、食べてみるわよ。焦がし醤《じょう》油《ゆ》のたまらない匂いだったし。毒がなくて食べられるものなら試してみるってものよ。

あ、でも、昔の人はフグとか毒があっても食べてきたのか。さすがに毒があるものは、やめた方がいいわよね。危ないし。フグなんて危ない……フグ……職場のお姉さんたちと一回だけ食べに行ったっけ……ふぐ刺し、さっぱりしていてほんのり甘くて歯ごたえがあった……美味《おい》しかったなぁ……。

近くで遊んでいたミルバートくんもちゃっかり話を聞いていたらしく、アルバート補佐の足を掴《つか》んでいる。

「とうしゃま！　ミルも！　やま、いきましゅ！」

『クー！　クー！（山！　山！）』

そんな騒ぎが聞こえたのか、厨房《ちゅうぼう》からすごい勢いでポップ料理長まで出てきた。

「ユウリ様！　私も行きたいです！　あの香ばしいソースの実を採りに行くんですよね？　それはぜひ連れていってほしいんべさ！」

えらい前のめりなんですけど！

クノスカシュマメのファンは続々と増えているもよう。

ミルバートくんが行くならとマリーさんも行くことに。さらに、それなら向こうで野外昼食にしようという話になった。

そんなわけで、総勢六人と一匹で山へ向かうことになったのだった。


レイザンブール国がある島大陸はひらがなの「つ」のような「？」のような形をしている。

その真ん中を形に沿って走る山脈がセントール山脈。別名『竜の背骨』。デライト領はそのセントール山脈と北方海の間に位置しているというわけ。

すごい高い山が連なっているので、歩いて越えるのは無理なんだけど、その山脈の向こうは王都レイザンを擁する王領だ。

セントール山脈の裾野《すその》へやってきた。そんなに遠くなく、馬車で三、四十分くらい。

馬車は四人乗りだけど御者席に二人乗れるのでだいじょうぶだった。

車内はあたしとレオさんが並んで座って、向かいにマリーさんとミルバートくん、そのとなりにシュカだったから余裕があったわよね。

御者席が窮屈だったのかも。ふっくらポップ料理長とわりとがっちりなアルバート補佐だもの。

わいわいしながら馬車を降りると、野が広がる里山という感じの場所だった。木々の中へ獣道のような細い道が通っているのが見えている。

林の入り口あたりから、もうすでに焼きトウモロコシの香りが漂っているんだけど！

ああ、やっぱり美味しそう！

シュカはたまらないのか『クー‼』と一声鳴いたかと思うと、林の中へと飛び込んでいった。

「シュカ様、待ってほしいべさ！」

慌てて追いかけていったのはポップ料理長。どんだけクノスカシュマメが欲しいの……。

あの人たちに任せておけば、山盛りで持って帰ってきそうよね。

「しゅか、はやい！」

「あら、本当にすごいわね。ミルはいっしょに行こうね」

「あい、かあしゃま。とうしゃまは？」

「父様はお仕事よ」

「みるも、おしもとする」

そっか、お仕事するんだ……。かわいい……。

マリーさんとミルバートくんのやりとりを聞いてほんわりとしていると、レオさんもほんのり笑顔でこちらを見た。

「ユウリも行くか？」

「はい。あ、そういえば、熊とか鹿はだいじょうぶなんでしょうか」

「あと猪《いのしし》だな。いるにはいると思うぞ。今なら山も食べ物が多いから、ここまで降りてくるのは少ないと思うがな」

二人で連れ立ち、林の中へ入っていく。すぐ先ではしゃいで踊っているふくよかボディが見えた。

「ユウリ様！　シュカ様が教えてくれましたよ！　ソースの実がたっくさん生《な》ってますべ‼　うほほほほ‼」

……この騒がしさじゃ、熊も寄ってこないわね……。

『クー！　クー！　クー！（早く！　早くなの！　リンゴあるの！）』

――リンゴ？

慌ててシュカのところに行くと、あたしの背より少し高い所に小ぶりな実が生っていた。色も素朴なくすんだ朱色をしている。

これ、前にレオさんが言ってたヤマリンゴかな？

「鑑定」

■　ヤマリンゴ／食用可／体の調子を整える：特大

やっぱりヤマリンゴだった。

それにしても効果が特大ってすごい。「リンゴが赤くなると医者が青くなる」なんてことわざもあったし、体にいいのね。

シュカは待てなくなったみたいで、大きくジャンプすると、実にかぶりついた。

『ングー！』

ガブガブとあっという間に食べてしまうと、すぐさままたジャンプして実を採った。


――領主様！　ここに山を荒らす狐《きつね》がいます！


高さもなんのその食べ放題状態。

シュカ、リンゴ好きだって言ってたものね……。

「レオさん……。今さらなんですけど、リンゴをいただいても……？」

口の周りに黄色いカスを付けている生き物を、見ないようにしながらたずねると、寛大な領主様は笑って答えた。

「好きなだけ採っていいぞ」

周りを見回せばずいぶんとたくさん実が生っている。領の人たち採りに来ないのかな？

実へ手を伸ばそうとすると、長い腕が先に届いた。

「――いや、俺が採ろう。ユウリには少し高いよな」

レオさんは手慣れた様子でもぎ取っていく。

リンゴ産地の領主だからかな。こういう作業もやってるのね。ちょっと見惚《みと》れてしまった。

数分後にはカゴいっぱい山盛りとなったヤマリンゴに、シュカは大変満足そうだった。

林から出ると、テントが設営されていて、アルバート補佐一家がテーブルセッティングをしていた。

調理用のテーブルもあり、携帯用魔コンロが四つ並んでいる。

一足先に出ていたポップ料理長はさっそくクノスカシュマメの下ごしらえをしていた。他にも材料が並んでいるところをみると、これから昼食を作るみたい。

クノスカシュマメは日々試行錯誤を繰り返し、刻んで塩と炒《いた》めて少量の水に漬けて一晩寝かしたものが美味しいというところに落ち着いた。あんまり日持ちしないのが難点だけど、魔法鞄《かばん》に入れておけばよろしい。味と香りはかなり醤油よ。

クノスカシュマメソース——ちょっと長いな。マメソースでいいか——もあるし、リンゴも手に入ったし、アレ作ってみようかな。

「——料理長、あたしも一品作ります。チーズおろし器ってあります？」

鍋《なべ》や包丁は魔法鞄に入ってるんだけど、おろし器は入ってない。今度買わないと。

「助かります。おろし器ありますよ」

どうぞと渡されたおろし器で、リンゴをすりおろしていく。

ちょっとだけなめてみると、甘味は控えめかな。酸味も思ったより強くない。香りはいい。

他の人たちは初めての味だと思うから、リンゴは少なめにしておこう。あとは調合素材のショウガもおろす。タマネギもおろして入れることもあるけど、目が痛くなるからイヤなのよね……。なのでタマネギはスライス。

それらをマメソースとはちみつ少々といっしょに小鍋へ入れて、タマネギが柔らかくなるくらい加熱しておく。

厚めに切った豚ロースは、縮み防止のために脂身の間に切り目をぷつぷつ入れるのがお約束なんだけど。短冊に切れば問題なし。人数分の枚数がなかったという問題も一挙解決よ。

なんとなく視線を感じながら、肉に小麦粉をまぶし、ポクラナッツ油をひいたフライパンへ置いた。

「[油焼《アフライ》]」

ジャッと加熱された豚肉はごく薄く焼き色が付いている。この後もうちょっと加熱するからこんなもんかな。

小鍋に入れていたタレを投入するとジュゥといい音がして、たちまちいい香りが立ち上った。

『クゥ～～～（いいにおいなのぅ～～～～）』

「……これはたまらないな」

「うう……なんですかこの香りは……すきっ腹に直撃なんだべさ……」

鍋の近くにいた人が被害にあったもよう。

ホント、お腹《なか》がすく匂《にお》いよね。

照りが出るまでちょっと火を入れてできあがり。てりっととろっとお肉ごろごろ。

一旦《いったん》、魔法鞄に入れて、付け合わせの野菜へとりかかる。

レタスを数枚洗って食べやすい大きさにちぎる。一枚まんま敷けば見栄えはするし楽なんだけどね。食べやすいのはやっぱりちぎった方。

各お皿に置いて、その上に千切りキャベツを盛る。マヨネーズは別添えにしておこう。緑黄色野菜が足りないから細切りニンジンものせて。

「料理長、こっちはそろそろできあがります」

「こちらもできあがりますよ」

頃合いよし。

魔法鞄からフライパンを出し、リンゴソースの豚肉ソテーをお皿にのせ、テーブルへ出していく。

料理長の方はお手製のソーセージに温野菜が添えられていた。あとはいつもの薄切り黒パン。

「おにく！」

「豪華ですね。しかも美味しそうな香りがします」

「本当！　ユウリ様、今度教えてくださいね」

「はい。ヤマリンゴ使っているので、実が生るこの時期だけって感じですけど」

期間限定の旬の味ね。

青空の下、みんなでテーブルを囲むのは格別ね。

『クー！（リンゴとおにく、さいこーなの！）』

「おいしー！」

「衝撃的なんだべさ！　果物を肉に合わせるなんてありえない！　ありえない美味がここにあるんだべさ！」

「これは売れますよ。男爵領の販売所の方でメニューに入れたらどうでしょう」

「美味しいわぁ……。きっとシードルが合うわよね」

ちびっ子から大人まで満足してもらえたみたい。

あたしも一口食べる。すると爽《さわ》やかな香りと酸味が口に広がった。リンゴの味は前面には出ていないんだけど、ほんのりフルーティだし、甘い。お肉も柔らかいし。我ながらウマ。

ソースはポップ料理長ご自慢のソーセージに付けても美味しかった！　同じ豚肉だものね。それは合うわよね。

レオさんは、味わいながら食べている。

「……美味《うま》いな。豚肉にリンゴか……。ユウリが前に言っていた料理はこれか？」

そう、前にシードルを飲みながら話したことがあって、できたら食べてくださいねって言っていたのよ。果たせてよかった。

まさかこんなに早く醤油の代わりが見つかるとは思わなかったな。

「覚えていてくれたんですね。これです。——マヨネーズを付けたキャベツといっしょに食べても美味《おい》しいんですよ」


！！！！

その場に衝撃が走り、全員が試してとろけたのだった。

# あとがき

またお会いすることができてうれしいです。くすだま琴《こと》です。

二巻なのです！　一巻をお買い上げくださったみなさまのおかげです。ありがとうございます！

今回は一巻にも文字だけチラリと出ていたあの人が、カバーにも登場しております。白モフ（神獣）も増えました。

新しい書下ろしエピソードも追加されています。主に担当様推しの料理シーンとポーション作り話が増量です。

特別編の方は独立した話ではありますが、一巻で出ていた伏線の回収話になっており、ほぼ本編です。こちらも書下ろしなので、Ｗｅｂ版でお付き合いいただいているみなさまにも楽しんでもらえたらいいなぁと思っています。

そして今回もイラストがとっても美麗です！　新しく出てきたあの人やあの人も、素敵過ぎて倒れそうです。ぽぽるちゃ様、ありがとうございます。

一冊の本にまとめ上げてくださった担当Ｈ様、カドカワＢＯＯＫＳ編集部様、そして制作・販売に携わっていただいたすべての方々に厚く御礼申し上げます。

最後に、またこの物語をお手に取ってくださったあなたへ最大の感謝を。

本当にどうもありがとうございます！

カドカワBOOKS

警備嬢《けいびじょう》は、異世界《いせかい》でスローライフを希望《きぼう》です 2
～第二《だいに》の人生《じんせい》はまったりポーション作《づく》り始《はじ》めます！～

2021年6月10日　初版発行

著者／くすだま琴《こと》
発行者／青柳昌行
発行／株式会社KADOKAWA
〒102-8177
東京都千代田区富士見2-13-3
電話／0570-002-301（ナビダイヤル）
編集／カドカワBOOKS編集部
印刷所／大日本印刷
製本所／大日本印刷


Printed in Japan
ISBN 978-4-04-074128-4 C0093

# 新文芸宣言

かつて「知」と「美」は特権階級の所有物でした。

15世紀、グーテンベルクが発明した活版印刷技術は、特権階級から「知」と「美」を解放し、ルネサンスや宗教改革を導きました。市民革命や産業革命も、大衆に「知」と「美」が広まらなければ起こりえませんでした。人間は、本を読むことにより、自由と平等を獲得していったのです。

21世紀、インターネット技術により、第二の「知」と「美」の解放が起こりました。一部の選ばれた才能を持つ者だけが文章や絵、映像を発表できる時代は終わり、誰もがネット上で自己表現を出来る時代がやってきました。

UGC（ユーザージェネレイテッドコンテンツ）の波は、今世界を席巻しています。UGCから生まれた小説は、一般大衆からの批評を取り込みながら内容を充実させて行きます。受け手と送り手の情報の交換によって、UGCは量的な評価を獲得し、爆発的にその数を増やしているのです。

こうしたUGCから生まれた小説群を、私たちは「新文芸」と名付けました。

新文芸は、インターネットによる新しい「知」と「美」の形です。

2015年10月10日

井上伸一郎